STEFANIA BERTOLA

Ein Herz aus Schokolade

Buch

Emma ist todunglücklich, denn die Liebe ihres Lebens ist schon nach drei Tagen verpufft. Andrea, der zauberhafte Sohn von Emmas Chef, macht sich mit einer anderen auf und davon. Dass diese andere ausgerechnet eine betörend schöne französische Filmschauspielerin ist, stärkt Emmas Selbstbewusstsein nicht unbedingt. Erschwerend kommt hinzu, dass sie ihrem Liebsten tagtäglich in der Konditorei begegnet, in der sie beide so gerne arbeiten. Mit Nonchalance und einer Prise Humor gelingt es Emma jedoch, das Gesicht zu wahren, denn sie hat Format, Klasse und jede Menge Talent. So viel Talent, dass die passionierte Konditorin mittlerweile die rechte Hand ihres Chefs Corrado ist. Als dieser ihr anbietet, die Konditorei beim wichtigsten internationalen Patisserie-Wettbewerb zu vertreten, beginnt die wohl turbulenteste Zeit in Emmas Leben. Denn es steht alles auf dem Spiel: Nur der Sieg und das Preisgeld können die Insolvenz der renommierten Konditorei und damit ihren Verkauf an eine Kette verhindern.
Als Emma dann auch noch ihrem Jugendfreund Mario wiederbegegnet, einem Experten für Liebesromane und heillosen Romantiker, gerät ihr Leben endgültig aus den Fugen. Denn Mario hat es sich in den Kopf gesetzt, Emmas Herz zu erobern – um jeden Preis …

Autorin

Stefania Bertola ist Übersetzerin, Radiomoderatorin und Drehbuchautorin für den italienischen Fernsehsender Rai 2. Ihre witzig-frechen Romane sind stets große Erfolge – nicht nur in Italien. Stefania Bertola lebt und arbeitet in Turin.

Von Stefania Bertola außerdem bei Goldmann lieferbar:

Wenn du gehst … bricht es mir das Herz.
Kleines Überlebenshandbuch für frisch Verlassene (15430)

Stefania Bertola

Ein Herz aus Schokolade

Roman

Aus dem Italienischen
von Claudia Franz

GOLDMANN

Die Originalausgabe erschien 2006
unter dem Titel »A Neve Ferma«
bei Salani Editore, Mailand.

FSC
Mix
Produktgruppe aus vorbildlich
bewirtschafteten Wäldern und
anderen kontrollierten Herkünften

Zert.-Nr. SGS-COC-1940
www.fsc.org
© 1996 Forest Stewardship Council

Verlagsgruppe Random House FSC-DEU-0100
Das FSC-zertifizierte Papier *Holmen Book Cream* für dieses Buch
liefert Holmen Paper, Hallstavik, Schweden.

1. Auflage
Deutsche Erstveröffentlichung November 2009

Umschlaggestaltung: Design Team München
Umschlagfoto: Getty Images/Yamada Taro
Redaktion: Kerstin von Dobschütz
WI · Herstellung: Str.
Satz: deutsch-türkischer fotosatz, Berlin
Druck und Bindung: GGP Media GmbH, Pößneck
Printed in Germany
ISBN: 978-3-442-46830-0

www.goldmann-verlag.de

L'ho perduto ... me meschina
Ah chissà dove sarà?

Ich habe ihn verloren ... ich Unglückliche
Wer weiß, wo er ist?

Vorbemerkung

Eigentlich sind es zwei Vorbemerkungen. Die erste ist die klassische: Die Handlung des vorliegenden Romans ist frei erfunden, Personen und Namen sind fast alle ausgedacht (Ausnahmen würdige ich in der Danksagung). Jede Ähnlichkeit mit lebenden Personen wird sich wohl der Tatsache verdanken, dass mir irgendetwas im Gedächtnis hängen geblieben ist.*

Die zweite ist wirklich wichtig, passt also gut auf. Sie richtet sich an jene Herren und an jene noch zahlreicheren Damen, die immer, wenn sie bei der Lektüre eines Buchs auf einen Fehler, ein nichtexistentes Wort oder eine falsche Zeit stoßen, sofort an den Verlag schreiben und wie die Rohrspatzen schimpfen. Also: Immer wenn in diesem Buch etwas komisch oder unrichtig erscheint, ist das Absicht, klar? Ich weiß beispielsweise, dass man nicht »Tops Models« sagt, aber ich muss lachen, wenn ich das Wort sehe. Beschwert euch also nicht bei Salani oder Goldmann, danke. Auch das Anfangszitat ist falsch. Barbarina sagt »L'ho perduta«, nicht »L'ho perduto«. Die falsche Version passt mir aber besser in den Kram, also übt euch in Gleichmut, ihr Musikenthusiasten, und regt euch wieder ab.

Was das Akroam angeht, auf das ihr an einer bestimmten Stelle stoßen werdet, so gibt es das wirklich, allerdings habe ich die Bedeutung auf meine Bedürfnisse zugeschnitten. Auch Philosophen können ihren Protest also gleich wieder einstellen.

Ich persönlich hätte, ehrlich gesagt, auf diese Vorbemerkungen verzichtet, weil das Wort »Roman« sie völlig überflüssig erscheinen lässt. Dem Verlag war sie aber wichtig, und manchmal ist man besser flexibel als fraktabel, oder?

* Als diese Vorbemerkung bereits im Druck war, haben wir herausgefunden, dass es tatsächlich eine Journalistin namens Valeria Volatile gibt. Damit hätten wir das perfekte Beispiel eines Namens, der unbemerkt im Kopf herumspukt. Ich hoffe, die echte Valeria hat Verständnis, kann mit meiner unbekümmerten Leichtfertigkeit leben und bringt ein wenig Sympathie für ihr papierenes Alter Ego auf.

Emma und die einzig wahre Mousse au Chocolat

Emma ist immer schon ziemlich chaotisch gewesen, aber nie hätte sie gedacht, dass sie es schaffen würde, ihre große Liebe nach nur drei Tagen wieder zu verlieren. Nicht einmal Sonnenbrillen verlor sie so schnell. Die einzige, die sich wirklich bewährt hatte, war leider die Persol, und trotz des unglückseligen Namens war sie ihr immerhin ein paar Monate erhalten geblieben. Ihre große Liebe hieß Andrea, was für ihn sprach, denn bei den Andreas bestand das Risiko weniger darin, sie zu verlieren, als zu vielen von ihnen über den Weg zu laufen. Jede Frau um die 30 war mindestens einmal mit einem Andrea verlobt gewesen. An allen Ecken und Enden des Lebens wimmelte es von ihnen. Nur Emma war der einzige, den sie je getroffen hatte, schon wieder abhandengekommen.

Sonntag, den 14. März, hatten sie zusammengefunden, und Mittwoch, den 17. März, um 22.45 Uhr merkte Emma, dass sie ihn verloren hatte. Fast wären acht Kristallgläser im Gesamtwert von 480 Euro zu Bruch gegangen. Nur durch ein Wunder gelang es ihr, sie zwischen den fahrigen, schockgebeutelten Fingern festzuhalten, sich umzudrehen und in die Küche zurückzukehren. Sie stellte alles auf den Tisch, dann krümmte sie sich zusammen. Erst in diesem Moment bemerkte Bianca, dass ihr Verhalten ungewöhnlich war.

»Was ist denn mit dir los?«

Emma richtete sich auf, schluckte das Herz herunter, das ihr bis zum Halse schlug, und sagte: »Der Mandelkrokant ist alle.«

»Muss man deshalb gleich zusammenbrechen?«

Bianca schüttete einen Berg Mandelkrokant auf eine Platte, probierte ein Stück und ging dann zum Wintergarten der Konditorei Delacroix, der an diesem Abend für den Midnight Break eines Filmteams reserviert war.

Die Midnight Breaks waren die neueste Erfindung von Corrado Delacroix. Er selbst nannte sie nicht so, weil er keine englischen Wörter in den Mund nahm, sondern sprach, wie in fast jedem Zusammenhang, nur von »diesen Geschichten«. Ein paar Monate zuvor hatte er sie während einer Mitarbeiterversammlung aus dem Nichts erschaffen. Er stand am Fenster und starrte abwesend hinaus. Jeder, der ihn nicht kannte, hätte zwangsläufig annehmen müssen, dass ihm etwas Romantisches oder existenziell Bedeutsames durch den Kopf ging. Wer für ihn arbeitete, wusste allerdings, dass er über die Samen für die nächste Aussaat nachdachte.

»Ich verstehe nicht, warum dieser Vollidiot Pininfarina ein größeres Geißblatt hat als ich.«

Betretenes Schweigen. Signora Elena, Andrea, die Angestellten aus der Buchhaltung, die Design-Berater und die drei Köche fragten sich verzweifelt, wie es passieren konnte, dass dieser Bastard von einem Geißblatt nebenan wuchs und wuchs und das prächtige Exemplar, das im Garten der Konditorei Delacroix emporrankte, weit hinter sich ließ. Während sich Zhang Ji Wei, der chinesische Koch und Spezialist für Löffelgebäck, in Gedanken schon mit einer Machete bewaffnete, meinte Andrea, der immer wusste, wie man seinen Vater ablenken konnte: »Sag mal, Papa, was war das für eine Idee, die du gestern angedeutet hast?«

»Ach ja. Warum veranstalten wir nicht solche Nachtgeschichten, so etwas Ähnliches wie diese Sonntagsmorgensgeschichten, nur um Mitternacht. Das könnte doch interessant sein, oder?«

So waren die Midnight Breaks, die Abendversion des Brunchs, geboren worden, und genau wegen dieser Midnight Breaks hatte Emma soeben ihre Liebe verloren. Unruhig wartete sie darauf, dass Bianca in die Küche zurückkehrte. Sie hielt viel von ihrer Beobachtungsgabe: Eine Frau, die Milliardärin werden wollte, musste immer das Wesentliche im Blick haben, und im Wintergarten war jetzt etwas Wesentliches, das so unübersehbar war wie ein Wahlkampfbus.

Bianca enttäuschte ihre Erwartungen nicht. Als sie zurückkam, waren ihre Mundwinkel nach unten gezogen.

»Ich hätte nicht gedacht, dass er so dämlich sein kann.«

»Nicht wahr? Was für ein Mist. Es gibt tausende von Lokalen in dieser Stadt. Sie hätten auch bei Giancarlo feiern können.«

»Ja wirklich. Normalerweise gehen die Filmleute in die Arkaden am Po. Den Abschluss der Dreharbeiten feiern sie alle dort.«

Emma versuchte, so gleichmütig wie unglücklich Liebende in einem chinesischen Film auszusehen, aber im Winkel ihres rechten Auges bildete sich eine dicke Träne. Als Bianca sie bemerkte, sagte sie: »Möchtest du nach Hause gehen, um ein bisschen zu weinen? Ich komme mit Tincos Hilfe schon zurecht.«

»Nein danke. Ich weine später. Reich mir die *Schmelzenden Sünden*.«

Arme Emma. Die *Schmelzenden Sünden*, die sie kreisförmig auf einer großen Silberplatte anordnete, waren ein besonderer Prüfstein für sie. Andreas Kreation war der ganze Stolz der Konditorei Delacroix und wurde in ganz Italien und halb Europa bestellt: schmelzzarte Schokolade, Kaffee, Chili, Vanille und Kognak. Jede Praline war ein glühender Stich in ihr Herz, das bereits einem Nadelkissen für Stachelschweine glich.

Schließlich drückte Emma die Schultern durch und ging in den Garten. Im Spätfrühling und im Sommer fanden die eleganten Empfänge für die Reichen der Umgebung auf diesem rechteckigen Flecken hinter der Konditorei statt. Von Oktober bis Ende März dagegen wich man auf den beheizten Wintergarten aus, den Corrado Delacroix höchstpersönlich betreute und mit fremdartigen, unbekannten Pflanzen von den anspruchsvollsten Züchtern vollstopfte. Sobald sie den warmen, parfümgeschwängerten Raum betrat, stellte Emma sich vor, eine Ausgeburt des Cyberspace zu sein. Sie war ein Androide, der die Menschen mit Gebäck versorgte und mit dem Begriff des Gefühls nichts verband. Rädchen. Innen drin bestehe ich aus Rädchen und Dioden, dachte Emma, mit deren wissenschaftlicher Vorbildung es nicht weit her war, vor allem was den Bereich der Elektronik betraf. Im Bemühen, sich vollständig mechanisch zu fühlen, stellte sie die Platte anmutig auf einen der Tische des Mitternachtsbüfetts.

Die dramaturgische Grundidee der Midnight Breaks orientierte sich an den Ausflügen zum Kühlschrank, die das nächtliche Turin belebten. Um eins, um zwei, um vier Uhr nachts krochen die Menschen aus ihren Betten, die Kühlschranktüren öffneten sich, die Stadtviertel erglänzten im matten Licht der Hüter der Omelette-Reste. Käse, Mayonnaise, Gemüseschnipsel, gabelweise kalte Pasta, Fleischbällchen, die in ihrem erstarrten Sud vor Anker gegangen waren – all das fand sich im Wintergarten zu neuem Glanz kombiniert wieder. Etwas abgesondert bildete ein Tisch von bescheidenen Dimensionen den Winkel der Poesie und stellte ausschließlich die gefeierten Kreationen der Konditorei Delacroix zur Schau. Während Emma die *Schmelzenden Sünden* neben die rumgetränkten *Savoir Faire* stellte, hörte sie Andreas Lachen, das sich gegen Ende herabsenkte, dann zerbröselte und wie immer ihre Knie weich werden ließ. Er lachte also. Reue oder Zweifel, Scham oder Zurückhaltung kannte er offenbar nicht. Als logische Folge des wohlklingenden Lachens geschah es nun endlich, dass die berühmte Träne, die seit einer Viertelstunde in Emmas Augenwinkel lauerte, ins Nichts hinabstürzte und an einer *Schneeflocke* (weiße Schokolade, Zuckerkristalle und Mandeln) zerplatschte.

»Mach dir keine Sorgen, die esse ich schon.« Schnell bis an die Grenzen der Wahrnehmbarkeit ließ Tinco die gesalzene Praline verschwinden und verpasste Emma einen freundschaftlichen Klaps.

»Hau ab. Gönn ihm die Genugtuung nicht. Raus. Schick Bianca und verschwinde.«

Emma wurde nervös. Konnte es sein, dass ihre Androiden-Interpretation zu wünschen übrig ließ? Sie schaute auf und sah in Tincos heiteres Gesicht. 19 Jahre alt, Lehrling mit allem Drum und Dran: Piercing, Tätowierung, sechs Ohrringe, Hahnenkamm. Tinco, eigentlich Giuseppe Scippa, Abschluss am Istitute dell'Arte Bianca und wohnhaft in San Mauro Torinese in der Via Mezzaluna, mit Mama, Papa, Oma, Opa, zwei Zwillingsschwestern und dem heiseren Hündchen Rospo.

Emma sah ihn auf eine Weise an, die hoffentlich mechanisch wirkte, und sagte: »Gibt es ein Problem? Mir geht es großartig.«

»Red keinen Stuss.«

Die freundschaftliche Unterhaltung wurde von Signora Elena unterbrochen. Ganz in Lila und schön wie eine Glyzinie schenkte sie ihnen ein tödliches Lächeln und zischte: »Na? Mindestens drei Platten sind leer, und ihr steht hier herum und unterhaltet euch? Bringt Röllchen, Splitter und eine große Schüssel warmen Selleriesalat.«

Emma und Tinco sausten wie elektrische Spielzeugeisenbahnen davon, denn sie wussten, dass man die Saalchefin besser nicht verärgerte. Während Tinco ungehindert in Richtung Küche entschwinden konnte, wurde Emma der Fluchtweg von einer Person mit weißen Haaren und blauem Hemd verstellt.

»Warte mal«, sagte Corrado Delacroix mit einem Hauch höflicher Verachtung in der Stimme.

Emma erstarrte auf dem Fleck, wie es Kaninchen bei der winzigsten Andeutung von Gefahr zu tun pflegen. Wenn ihre Ohren nicht zitterten, so war das keine Absicht. Die Spur der Träne auf ihrer Wange spannte wie eine Narbe, und sie hatte unleugbar einen Tropfen an der Nase hängen. Jetzt feuert er mich, dachte sie, und so verliere ich innerhalb einer halben Stunde Liebe und Arbeit, der reinste Filmbeginn.

»Hast du diese Birnengeschichten gemacht?«

Emma konnte es nicht leugnen. Sie war es, die diese Birnengeschichten gemacht hatte. In einem Anfall von Übermut und beflügelt durch Andreas erste Küsse hatte sie Jerôme um Erlaubnis gebeten, ein Frühstücksgebäck kreieren zu dürfen. Es war ihr seit einiger Zeit schon im Kopf herumgespukt, und Jerôme hatte keinen triftigen Grund gefunden, ihr den Wunsch zu verweigern. Sie hatten es zwischen die Brioches in die Vitrine gelegt, und es hatte reißenden Absatz gefunden.

»Ja. Ich ... Jerôme hat es mir erlaubt, und ...«

»Schon gut. Wir müssen uns irgendwann darüber unterhalten.«

Ohne ihr Zeit zum Antworten zu lassen, richtete der große Meister seinen blauen Blick und sein Interesse auf etwas anderes. Emma merkte, dass die komplizierte Schalttafel in ihrem Innern wieder gewöhnlichen organischen Substanzen gewichen war. Also kehrte sie in die Küche zurück, nahm ihre Schürze ab und erklärte, dass sie nach Hause gehe.

Bianca vollendete soeben den magischen Zirkel der aussterbenden Käsesorten mit der Scheibe eines Raschera aus Villastellone.

»Gute Idee«, sagte sie. »Sobald die Prasser sich bis zum Anschlag vollgestopft haben, komme ich auch. Ertrink nicht in deinen Tränen.«

Tinco, der Geschirr spülte, hielt inne und fragte: »Was heißt denn hier Prasser?«

»Leute, die zu viel essen«, sagte Jerôme, der marokkanische Konditor und einzige Stellvertreter, den Andrea Delacroix neben sich duldete.

»Das ist genau das richtige Wort für diese Kotzbrocken. Sie fressen wie die Schweine, bis ihnen der Schlauch platzt.«

Tinco verachtete die Teilnehmer der Midnight Breaks maßlos. Seiner strengen piemontesischen Bauernseele, einem weiteren seiner Accessoires, war die Völlerei nach einem üppigen Mahl eine Entartung von Lackaffen, die man am besten gleich mit den Bösen in die Hölle schaffen sollte. Heute war er besonders genervt, weil auch noch ein Mythos gestorben war. Vor einigen Monaten nämlich hatte Andrea die Nachfolge von Comic-Gangster Diabolik angetreten und war zu Tincos neuem Vorbild geworden. Nun aber schwänzelte er wie ein glitschiger Fisch um eine zugekleisterte Tussi herum und brachte die großartige Emma zum Weinen. Die näherte sich ihm gerade und zog leicht an dem Bleistift, der in seinem rechten Ohrläppchen steckte.

»Gimme five, Rospo.«

Grunzend versenkte er die Finger wieder im Seifenwasser.

Die Konditorei Delacroix lag am Ende der schönsten Straße von Turin, des Corso Fiume, der in einer leichten, aber stetigen Neigung das Po-Ufer mit den ersten Bäumen der Hügel verband. Um nach Hause zu gelangen, überquerte Emma die Brücke, nahm die Abkürzung durch den Valentino-Park und erreichte das Viertel San Salvario, die Via Lombroso 22, den vierten Stock ohne Aufzug und die Tür zu der kleinen Unterkunft, die sie sich mit Bianca teilte.

Warum gehe ich nach Hause?, hatte sie sich gefragt, als sie in die Via Lombroso eingebogen war. Ich sollte besser nachschauen, ob jemand im Jumpin' ist. Was soll ich daheim? Sämtliche Pläne für den Abend sind geplatzt, Andrea wird später nicht kommen, um mich in der neuen Bettwäsche mit Narzissenaufdruck zu lieben und zu küssen. Andrea wird mich überhaupt nicht mehr lieben und küssen, welchen Aufdruck auch immer die Bettwäsche haben mag.

»Möglicherweissse irrssst du dich«, säuselte ein verschnupftes Stimmchen, als sie nun den Schlüssel ins Schloss steckte. »Möglicherweissse hat er sseinen Fehler schon erkannt und sssucht dich zwischen den exotischen Pflanzen. Bald schon kratzt er an deiner Tür und bittet dich um Versseihung – auf Knien, wie Gianni Morandi in dem Lied *In ginocchio da te.*«

Obwohl Gianni Morandi ins Spiel kam, war das nicht ihre Mama, die da sprach. Es war die Stimme der Langeweile, eine nervtötende Begleiterin, die sich seit geraumer Zeit in Emma breitmachte und sie mit Gemeinplätzen bombardierte. Zu allem Überfluss klang sie mit ihren Zischlauten wie eine Kreuzung aus Sir Biss und Gollum.

Trotzdem neigte Emma dazu, ihr Glauben zu schenken. Sie trocknete sich die Tränen, kochte Kräutertee und widmete sich einer klassisch weiblichen Tätigkeit: sich verzehren und schmachten, warten, hoffen und sich Sätze zurechtlegen für jemanden, der nicht kommen wird, um sie sich anzuhören.

Um zwei kehrte Bianca heim, und Emma musste sie nur anschauen, um zu erkennen, dass sie für jede Art von Trost zu müde war. Die Müdigkeit schien sie regelrecht schrumpfen zu lassen. Bianca stand in der Tür von Emmas Zimmer, wo ihre Freundin auf ihrem japanischen Ikea-Bett saß und das Rezept für die einzig wahre Mousse au Chocolat in der Hand hielt, Andreas erste und leider auch letzte Liebesgabe.

Emma sah sie fragend an, und Bianca nickte.

»Die beiden sind zusammen weggegangen. Die Frau wirkte, als hätte sie im Ausverkauf ein fantastisches Kleid ergattert.«

Seufzend zerriss Emma das Rezept.

»Adieu, einzig wahre Mousse au Chocolat. Ich bewahre besser keine Rezepte auf, die mich traurig machen.«

Bianca stand immer noch auf der Türschwelle und fing nun an, sich auszuziehen. Sie war klein und trug kleine Kleider.

»Möchtest du einen Kräutertee?«, fragte sie.

»Schon gehabt. Weißt du, wenigstens gibt es nicht viel, was ich vergessen müsste. Wir waren nur drei Tage zusammen.«

»Es war also gar keine richtige Geschichte, oder?«

»Nein. Wir sind nicht einmal ins Kino gegangen.«

»Gibt es Erinnerungen, die gelöscht werden müssten?«

Emma schwenkte eine Rätselzeitschrift.

»Wir haben zusammen ›Was fehlt auf dem Bild?‹ gespielt.«

»Darüber kommt man hinweg. Warte. Lass mal sehen, ob es etwas gibt, das …«

Bianca zog ein Buch aus ihrem roten Rucksack, den sie auf den Boden geworfen hatte. Sie hatte stets Bücher dabei, und in allen hatte sie unterschiedlich viel gelesen. Sobald es irgendwie möglich war, schaute sie in eines hinein. Emma hatte sie lesen sehen, während sie Artischocken in Scheiben geschnitten hatte (Schnittwunde am linken Zeigefinger), während sie auf den Bus gewartet hatte (Bus verpasst), während sie ein Eis mit Sahne gegessen hatte (Bluse ruiniert). Seit sie zusammen wohnten, hatte Bianca ihr eine endlose Menge an Sätzen, Versen, Formeln und Hypothesen vorgelesen. Diesmal war das Buch weiß und dünn und enthielt griechische Lyrik.

»Hör zu: ›Schwarzer Schlaf der Nacht umfing die Augen‹. Das ist genau das, was du jetzt brauchst. Lass deine Augen umfangen.«

»Okay«, sagte Emma, die stets willig gehorchte.

Bianca ging, und Emma weinte ein wenig, ließ dann den schwarzen Schlaf der Nacht ihre Augen umfangen, schlief ein, träumte im Schlaf davon, zu weinen, wachte auf und weinte, schlief wieder ein, träumte davon, ein großes, brennendes Känguru zu retten, wachte erneut auf, weinte ein wenig und beschloss um vier, ihren Schlafanzug anzuziehen, sich ins Bett zu legen und richtig zu schlafen. Mittlerweile hatte sie sich derart verzehrt, dass sie sich konkav zu krümmen schien, und sie hatte so viel geweint, dass sie ein Kilo abgenommen hatte. Trotzdem war ihr Gemütszustand nicht übel. Während sie sich das Gesicht wusch, summte sie sogar vor sich hin. Aber ja doch!

Gerade als sie Leggings und T-Shirt anzog – ihren so genannten Schlafanzug –, klingelte es an der Tür.

Schau mal einer an, dachte sie. Die Stimme der Langeweile hatte Recht. Er kommt und bittet mich um Verzeihung. Er hat verstanden, dass die Frau nur ein Traum ist, ein Mythos, der den Umzug in die Realität nicht überlebt, während ich die einzig wahre Liebe bin. Was tun? Soll ich ihm verzeihen?

Sie öffnete die Tür, sah ihn an und wusste, dass die Stimme der Langeweile sich geirrt hatte. Gründlich geirrt.

»Hallo.«

»Hallo.«

Sie saßen in der Küche und starrten traurig auf das kleine Becken mit Biancas Fischen namens Audio und Video.

»Wie geht es dir?«

»Ganz gut. Wenn man bedenkt, dass ich zusehen durfte, wie du dich unter meinen Augen in eine andere verliebst, könnte es schlechter gehen.«

»Emma. Du wusstest, dass …«

»Ja klar. Du hast es mir vorgestern gesagt: ›Niemand hat mir je so gut gefallen wie du. Außer Jasmine Jay.‹«

Das hatte er gesagt, als sie nachts um zwei von der Ponte Isabella in den Fluss geschaut hatten, ein wenig verwirrt vor Liebe und steif gefroren von der Nachtluft. Er hatte eine Locke um seinen Finger gewickelt und ihr von seiner alten Leidenschaft für die Schauspielerin erzählt, die er kennen gelernt hatte, als sie beide 16 gewesen waren – kennen gelernt in dem Sinn, dass er sie im Kino gesehen und sich hoffnungslos in sie verliebt hatte. Oder nein, so hoffnungslos nun auch wieder nicht, denn es bestand ja die Hoffnung, dass er sie eines Tages treffen und heiraten würde. Er würde Vater werden von vielen Kindern, die alle aussahen wie sie, und so das Fundament zu einer soliden Ehe legen, die in der rauen Luft der Filmwelt jedermann verblüffen sollte. Jasmine Jay war mit ihrem Debüt, dem überwältigenden Kinoerfolg *Knospende Rosen*, wie eine Bombe eingeschlagen und hatte dann eine Reihe von Klonen nach dem immer gleichen Muster folgen lassen: französische Gymnasiastin, sehr sexy, aber kalt wie Eis undsoweiterundsofort erlebt ihre erste Blablabla und ihre ersten Etceteraetcetera, umgeben von soundso Freunden und soundso Eltern. Dann war Jasmine andere Wege gegangen und hatte in verschiedenen Filmen mitgespielt, in denen sie entweder an ein Bettgestell gefesselt war oder in Kostümen aus dem 17. Jahrhundert herumritt. Andrea hatte sie nie aus den Augen verloren und ihren Werdegang auch dann noch verfolgt, als sie sich serienmäßig mit dreidimensionalen Männern verlobt hatte. Jeden ihrer Filme sah er sich an und starb jedes Mal einen kleinen Tod: Schau sie dir an, dachte er, jetzt ist sie schon 25, 28, 30, und ich werde alt und habe sie noch nicht treffen, retten, zu der Meinigen machen und ihrem Leben einen Sinn geben können.

Das alles hatte Andrea nachts um zwei in der Spätwinternacht auf der Ponte Isabella erzählt, und Emma hatte sich nichts dabei gedacht. Ja und?, hatte sie vielmehr gedacht, ich steh dafür auf Johnny Depp. Den kramte sie nun auch in diesem wehmütigen Moment vor den Goldfischen hervor.

»Stimmt schon, aber ich hatte das für normal gehalten, so nach dem Motto, ich steh dafür auf Johnny Depp. Allerdings ...«

»Und wenn du ihm begegnen würdest? Wenn er gestern Abend zufällig in die Konditorei gekommen wäre? Mit einem Filmteam, das in Turin dreht? Plötzlich fällt sein Blick auf dich, und du ...«

Emma nickte. Sie wusste, was er sagen wollte.

»Schon kapiert. Ich persönlich glaube nicht, dass Johnny Depp sich großartig für mich interessieren würde. Sollte es allerdings dazu kommen, würde ich vielleicht auch alles über den Haufen werfen. Keine Ahnung, Andrea. Tatsache ist, dass es dir passiert ist, nicht mir. Und Jasmine interessiert sich für dich, nicht wahr? Ihr seid zusammen weggegangen.«

Andrea schaute ihr in die Augen.

»Stimmt.«

Das war einer der Gründe, warum sich Emma in ihn verliebt hatte. Er war ein Mann, der sich nicht unmöglich machte. Er entschuldigte sich nicht und versuchte nie, seine Entscheidungen als schwache Momente zu verkaufen. Das wollte sie nach besten Kräften würdigen, also sagte sie: »Nun ja, wir waren schließlich nur drei Tage zusammen.«

»Drei perfekte Tage allerdings.«

»Offensichtlich nicht perfekt genug.«

Sie schaute ihn an, er schaute sie an, sie schaute ihn weiter an. Andrea war blass, hatte dunkle Haare, graue Augen und scharf geschnittene Wangenknochen. Im Moment hatte er auch noch einen Bart, gerötete Lider und stank grässlich nach Qualm. Emma seufzte. Er machte ein komisches knarzendes Geräusch. Sie lächelte.

»Werden deine Knochen morsch?«

»Äh, nein. Es gibt da etwas, das …«

»Lass mal. Wir müssen das Ganze nicht in die Länge ziehen. Sieh zu, dass du glücklich wirst.«

Andrea erhob sich und ging zum Eingang der Wohnung, die er nie richtig hatte kennen lernen können.

»Letztlich scheine ich nicht so wichtig für dich zu sein, nicht wahr?«

Emma hatte keine Lust, das zu bestätigen.

»Du müsstest wissen, wie wichtig du für mich bist.«

»Hör mal. Da ist noch etwas, das …«

Andrea schwieg, dachte nach und schüttelte dann den Kopf.

»Schon gut. Das ist jetzt nicht der richtige Zeitpunkt. Mein Vater wird demnächst mit dir darüber sprechen. Du solltest aber wissen, dass ich nichts damit zu tun habe. Es war seine Entscheidung.«

Emma schloss die Tür. Das Ende ihrer Liebe hatte insgesamt zwölf Minuten gedauert.

Croissant natur

Signora Elena starrte sich so aufmerksam an, dass der Spiegel beinahe ihre Züge aufgesaugt und ihr Gesicht wie gut durchgekneteten Brotteig zurückgelassen hätte. Anders als die böse Königin, die den Spiegel ihrer Sehnsüchte immer gefragt hatte, wer die Schönste im ganzen Land sei, stellte Signora Elena dem silbernen Rechteck stets folgende Fragen.

»Wie alt bin ich? Haben die drei verschiedenen Cremes, die ich mir jeden Morgen und jeden Abend auf Gesicht, Hals und Dekolletee schmiere, überhaupt eine Wirkung? Erfüllt das zarte Gel, das ich in regelmäßigen Abständen um Augen und Mund herum auftrage, den Zweck, für den ich es bezahle – teuer bezahle? Was ist mit den Grimassen, die ich heimlich ziehe, um die sterbensmüde Wangenmuskulatur fit zu halten? Lässt das Goldblond meiner Haare allmählich seine chemische Natur erkennen, weil es sich schlicht von den Augenbrauen abhebt? Welches Licht verhüllt am besten die feinen Krähenfüße, die sich in meinen Augenwinkeln ausbreiten? Und die verdammten Konturen! Haben sie noch weiter nachgegeben, diese Bastarde, aus lauter Trotz gegen die vielen Maßnahmen, mit denen ich der Welt den Anblick eines reifen und also aufgedunsenen Gesichts ersparen möchte?«

Wütend, wie sie es nach der unbarmherzigen Untersuchung um sieben Uhr morgens immer war, beruhigte sich Elena erst wieder, als sie auf ihren tadellosen Körper hinabschaute. Ohne Zweifel war er superschlank und superstraff. Natürlich hatte die Haut, wenn man sie berührte, nicht mehr die frische Geschmeidigkeit wie mit 30, und den Bleistift steckte sie erst gar nicht unter die Brüste, weil sie wusste, dass er unweigerlich dort stecken bleiben würde. Wer aber nur hinschaute und nicht zupackte, konnte gut und gern hereinfallen.

Als 40-Jährige gehe ich glatt durch, dachte sie erleichtert. Sogar als 38-Jährige, pah. Nun nahm Signora Elena, die schon seit Jahren 54 war, die letzte schmerzhafte Aufgabe des Morgens in Angriff: Sie wog sich. 50 Gramm mehr als gestern. Heute also nur Gemüse. Sie seufzte, stieg von der Waage und widmete sich endlich der Kunst und dem Vergnügen. Rouge, Pinselchen, Lidschatten, Lippenstift, Schwämmchen: 40 Minuten jeden Morgen, um das Haus verlassen und sich immer noch als die umwerfende Blondine von einst fühlen zu können. Heute war zudem der große Tag, auf den sie seit 23 Jahren wartete, und sie wollte ihn als Star erleben.

»Da sind wir. Sie ist gekommen«, sagte sie wenig später zu Lucia, ihrer Assistentin, die als zweite Kellnerin in der Hierarchie der Konditorei Delacroix direkt hinter ihr rangierte. Lucia kam seit 30 Jahren stets als Erste. Wer auch immer morgens die Küche betrat, fand sie dort schon vor. Und doch wohnte Lucia irgendwo und hatte sogar einen Ehemann und ein paar Söhne, alles Köche in verschiedenen Restaurants, Hotels und Schiffsküchen.

»Guten Morgen, Elena. Soll ich dir einen Kaffee machen?«

»Ja bitte, aber einen richtigen. Ich bin zu nervös für Malzkaffee. Und schäl mir bitte einen Apfel.«

»Möchtest du kein Croissant?«

»Machst du Witze?«

»Ein Croissant natur.«

»Nein. Ich habe 50 Gramm zugenommen.«

Lucia schnaubte. Nicht einmal ein Croissant natur. Ohne Füllung waren Croissants bei allen Diäten erlaubt, dachte sie. Zumindest bei allen Diäten, die für sie infrage kamen.

»Hast du gehört, was ich gesagt habe? Sie ist gekommen. Der große Tag ist da. Heute wird sich mein Leben verändern. Und ihres auch. Er weiß es nicht, aber nichts wird mehr sein wie zuvor.«

Was das betraf, hatte Lucia keinerlei Zweifel, doch sie war sich nicht sicher, ob das verlockende Aussichten waren.

»Ich weiß nicht, Elena, das habe ich dir ja schon gesagt. Meiner Meinung nach machst du einen Fehler. Du weißt nicht, wie er reagiert.«

»Natürlich weiß ich das. Ich brauche ihm nur in die Augen zu blicken, um ihn vollständig zu durchschauen.«

Lucia schälte einen eher grünen als roten Royal Gala und schüttelte verzweifelt den Kopf. Immer dasselbe. Die Jahre vergingen, Elenas Hirnzellen schrumpften, aber selbst die verbliebenen kannten nur eine einzige Bezugsgröße: Corrado Delacroix. Seit 30 Jahren las Elena in seinen Augen und begriff nicht, dass sie in einer ihr unverständlichen Sprache redeten.

»Signor Delacroix ist ein Buch mit sieben Siegeln für dich, Elena. Wann glaubst du mir endlich?«

»Ich kenne ihn besser als irgendjemand sonst. Er selbst ist es, der noch nicht in den tiefen Brunnen seines Wesens geschaut hat.«

Wenn sie ihren Sätzen Nachdruck verleihen wollte, fischte Elena ziemlich willkürlich im weiten Meer der rhetorischen Mittel, und so trug sie diese schönen Worte auf den Lippen, als sie nun die Küche verließ, um in der Garderobe eine ihrer 15 hocheleganten Schürzen umzubinden. In der Tür stieß sie auf Zhang Ji Wei. Zhang war seit zwölf Jahren in Italien und kannte die traurige Geschichte von Elena und Corrado Delacroix nur zu gut. Er schaute ihr hinterher, schüttelte den Kopf, nahm den Löffel, mit dem er die Cremes probierte, und erklärte Lucia nicht zum ersten Mal, was er von der Sache hielt.

»Die alme Flau. Tlaulig wo hen hao nicht sehen la zhu kai xin zu viel wild mit ni jin tian.«

Signora Lucia nickte. Zhang war noch nicht so weit, alles auf Italienisch ausdrücken zu können, doch sie verstand seine schönen, geheimnisvollen Sätze.

»Vergiss es, Zhang. Elenas Schädel ist so dick wie ein Fleischklopfer.«

Das erste Anzeichen dafür, dass dies wirklich ein ungewöhnlicher Tag in der Geschichte der Konditorei Delacroix war, zeigte sich um Punkt neun, als der oberste Konditor in sein Büro trat, auf den Knopf der Sprechanlage drückte und direkt mit der Küche verbunden wurde: »Ist die Trisciuoglio schon da? Schickt sie mit dem Frühstück zu mir.« Klack. Ende der Ansage. Signora Elena spürte, wie ihr ein schlangenartiger Schauer über den Rücken lief. Seit sie eingestellt worden war, hatte immer sie und nur sie dem Chef das Frühstück gebracht. Wieso verlangte er jetzt nach der Trisciuoglio? War das vagabundierende Herz ihres geliebten Corrado in plötzlicher Leidenschaft entflammt? War es eine dieser heftigen, vorübergehenden und nicht notwendigerweise erotisch begründeten Launen, die seine Beziehung zu neuen Bekanntschaften ausmachten? Unmöglich. Nicht Emma Trisciuoglio. Corrado hatte ihr niemals auch nur die winzigste Aufmerksamkeit geschenkt. Außerdem hatte sie angeblich etwas mit Andrea. Der allerdings Sonntagabend mit dieser französischen Schauspielerin verschwunden war ... In diesem Moment sah Elena eine blasse Emma vorbeimarschieren und vertagte weitere Grübeleien. Sie packte Emma am Arm und begann, sie auf die heikle, fast unausführbare Aufgabe vorzubereiten.

Sie waren in der Küche. Zwischen ihnen stand das glänzende Silbertablett, das Elena höchstpersönlich vorbereitet hatte: weiße Porzellantasse, Teekanne, silberne Zuckerdose und Milchkännchen, alles Teile von einem zentnerschweren georgianischen Service. Außerdem etliche Scheiben ofenwarmes Brot, Butter, drei verschiedene Marmeladen, Obst und ein karamellisierter Muffin, eine neue Kreation von Zlatan, dem serbischen Koch, der für das Kleingebäck zuständig war. In einer Kristallvase steckte wie jeden Morgen eine Blüte der jeweiligen Jahreszeit, in diesem Fall ein Forsythienzweig.

»Heb es mal an«, sagte Signora Elena.

Emma gehorchte und fiel fast um. Dieses Zeug würde sie nie bis zum Büro des Chefs schleppen können.

»Stell es wieder hin. So darfst du es nicht halten. Weißt du noch, wie Cinderella ihrer Stiefmutter den Tee gebracht hat?«

Emma nickte. Cinderella musste drei Tabletts tragen, eins für die Stiefmutter, eins für Anastasia und eins für Drisela. Jedes Mal, wenn Emma den Film sah, bewunderte sie die Geschicklichkeit dieses Hungerhakens, der Treppen und Korridore bewältigte, ohne auch nur einen einzigen Tropfen zu vergießen.

»Das Geheimnis besteht darin, das Tablett richtig auszubalancieren. Schau.«

Nach einer kurzen praktischen Demonstration und ein paar Anläufen schaffte es Emma, das Gewicht des Frühstückstabletts zu stemmen. Sie wollte sich auf den Weg machen, aber Elena stoppte sie mit einem Blick.

Emma nickte in Erwartung dessen, was nun folgen würde.

»Ein persönliches Interesse schließe ich aus. Du bist seit acht Monaten hier, und er hat dich keines Blickes gewürdigt. Außerdem bist du nicht sein Typ.«

Emma nickte abermals. Sie war vollkommen einer Meinung mit Signora Elena.

»Also hat er etwas im Sinn. Pass gut auf, was er dir sagt. Was auch immer es ist, pass auf.«

Emma nickte immer noch.

»Hör sehr gut zu, denn du wirst mir alles Wort für Wort berichten. Wiederhole!«

»Was?«

»Was ich gesagt habe.«

»Ich soll Ihnen alles Wort für Wort berichten.«

»Genau. Wie ein Brandmal musst du es dir einprägen, *verba non volant* quasi.« In besonderen Fällen griff Elena auch auf Fremdsprachen zurück, vorzugsweise auf Latein.

»Ja gut. Ich versuche es, aber …«

»Du sollst es nicht versuchen. Du sollst es tun. Und denk dran: Wenn du etwas vergisst, finde ich das heraus, und dann wird es hier ziemlich ungemütlich für dich werden.«

Emma schluckte.

»Ich weiß. Hoffen wir das Beste, Signora Elena.«

»Hoffen reicht nicht. Geh.«

Und Emma ging. Zwischen Küche und Büro ließ sie ihr gesamtes Berufsleben an sich vorbeiziehen und fragte sich, ob sie am Rande einer Katastrophe stand und binnen Kürze zum dritten Mal von vorne würde anfangen müssen.

Vito Trisciuoglio, Emmas Vater, war 1970 aus San Severo in der apulischen Provinz Foggia gekommen. Er war damals

28 gewesen. In Turin wohnten bereits sein großer Bruder, seines Zeichens Inhaber einer Werkstatt, und seine kleine Schwester, ihres Zeichens Inhaberin eines Mannes, der eine Bar besaß, außerdem eine große Schar Cousins und Cousinen. All das versprach ein glückliches apulisches Leben samt Eingliederung in die Werkstatt und Heirat mit einer apulischen, durch die Verwandtschaft vermittelten Signorina. Stattdessen stolperte Vito über Rita Ceschino aus Valle San Nicolao in der Provinz Biella, einer Gegend, in welcher der Treibhauseffekt noch nicht spürbar und das Ozonloch eine unbekannte Größe war. Dort war es immer noch so kalt wie eh und je, möglicherweise sogar noch kälter. Rita war vom Land in die große Stadt gekommen, um sich mit einer Freundin zu treffen, die sie im Sommer in Valle San Nicolao kennen gelernt hatte, als wie immer zu dieser Jahreszeit Leben in die dortigen Villen eingekehrt war. Nun waren sie in der Bar L'Angelo Azzurro in der Via Po verabredet, wo Rita auf Vito aufmerksam wurde, weil er wegen Bevorteilung des gegnerischen Paars einen Tischfußballtisch beleidigte. Das war 1974. Sie heirateten, ließen sich in einem Vorort von Turin häuslich nieder und zeugten 1977 ihre einzige Tochter Emma. Rita war Barfrau aus Leidenschaft. Weil sie sich von der Feierabendbar in Valle San Nicolao verabschieden musste, übernahm sie eine Bar in der Stadt. Vito brachte sich mit ein und trauerte den schmierigen Motoren nach. Die Entsagung wider Willen wurde zum bestimmenden Prinzip seines Lebens und forderte ihm in den letzten Jahren, als sie aufs Land zurückkehrten, Höchstleistungen ab. Nicht auf *sein* Land kehrten sie nämlich zurück, sondern auf das seiner Frau, weil sie im schlichten Valle San Nicolao das Haus der verstorbenen Schwiegereltern übernahmen und fortan wie die Provinzler von Biella lebten.

Eine der wenigen Fragen, in denen sich die Eheleute

Trisciuoglio immer einig gewesen waren, bestand in dem Wunsch, dass Emma studieren, ein Ausbund an Wissen und idealerweise Nobelpreisträgerin werden sollte. Bis zu einem bestimmten Punkt hatte Emma ihre Erwartungen erfüllt. Klassisches Gymnasium, Bestnoten, Wahnsinnszeugnis, Geschichtsstudium mit Abschlussarbeit über den Stein von Rosetta. Nach dem Studium hatte Emma verschiedene Vertretungsstellen an städtischen Schulen bekommen und ein paar Jahre lang Geschichte, Latein, Italienisch und Geographie unterrichtet. Nach und nach, aber so unausweichlich wie die Gezeiten hatte sie eine unüberwindliche Abneigung gegen ihren Beruf entwickelt. Genug, sie konnte nicht mehr. Lieber würde sie auf dem Corso Massimo d'Azeglio, über den die Turiner ans Meer flüchteten, auf den Strich gehen. Sie wollte auch nicht Sekretärin werden, promovieren, in einer Pressestelle arbeiten, Druckfahnen korrigieren oder für die Zeitung schreiben. Nein, sie hatte im Fernsehen Kochsendungen gesehen und begriffen, dass sie ihren Lebensunterhalt damit verdienen wollte, Torten, Gebäck, Puddings, Cremes und schlimmstenfalls auch Ostereier herzustellen.

Sofort hatte sie sich für einen Konditorenkurs angemeldet und ihn finanziert, indem sie ihre Schätze verkauft hatte: ihre Stereoanlage, ihre goldenen, mit Aquamarinen besetzten Ohrringe von der Erstkommunion und die sechs Sterling Gold, die sie von ihrem Großvater väterlicherseits, bevor er beim Boccia tot umgefallen war, zu ihren ersten sechs Geburtstagen bekommen hatte. Den Kurs verließ sie mit Auszeichnung und einem soliden Grundwissen und wurde sofort in einer kleinen Konditorei angestellt. Von dort schaffte sie den Sprung zu den Delacroix. Durch Beobachtung, Nachahmung und Fragen versuchte sie, sich die Geheimnisse der gehobenen Konditorenkunst anzueignen. Eines Tages würde auch sie mit einer denkwürdigen Kreation aufwarten und sie in einer der weißen Schachteln mit der eleganten Figur obendrauf verschwinden sehen.

Während sie sich nun mit dem Tablett abmühte und einem Gespräch entgegenging, das sehr wahrscheinlich nicht erfreulich sein würde, fragte sie sich allerdings, ob sie nicht besser daran getan hätte, sich mit wackligen Gelegenheitsjobs an der Schule durchzuschlagen. Statt dieses Andreas hier hätte sie irgendeinen anderen Andrea kennen gelernt, am besten einen Mathematik- oder Philosophielehrer, und hätte ihre Familie zwischen Stapeln von Schulheften gegründet. Nie und nimmer hätte ein Mathematiklehrer an einem Turiner Gymnasium die Gelegenheit gehabt, sich mit Jasmine Jay zu verloben.

Emma hatte nicht viel Zeit, dem fiktiven Lehrer nachzutrauern, denn sie stand vor der Tür und ihr fiel auf, dass sie nicht anklopfen konnte. Beide Hände wurden von dem Tablett mit Beschlag belegt. Angesichts dieses unüberwindlichen Hindernisses spürte Emma, wie sich ihr Herzschlag beschleunigte und eiskalte Schweißtropfen auf ihre Stirn traten. Die Lösung, die ihr als die natürlichste erschien, nämlich gegen die Tür zu treten, verwarf sie. Stattdessen stellte sie das Tablett auf den Fußboden, klopfte, wartete, bis der Chef »herein« rief, öffnete die Tür einen Spalt, hob das Tablett wieder hoch, drückte die Tür mit der Hüfte auf und betrat, immer noch in schiefer Haltung, das Zimmer.

Corrado Delacroix studierte seine Post.

»Weißt du, wo … warte mal … Torquay liegt?«

»In Südengland.«

»Hier ist eine Einladung zur Woche von Pudding & Co.«

Emma gab keinen Kommentar ab und stellte das Tablett direkt vor Corrado auf den penibel aufgeräumten Schreibtisch. Seit acht Monaten arbeitete sie nun hier, und sie hatte gelernt, mit ihren Worten vorsichtig zu sein.

»Ah, das Frühstück, richtig. Setz dich.«

Emma setzte sich auf den roten Armstuhl vor dem Schreibtisch. Ihr Arbeitgeber, der so neugierig war wie ein Affe, erkundigte sich: »Was isst du denn so zum Frühstück?«

»Ich trinke einen Kaffee. Ansonsten unterschiedlich. Mal ein Toastbrot mit Marmelade, mal Kekse oder Joghurt oder Müsli mit Milch. Manchmal auch Reste.«

»Das reinste Chaos also.«

»Ja.«

Schweigen. Corrado goss sich Tee ein und sagte dann ohne jede Vorwarnung: »Diese Birnengeschichten, die du gemacht hast ... nicht schlecht.«

Schweigen. Auch von Emmas Seite nichts als Schweigen. Sie war erschlagen. Von Delacroix gelobt zu werden, war unvorstellbar. Auf so etwas gab es keine Antwort.

Er schien auch keine zu erwarten und fuhr fort.

»Wir haben daher beschlossen, dich zum Wettbewerb zu schicken.«

Wieder Schweigen. Totale Beklommenheit. Was für ein Wettbewerb?

»Was für ein Wettbewerb?«

Corrado biss in den Muffin und legte ihn mit einer Grimasse wieder hin.

»Unglaublich! Zu viele Blaubeeren. Zlatan hat jedes Maß verloren. Wie bitte? Was für ein Wettbewerb? Wie viele Wettbewerbe gibt es, die den Namen verdienen?«

Mit ausgetrockneter Kehle krächzte Emma: »›Ein Stern für Weihnachten‹?«

»Richtig.«

»Sie wollen mich dorthin schicken?«

Corrado Delacroix lächelte spöttisch, wie es seine Art war.

»Bist du taub? Oder schwerhörig?«

Emma fand die Bemerkung zutiefst ungerecht. Man konnte nicht einer dahergelaufenen Konditoreigehilfin von 27 Jahren sagen, dass sie am größten internationalen Ereignis des Konditorenwesens teilnehmen sollte, und dann erwarten, dass sie mit vollendeter Nonchalance reagierte. Sie hielt sich schon für ausgebufft, weil sie nicht in Ohnmacht gefallen war. »Ein Stern für Weihnachten« war trotz des rührigen Namens der Traum eines jeden Mitarbeiters ihrer Branche, das Paradies noch jenseits von Disneyland und Oscarverleihung. Vor zehn Jahren war der Wettbewerb von der ACME ins Leben gerufen worden, der reichen, mächtigen, wohlwollenden und gerechten Association Confituriers Maîtres d'Europes mit Sitz in Paris und einem weit verzweigten Netz in der gesamten Welt. Alle zwei Jahre veröffentlichte die ACME in ihrem offiziellen Organ, der *ACME-Gazette*, die Liste der zehn bedeutendsten Konditoren Europas. Die zehn bedeutendsten Konditoren Europas? Die Kriterien waren so geheimnisvoll wie unanfechtbar, bedachte man, dass sie nie von irgendjemandem verstanden oder infrage gestellt wurden. Manche Meister waren mehrfach in der Liste aufgetaucht, niemand war immer enthalten. Alle zehn waren zugelassen zum Wettbewerb »Ein Stern für Weihnachten«, der mittlerweile zum fünften Mal stattfand. Jeder Meister bestimmte einen seiner Mitarbeiter, der jünger als 30 war und noch nie an einem Wettbewerb teilgenommen hatte. Die zehn Erwählten wurden für eine Woche an einem Ort versammelt, wo jeder von ihnen etwas kreieren musste, das drei bestimmte, im letzten Moment bekannt gegebene Zutaten enthielt. Das Resultat konnte eine Torte, eine Praline, ein Eis oder ein Gebäck sein, durfte jede erdenkliche Form haben und außer den Pflichtzutaten noch beliebige andere Dinge enthalten. Solange es sich um ein Konditoreierzeugnis handelte, gab es keine Grenzen. Am Ende der Woche kam eine erlesene Jury zusammen: Königin Paola, Königin Beatrix und andere Königinnen und Prinzessinnen aus den beteiligten Ländern, außerdem berühmte Schriftsteller, vergötterte Rockidole, Hollywoodstars und Sportgrößen, alles in allem 30 Personen. Diese Jury kürte dann die beste Kreation, die ab dem ersten Dezember in 680 Konditoreien in aller Welt verkauft wurde. Man ehrte sie mit Gedichten, Liedern und anderen erhabenen Ausdrucksformen der Jurymitglieder, die von der Stiftung »Ein Stern für Weihnachten« großzügig für ihr Engagement entschädigt wurden. Mit dem Ereignis einher gingen ein Neujahrskonzert, Scheckübergaben an die spendenbedürftigsten Länder Afrikas, eine Haute-Couture-Show in Mailand und 13 Gastauftritte bei *Voilà our chef!*, einer internationalen Fernsehsendung, die in halb Europa die Einschaltquoten sprengte. Ein Sieg war fantastisch, aber auch nur unter die ersten drei zu gelangen, garantierte öffentliche Aufmerksamkeit und Vorteile jeglicher Art. Corrado Delacroix hatte zwei Mal zu den zehn Teilnehmern gehört. Vor acht Jahren hatte er Andrea hingeschickt, der den Wettbewerb mit dem famosen *Sonett*, einer Praline mit Zabaione-Füllung, gewonnen hatte.

»Aber stehen wir denn auf der Liste?«, fragte Emma, die nicht anders konnte, als noch eine dumme Frage zu stellen.

Ohne ein Wort zu sagen, schob Corrado Delacroix ihr die Märzausgabe der *ACME-Gazette* hinüber. Sie war auf Seite drei aufgeschlagen. Dieses Jahr führte Henry Tortellier die Liste an, der bekannte belgische Pralinenmeister, der Godiva die Herrschaft über die Praline entrissen hatte. Es folgte Tim Curry, ein Engländer und Meister der Suppe, die seinem Namen alle Ehre machte und in seiner Konditorei in 22 Variationen angeboten wurde. Dann kamen Luis Figueira, unumstrittener Gott der Confeitaria dos Setais in Lissabon, wo exilierte Herrscher und melancholische Schriftsteller starken, wenngleich flüchtigen Trost suchten, und Mart Kalev, der Basquiat der Schokolade und Meister der gleichnamigen Schokoladen- und Süßwarenfabrik in Tallin. Fünfter war der Schweizer Bernhard Zahringen, der Schöpfer der ultimativen Schwarzwälder Kirschtorte, gefolgt vom fabelhaften Niels Bohr aus Kopenhagen, dessen Schachteln mit dem von Andersen-Figuren inspirierten Pralinensortiment fast so viel kosteten wie ein gebrauchter Kleinwagen. Siebter war Corrado Delacroix, der scheinheilige Richelieu des italienischen Konditorenwesens, dann kam der Isländer Osman Usmus, der in seiner winzigen Konditorei in Reykjavík die berühmten Vatnajooku herstellte – Kekse, derer man angeblich nie überdrüssig wurde. Es folgten der Franzose Jean Michel Jeangardon aus Reims, berühmt für die Myriaden von erlesenen kunterbunten Bonbons, die er in riesigen Gläsern zum Verkauf anbot, und schließlich Vassiliev Smolnyj aus Sankt Petersburg, der Schöpfer der *Petits Rien*, so zartschmelzender Pralinen, dass nur die sensibelsten Gaumen den überwältigenden Geschmack, bevor er sich im Mund wieder verflüchtigte, zu würdigen wussten.

Emma hörte auf zu lesen und wandte sich Delacroix zu, der ihr aber keine Zeit ließ, etwas zu sagen. Er nickte zu einem weißen Quadrat an der Wand hinüber, einem Werk von Giulio Paolini, und fragte: »Gefällt dir das?«

»Da gibt es nicht viel, was mir gefallen könnte. Ich sehe nur Weiß.«

»Schau es dir gut an.«

Emma schüttelte den Kopf. Jetzt nicht.

»Entschuldigen Sie, aber warum wollen Sie ausgerechnet mich zu dem Wettbewerb schicken?«

»Weil ich jemanden schicken muss, der für mich arbeitet, jünger ist als 30 und gewisse Gewinnchancen hat. Ich sehe keine Alternative.«

»Zhang könnte hingehen. Oder Zlatan.«

»Ja, ja. Wir haben aber dich ausgewählt. Traust du dir das zu?«

Das war eine rein rhetorische Frage, doch Emma hasste die Feinheiten der Konversation und antwortete trotzdem.

Drei Baisers *Ewige Liebe*

Bianca nahm den Wirbel auf dem Erdbeereis ins Visier, zoomte ihn heran, und der winzige Monitor ihrer Digitalkamera füllte sich mit Rosa. Klick. Das Foto verriet nichts über die Natur dieses Rosas, sondern verwandelte es in etwas Erlesenes. Es ließ den Mund wässrig werden, ohne dass man wusste, warum. Das ist Kunst, dachte Bianca, fahren wir also mit Pistazie fort.

»Was für einen Unsinn machst du da, Bi. Der Brioscione muss aufgeschnitten werden.«

Konkret und erfolgreich wie immer zerstörte Tinco jede Studioatmosphäre und zerrte Bianca ins Hier und Jetzt zurück: 11.15 Uhr, Konditorei Delacroix, wo sie die Funktion einer Kellnerin innehatte. Oder innehaben sollte. In wenigen Sekunden zumindest.

»Warte. Nur noch eine Aufnahme, und ich komme.«

Klick. Bianca zeigte Tinco das Foto.

»Siehst du? Es ist ein ganz bestimmtes Grün, aber ohne die reale Masse. Die platonische Idee von Pistazie sozusagen.«

»Longhi.« Die blauäugige Bedrohung. Signora Elena nahm ihrer unerträglichsten Untergebenen den Fotoapparat aus der Hand. »Könntest du dich entschließen, das zu tun, wofür du bezahlt wirst? Schneide den Brioscione auf, schieb den nächsten in den Backofen und geh in den Gastraum. Mindestens drei Tische warten darauf, bedient zu werden. Und du, Scippa, steh hier nicht so nutzlos herum.«

Ohne auf eine Antwort zu warten, weil es da nichts zu antworten gab, schwebte Signora Elena auf eine alte Herzogin zu, die sich mit Baisers vollkrümelte.

Bianca sah, wie ihre Kamera in einer fremden Tasche verschwand. Das passierte oft. Immer wenn sie während der Arbeitszeit fotografierte, nahm ihr irgendjemand die Kamera weg und gab sie ihr erst am Ende des Tages wieder. Sooft das auch passieren mochte, Bianca hörte nicht auf damit.

Ohne sich großartig aufzuregen, nahm sie sich den Brioscione vor, eine Rolle aus Blätterteig, Schinken, Omelette und Spinat, die sich als gehaltvolle Zwischenmahlzeit vor allem bei den Damen großer Beliebtheit erfreute. Tinco wusch neben ihr die Tassen ab und pfiff durch die Zähne. Er dachte immer noch an das Pistaziengrün.

»Was soll denn das sein, eine platonische Idee?«

»Das ist etwas Philosophisches. Platon hat es erfunden, ein alter Grieche. Das ist praktisch das, was du denkst, wenn du an etwas denkst, ohne es vor Augen zu haben. Du denkst ›Pferd‹, aber nicht an ein bestimmtes Pferd wie …«

»Dynamit, das Pferd von Tex.«

»Genau, du denkst ›Pferd‹ und siehst im Geiste ein unbestimmtes Pferd vor dir, das alle Pferde zusammen zu sein scheint. Das ist die platonische Idee.«

»Und wenn ich an ein Pferd denke, das ich kenne?«

»Dann denkst du eben an dieses Pferd. Punkt, aus. Mit Philosophie hat das nichts zu tun.«

Tinco nickte schweigend und verfiel in eine Art Trance, während er weiterhin abspülte. Wenn er mit Bianca sprach, kribbelte hinterher oft sein Gehirn, und neue Gedanken sprossen. Dann erzählte er Vale davon, seiner Freundin, die sich in einem eleganten Laden an der Piazza Vittorio zur Shampooniererin ausbilden ließ.

»Weißt du, wie viele Ideen man haben kann? Es gibt so

unvorstellbar viel Zeug, an das man denken könnte. Schau dir nur Bianca an. Und erst recht Emma.«

»Reich mir die Chips«, war Valentinas Standardantwort. Sie hatte die Schnauze voll von Tincos Kolleginnen Emma und Bianca, die ihr immer als Vorbild hingestellt wurden. Diese alten Schachteln interessierten sie nicht. Sie selbst war 17 und hatte ganz andere Ziele. Sie wollte den Wettbewerb »Aufstrebende ShampoonierInnen der Provinz Turin« gewinnen und freute sich wie verrückt, dass sie das Finale erreicht hatte.

»So etwas Dämliches. Ein Finale, in dem shampooniert wird«, versuchte Tinco, ihr die Sache madig zu machen.

»Genau. Wer es am besten hinbekommt, der gewinnt. Jedes Detail zählt: Wassertemperatur, das Shampoo, das man wählt, Massage. Zehn Leute sind im Finale. Es ist sogar eine dabei, die in Rom geboren ist.«

»Ich bin beeindruckt.«

Valentina verpasste ihm eine Kopfnuss, Tinco biss ihr in die Hand, und alles entwickelte sich zum Besten.

Bianca Longhi hatte vor vier Jahren angefangen, bei Delacroix zu arbeiten, ausgestattet mit einem Diplom von der Hotel-und-Gaststätten-Schule, Schwerpunkt Service. Die Ausbildung hatte sie gemacht, um ihre Mutter zu beruhigen, eine getrennt lebende notorische Pessimistin, die keine Ruhe finden konnte, bis ihre einzige und über alles geliebte Tochter nicht »ein Gehalt in der Hand hatte«, wie sie es nannte. Wenn es ethisch vertretbar war, gehorchte Bianca lieber, als dass sie diskutierte. So hatte sie die Kellnerinnenlaufbahn eingeschlagen und dachte gleichzeitig darüber nach, wie sie Milliardärin werden könnte. Das war nämlich das schlichte und einfache Ziel ihres Lebens. Sie wollte einen Beruf ergreifen, der gigantische Gewinne garantierte und sie nie zum

Kontoausgleich zwingen würde. Ihretwegen konnten die Bilanzen Kapriolen schlagen oder per Anhalter in der Galaxis herumkurven, aber sie wollte sich nie damit herumquälen müssen, sie zwischen zwei Monatsanfängen einzufangen, wie sie es, seit sie aus der Wiege herausschielen konnte, bei ihrer Mutter erlebt hatte. Ihre Pläne änderten sich ständig, und sie fühlte sich für alles bereit. Seit sie sechs war, hatte sie nichts getan als gelesen und unglaubliche Mengen an Informationen in sich hineingefressen. Geschichtsbücher, Handbücher für Bienenzucht, Liebesromane, Heiligenlegenden, jüdische Kurzepen, Florentiner Novellen, Philosophiegeschichten, elisabethanische Dramen, japanische Haikus, Gedichtsammlungen, Drehbücher von Truffaut, anthropologische Abhandlungen, Schauspielerinnenbiografien und überhaupt alles, was sich auf die geschriebene Sprache reduzieren lässt. Zumindest bruchstückhaft erinnerte sie sich auch an alles, und so hatte sie mit ihren 26 Jahren eine unorganische und undurchschaubare Bildung genossen. Die nutzte sie im Moment nur zu persönlichen Zwecken, während sie gleichzeitig darüber nachdachte, was für einen Beruf sie ausüben wollte. Das war nicht leicht, weil sie nichts ausschließen mochte und alle sechs Monate eine neue Idee hatte: verrückte Kleider entwerfen, die Kult werden mussten? Im Internet einen Kettenbrief lancieren, dem man sich nicht entziehen konnte? Einen Bestseller schreiben? Kunstwerke für das MoMA schaffen? Aus dem Nichts eine Dienstleistung erfinden, von der niemand wusste, dass er sie braucht? Im Moment fühlte sie sich zur Fotografie hingezogen und konzentrierte all ihre Energie darauf. Trotz ihres Hangs zum überwältigenden Reichtum war sie äußerst bescheiden und wendete sämtliche Ersparnisse für ihre flüchtigen Leidenschaften auf. Zurzeit kaufte sie also Papier, Druckerpatronen, Fotobände, Biografien von Fotografen und Fotohandbücher. An allen Wettbewerben nahm sie teil und überschwemmte das Internet mit ihren Werken. Um arbeiten, fotografieren, lesen und Zukunftsprojekte planen zu können, hatte Bianca allerdings auf etwas verzichten müssen: Sie traf sich nicht mehr mit Männern, seit drei Jahren schon nicht mehr, und sie hatte auch nicht die Absicht, wieder damit anzufangen. Liebe ist der Karriere hinderlich, das war ihr klar, und so verschob sie die Angelegenheit auf die Zeit nach 30. Sollte ihr die Bank irgendwann beachtliche Kontoauszüge schicken, würde sie auch wieder Ausschau halten und Wimperntusche auflegen. Bis dahin konnte sie keine Ablenkung gebrauchen. Deshalb hatte sie nur einen kalten Blick für den jungen blonden Mann übrig, der sie von seinem Porphyrtisch aus mit einer gewissen Dringlichkeit zu sich rief. Vor ihm standen die Reste eines Cappuccino und ein Tablett mit drei Baisers *Ewige Liebe*.

»Ja?« Bianca näherte sich misstrauisch, den Bestellblock in der Hand.

»Entschuldigung. Könntest du mir einen großen Gefallen tun?«

Das bezweifelte Bianca. Der Typ war in fiebrige Hektik verfallen. Seine Haare waren zu einem Pferdeschwanz zusammengebunden, die Bartstoppeln wucherten. Sein Blick schoss immer wieder zur Tür.

»Ja bitte?«

»Gleich kommt eine Frau mit Brille herein. Sie trägt eine schwarze Lederjacke. Könntest du ihr irgendetwas über den Leib schütten?«

Bianca senkte den Block. »Machst du Witze?«

»Nein. In spätestens fünf Minuten wird eine dunkelhaarige Frau mit Brille durch diese Tür treten. Sehr wahrscheinlich trägt sie eine schwarze Lederjacke. Geh hin, schütte ihr irgendetwas über den Leib und halte sie so lange auf, dass ich mit der Frau, die gleich aus der Toilette kommen wird, weggehen kann.«

»Woher weißt du, was all diese Frauen tun werden?«

Er hielt ein Handy hoch. »Bitte. Ich würde dir das hier als Trinkgeld geben.«

Aus dem Nichts war ein 50-Euro-Schein aufgetaucht. Bianca nickte.

»Einverstanden.«

Sie drehte sich um und entdeckte die Frau. Sie überquerte soeben die Straße und kam direkt auf die Konditorei Delacroix zu. Braune Haare, Brille, schwarzes Leder. Bianca hatte nicht viel Zeit, sich vorzubereiten. Sie ging zur Theke, nahm ein Tablett, stellte eine Dose Cola darauf, öffnete sie, stellte ein Tellerchen mit einem Brioche daneben, zog ein Handy aus der Tasche und stürzte in Richtung Tür, in der einen Hand das Tablett, mit der anderen das Handy ans Ohr gepresst: »Neiiiin! Das kannst du nicht machen! Ich liiieeeebe dich!«

Mit einem herzzerreißenden Schrei knallte sie in die Kundin hinein, schüttete ihr die Cola über den Leib und holte sie mit dem massiven Gewicht ihrer 50 Kilo von den Beinen.

Gott sei Dank flog auch die Brille der Frau davon. Hinter ihr schoss in einem solchen Tempo, dass er sich nicht einmal bedanken konnte, der Blonde mit dem Pferdeschwanz vorbei und zog eine Frau in geblümter Jacke hinter sich her. Den Teller mit den drei Baisers *Ewige Liebe* hielt sie in der Hand.

Bianca stieß noch ein paar hysterische Schreie aus, damit sich der Mittelpunkt der Szene nicht verlagerte, dann stürzte sie sich wie eine Besessene auf die Brünette und stöhnte verzweifelt: »Entschuldigung! Ich bitte vielmals um Entschuldigung, das wollte ich nicht! O mein Gott, was habe ich nur Schreckliches angerichtet. Entschuldigung. Das tut mir wahnsinnig leid. Es ist nur, dass mein Freund mich …

Er hat mich soeben … Entschuldigung, ich habe die Fassung verloren.«

Die braunhaarige Frau schaffte sich Bianca ohne größere Umstände vom Leib und versuchte, die Cola abzuwischen, die über ihre Lederjacke rann. Manlio, der alte Barmann, Tinco und Cleopatra Farina, die Kassiererin der Konditorei, wuselten um sie herum und bemühten sich um sie. Glücklicherweise war Signora Elena noch auf der Toilette und half der Herzogin, sich zu säubern. So war ihr die Szene entgangen. Bianca hielt sich abseits für den Fall, dass die Kundin ihr die Augen auskratzen wollte.

Aber die Frau war weniger angriffslustig als vielmehr besorgt.

»Ich verstehe schon, allerdings … ein bisschen vorsichtiger … Es ist nicht wegen der Jacke oder wegen der Schuhe oder so. Es ist nur … Ich war mit einer Person verabredet, und sie ist nicht mehr da. Soeben hat sie noch dort gesessen. Haben Sie sie vielleicht gesehen? Ein junger blonder Mann mit Pferdeschwanz.«

»Klar hab ich den gesehen. Er hat einen Cappuccino bestellt und drei Baisers.«

»Baisers?« Die Frau, die sich soeben die mit Cola besprenkelte Nase putzen wollte, hielt inne und schaute Bianca verblüfft an.

»Was für Baisers? Ale isst nie etwas Süßes. Nie.«

»Er hat sechs Baisers *Ewige Liebe* bestellt, solche mit Maronencreme innendrin und Schokoladenglasur und geraspelten Nüssen obendrauf«, konnte Bianca nicht umhin, es noch einmal zu bestätigen.

»Es stimmt schon«, mischte sich Cleopatra Farina ein, »denn nur die Frau hat von den Baisers gegessen. Die Frau, die mit ihm hier war. Das habe ich genau gesehen.«

»AAAAHHH!«, kreischte die Brünette. »Was für eine Frau?«

Bianca versuchte vergeblich, der Farina mit Grimassen zu verstehen zu geben, dass sie an ihrer Zunge ersticken möge. Die Kassiererin der Konditorei Delacroix war in ihrer Redseligkeit und Hilfsbereitschaft die geeignete Besetzung für jeden Informationsstand, und so zwitscherte sie prompt drauflos: »Sie hatte blonde Locken und trug eine geblümte Jacke und einen rostfarbenen Pullover, außerdem hatte sie eine Jeans an, so eine bestickte. Wenn ich mich nicht irre, hatte sie eine blaue Tasche dabei. Mir scheint, sie hatte nur ...«

Weitere Einzelheiten gingen unter, weil die Brünette mit der Brille einen wilden Schrei ausstieß, mit der Faust auf die Theke schlug und ein Olivenschälchen zerschmetterte.

»Das ist sie! Dieser Bastard! Ich bringe ihn um!«

Dann fiel sie zur Bestürzung der Umstehenden in Ohnmacht.

Obwohl er bis in die Grundfesten erschüttert war, strahlte Andrea nur wenig mehr als sonst, als er die Arbeitsräume im Souterrain der Konditorei Delacroix betrat. Im Erdgeschoss lagen die Konditorei und die Küche, im ersten Stock waren die Büros, und im zweiten und letzten Stockwerk lag das ausgebaute Dachgeschoss, wo Andrea sein Apartment hatte. Corrado wohnte nicht weit weg in der Viale Seneca. Das mehrstöckige Haus der Konditorei Delacroix war ein merkwürdiges Gebäude, das vor einigen Jahren von einem überkandidelten Architekten namens Signor Luzi gebaut worden war. Es hatte etwas von einem Mixgetränk mit sahnefarbenen Wirbeln darin. Eine Mauer umschloss Garten und Wintergarten und schirmte die ländliche Ruhe vom gemäßigten Verkehr des Corso Fiume ab.

Das Souterrain besaß zwar zum Garten hinaus eine Reihe von Fenstern, wurde aber von starkem, künstlichem

Licht gezielt beleuchtet. Hier wurden die Pralinen und Torten, das Gebäck und die anderen Spezialitäten der Konditorei Delacroix kreiert, hier wurden sie in Schachteln und Dosen verpackt, um ihre Reise in jeden Winkel der Welt anzutreten, und von hier startete jeden Morgen der Transporter, der sie an ausgewählte, erfahrene Boten lieferte. Andrea trat ein und blieb vor 14 verschiedenfarbigen Schüsselchen stehen, die auf einem Arbeitstisch aufgereiht waren. Mit einem winzigen Keramiklöffelchen probierte er den Inhalt der aprikotfarbenen Schüssel, eine feste Masse heller Schokolade.

»Zu viel Rum. Geht aber noch. Und füg einen Hauch Jasmin hinzu.«

Er sprach mit Jerôme, der mit südländischer Geschmeidigkeit neben ihm aufgetaucht war. Sein Assistent und in gewissem Sinne auch Meister war ein kleiner Mann mit grauem Haarkranz und trug stets Schwarz oder Dunkelblau. Er war flüchtig und weise wie eine Figur bei Tolkien. Jetzt schaute er Andrea ernst an und sagte: »Jasmin? Das liegt aber nicht auf der Linie des Hauses Delacroix, Andrea. Wir benutzen die Aromen der *nouvelle pâtisserie* nicht.«

Andrea deutete ein Lächeln an: »Ich weiß. Diesmal machen wir allerdings eine Ausnahme. Wir gönnen uns das Vergnügen, die Geschmacksknospen ein wenig zu kitzeln.«

»Die Geschichte mit der Schauspielerin geht also weiter?«

Andrea sah Jerôme kalt an.

»Habe ich je mein Privatleben mit dir diskutiert?«

»Lag ich mit meinen Diagnosen über dein Liebesleben je falsch?«

»Da gibt es wenig Raum für Diagnosen. Du hast uns Sonntagabend zusammen weggehen sehen.«

»Und die kleine Emma?«

Andrea spürte zum ersten Mal ein Gefühl, das ihm bald

schon vertraut werden sollte: Es war, als würde ihm jemand mit einer Nagelschere ins Herz zwicken.

»Pech«, antwortete er nüchtern.

Jerôme sagte nichts mehr, sondern trug die Schüssel fort, um exakt die Menge Jasmin hinzuzufügen, die Andrea ihm gar nicht genannt hatte. Die Fähigkeit, das Unbestimmte zu bemessen, war einer der Gründe, warum man ihm die materielle Umsetzung der Ideen des genialen Delacroix-Erben anvertraut hatte.

Der geniale Delacroix-Erbe zog jetzt sein Handy aus der Tasche und schrieb eine SMS: »Ich habe Dich soeben in einer Praline verewigt.«

Dann konzentrierte er sich wieder auf das, was er vor sich hatte. Die Schüsselchen enthielten seine Experimente für ein neues Sortiment, eine sensationelle und brandneue Pralinenmischung, mit der man das 30-jährige Jubiläum der Konditorei Delacroix zu feiern gedachte. Er probierte den Inhalt der sechsten Schüssel (Walnuss, Kakao aus Ghana, Kräuterlikör und Honig), lächelte und dachte an seine Geliebte, die sich in wenigen Zentimetern puderfarbener Seide zusammengerollt hatte und schlief. Und während er noch an Jasmine dachte, tauchte eine zerzauste und nervös lächelnde Emma vor ihm auf.

Allgemeine Verlegenheit. In den letzten Tagen hatte er ihr immer aus dem Weg gehen können, aber irgendwann musste es ja so kommen. Mit einem gewissen Unmut stellte Andrea fest, dass er sie stärker hätte bearbeiten sollen, sich eine andere Arbeit zu suchen.

»Äh. Guten Tag.«

»Hallo.« Emma sah zu, wie er an den Schälchen herumhantierte. »Was machst du da? Ist das für das neue Sortiment?«

»Ja. Probier mal.« Auf einer Stäbchenspitze hielt er ihr ein wenig von der Paste aus Schälchen zehn hin: Schokolade mit einem Hauch von Kokos und Minze.

»Gut! Kokos und Minze. Schmeckt mir.«

»Schön. Aber ich muss noch etwas ändern. Das kennt man ja schon. Kokos und Minze ist nichts Neues.«

»Ach was. Kokos und Minze ist sehr wohl neu.«

Emma probierte noch ein wenig und überließ sich dem Gefühl von Sicherheit und Vertrauen, das Andrea ihr einflößte. Daran hatte sich nichts geändert.

»Weißt du, dass dein Vater mich zum Wettbewerb schicken will? Zu ›Ein Stern für Weihnachten‹?«

Andrea lächelte schwach. »Natürlich weiß ich das. Ich wollte es dir neulich Abend sagen, aber dann …« Er ließ den Satz unvollendet, als würde er es bedauern, ihn begonnen zu haben. Besser nicht darüber sprechen. »Und? Was hast du gesagt? Machst du es?«

Emma schaute ihn schweigend an. Ihr schöner Mund blieb geschlossen, und sie glich wieder einem Porträt aus dem 19. Jahrhundert. Noch vor ein paar Tagen hatte ihn das schier wahnsinnig gemacht. Er hatte sich sofort, als er sie zum ersten Mal gesehen hatte, hoffnungslos in sie verliebt, hatte allerdings acht Monate gebraucht, um sie zu fragen, ob sie mit ihm ausgehen wolle. Schade, dass es nun so gekommen war.

Endlich rang sie sich zu einer Antwort durch.

»Ich habe ja gesagt, was hätte ich sonst tun sollen? Aber ich muss sofort beginnen, mich gezielt vorzubereiten.«

»Klar. In dieser Phase musst du vor allem versuchen …«

Bevor Andrea die Worte »deine Grundtechniken zu verbessern« hinzufügen konnte, fiel Signora Elena über sie her.

»Emma! Was machst du hier? Ich hatte dir doch gesagt, dass du sofort, wenn du bei Signor Delacroix fertig bist, ins Café zurückkommen sollst.«

Ohne eine Antwort abzuwarten, packte sie Emma am Arm und schleppte sie hoch. In der Küche war niemand, und Elena nagelte sie fest.

»Du warst über eine Stunde lang bei ihm. Was hat er gesagt? Versuch, dich zu erinnern. Wort für Wort.«

»Wort für Wort ist schwierig, denn Sie wissen ja, wie weitschweifig sich Signor Delacroix auszudrücken pflegt. Im Wesentlichen ging es darum, dass ich zu dem Wettbewerb geschickt werden soll. Zu ›Ein Stern für Weihnachten‹.«

Signora Elena lief blau an und hob sich vom zarten Pfauenblau ihrer Schürze kaum noch ab. Aus den Tiefen dieser Farbe keuchte es: »Dich? Als Vertreterin des Hauses Delacroix? Aber wann hat … Aber wie hat …«

Es war ganz offensichtlich, dass die Nachricht Signora Elena über alle Maßen erschütterte. Okay, dachte Emma, ich habe mich auch gewundert. Wir dachten alle, er schickt Zlatan. Doch das ist noch lange kein Grund, einen Schlaganfall zu bekommen.

»Signora Elena, setzen Sie sich. Soll ich Ihnen etwas holen?«

»Verschwinde.«

Das ließ Emma sich nicht zweimal sagen und machte sich blitzschnell aus dem Staub. Irgendwie war das alles ein wenig übertrieben, aber in diesen Tagen musste das Leben wohl übertreiben. Es war sinnlos, sich den Kopf darüber zu zerbrechen.

Noemi Belmonte Picchi kümmerte es im Gegensatz zu ihrer Schwester Elena nicht großartig, dass sie alt wurde. Ihr reichte es, wenn ihre Zähne fest genug saßen, um klebriges Mandel-Torrone kauen zu können. Die Hände sollten stark und die Lungenflügel kräftig sein, ihre Beine sollten nicht ermüden, und ihre Augen sollten es ihr erlauben, Garn einzufädeln. Noemi schuftete gern und ruhte sich dann auch gern wieder aus. In einem weisen Wechsel zwischen grausamer Erschöpfung und vollkommener Ruhe lag ihrer Überzeugung nach das himmlische Gleichgewicht des menschlichen Lebens. Diesen Prinzipien hielt sie auch die Treue, wenn es um die Baumschule ging, die sie seit 20 Jahren im Turiner Hügelland führte und die sich bei Reichen, Adeligen und Snobs großer Beliebtheit erfreute. Berühmt waren besonders ihre Rosen und Hortensien. Wenn sie wie eine Besessene hackte und stutzte, fühlte sie sich großartig, und noch besser fühlte sie sich, wenn alles von ihr abfiel und sie, ausgestreckt auf einer Gartenbank, über Stecklinge nachdachte. Ihr war es unbegreiflich, wie Leute wie ihre Tochter Camelia in der Dusche herumlungern und sich stundenlang waschen konnten, um am Ende reiner als rein zu sein.

Noemi hatte sie am Bahnhof abgeholt und in die winzige, aber hochelegante Villa auf dem Hügel mitgenommen. Die Villa hatte ihr Mann ihr geschenkt, der Richter Picchi, der sich gleich im Anschluss nach Botswana zurückgezogen hatte. Camelia hatte auf der Fahrt unentwegt geredet, eine gnadenlose Mischung aus Klagen und Bitten, und sobald sie zuhause angekommen waren, hatte sie sich im Bad eingeschlossen.

»Komm heraus, Camelia«, rief Noemi, während sie im Pflanzenkatalog von Sgaravatti blätterte.

Camelia war 23, ein wenig rundlich und sehr blond. Ihre Nase war gerade, das Blau ihrer Augen erinnerte an Lobelien. Als sie aus dem Bad trat, wickelte sie sich in den Bademantel ein und erklärte ihrer Mutter, dass die Shampooflasche leer sei.

»Mir doch egal. Statt deine Zeit in der Dusche zu vertrödeln, solltest du lieber in die Küche gehen und dich am Biskuit versuchen. Er gerät dir immer zu trocken, hat Schwester Melissa gesagt.«

»Mama, es ist sinnlos. Ich möchte nicht an dem Wettbewerb teilnehmen. Ich kann das nicht.«

»Natürlich kannst du das. Deine Tante und ich haben 12000 Euro ausgegeben, damit du es kannst.«

»Ich möchte Model werden.«

»Ausgeschlossen, dafür bist du zu alt. Du wirst an dem Wettbewerb teilnehmen und gewinnen. Du bist begabt, und du hast das Heft mit den Rezepten von deinem Großvater.«

»Und was nützt mir das? Man versteht doch nichts.«

Noemi atmete tief ein. Sie wusste, dass sie es nicht tun sollte. Der Psychologe hatte sie gewarnt: »Man darf sie nicht drängen. Sollte die Erinnerung wiederkehren, wird das spontan geschehen, ausgelöst durch einen Geruch, eine Farbe, einen Klang. Alles kann der Auslöser sein, eine Freesie, die zu blühen anfängt, tröpfelnder Regen, ein Song aus den 80er-Jahren. Alles, nur nicht ein energisches Drängen, sich zu erinnern.«

Noemi hatte allerdings keine Lust, darauf zu warten, dass die Freesien blühten. Ihrer Meinung nach konnte ein maßvoll energisches Drängen seinen Zweck durchaus erfüllen. Daher legte sie ihrer Tochter die Hände auf die Schulter und sah ihr direkt in die Augen.

»Hast du noch einmal an den Großvater gedacht? Hast du versucht, jene Momente noch einmal zu durchleben? Versuch, dich zu erinnern. Er ist hier. Er schaut dich an, er streckt eine Hand aus, er gibt dir das Heft und sagt …«

Camelia riss sich los.

»Ich erinnere mich nicht mehr! Ich erinnere mich an rein gar nichts mehr! Ich weiß nur, dass der Arzt nach gebratenen Eiern stank!«

»Okay. Ganz ruhig. Du wirst schon sehen, irgendwann wirst du dich wieder erinnern. Hör nur nicht auf, es zu versuchen, mein Schatz.«

»Nichts werde ich versuchen. Es ist vollkommen zwecklos.«

»Beruhige dich. Wir schaffen es auch so, du wirst schon sehen.«

»Mama, warum bist du so stur? Ich werde den Wettbewerb nicht gewinnen, und weißt du auch, warum? Weil ich gar nicht erst daran teilnehmen werde.«

»Ach ja? Und was wird Schwester Melissa dazu sagen? Sie hat ihre besten Jahre geopfert, um dich in die Geheimnisse der Konditorenkunst einzuweihen. Du bist der Stolz des Ordens, die beste Schülerin, die es je dort gegeben hat. Deine *Kinderfingerchen* sind absolut köstlich.«

»Mama!« Camelia wollte nie wieder etwas von *Kinderfingerchen* hören. »Das stimmt nicht! Sie sind nicht köstlich, sie sind ekelhaft. Schwester Melissa schmuggelt den Leuten immer ihre eigenen unter und behauptet, ich hätte sie gemacht. Das tut sie nur, weil du und Tante Elena ihr einen Ferrari geschenkt habt!«

Noemi schnaubte. Diskutieren war zwecklos.

»Camelia, lass uns Klartext reden: Du wirst an dem Wettbewerb teilnehmen und alles daransetzen zu gewinnen, verstanden?«

»Uff«, machte Camelia. Sie fletschte unmerklich die Zähne, drehte ihrer Mutter den Rücken zu und verschwand in ihrem Zimmer.

Corrado Delacroix traf Anstalten, das Haus zu verlassen. Aus dem Bürofenster sah er das schöne blaue Boot von Vittoria, die auf ihn wartete. Sie waren bei den Bricarellos zum Abendessen eingeladen, und er konnte nur hoffen, dass Maria Adelaide nicht ihren scheußlichen Karottenflan gemacht hatte. Corrado hasste die Abendessen bei den Bricarellos, weil das Essen überkandidelt und die Konversation zum

Gähnen war, aber Gilberto Bricarello war ein hohes Tier bei der Bankengruppe San Paolo, und die Konditorei brauchte neue Freunde. Andrea hatte ihn regelrecht angefleht.

Mit einem Schulterzucken tat Corrado jeden Gedanken an die wirtschaftliche Lage der Konditorei Delacroix ab. Wenn die Trisciuoglio den Wettbewerb gewann, würde das eine derartige Auswirkung auf das internationale Ansehen haben, dass zumindest für den Moment alle Probleme gelöst wären. Und die Trisciuoglio würde gewinnen, denn noch hatte er einen Riecher für Talente. Dieses scheue Wesen mit den gleichermaßen apulischen und biellesischen Anteilen im Blut hatte ein Händchen für ihre Arbeit. Ihr Birnengebäck war ein kleines Wunder. Mit dem Lächeln, mit dem er alle Wunder bedachte, zog Corrado die Bürotür hinter sich zu.

Er war erst ein paar Schritte weit gekommen, als Elena, die unangenehm überdreht zu sein schien, vor ihm auftauchte.

»Corrado, ich muss mit dir sprechen. Sofort.«

»Ich wollte gerade gehen. Vittoria wartet unten. Was gibt es denn so Dringendes?«

»Wenn es dir nichts ausmacht, würde ich lieber in dein Büro gehen.«

Möglicherweise handelte es sich um einen Streit der Konditoren, und so öffnete Corrado mit dem Gestus eines Märtyrers die Tür und ließ Elena eintreten. Die setzte sich auf den Sessel vor seinem Schreibtisch, ließ sich nicht lange bitten und legte los.

»Es handelt sich um deine Tochter Camelia.«

Corrado betrachtete sie mit freundlichem Interesse. Vielleicht war diese Frau verrückt geworden. Wer war diese Camelia, die ohne Vorwarnung in sein Leben platzte? Er hatte keinerlei Camelias gezeugt. Aber es gefiel ihm, wenn die

Leute verrückt wurden, und so fragte er mit einem vergnügten Funkeln in den Augen: »Was sagst du da?«

»Deine Tochter, Corrado. Camelia, 23 Jahre alt, blond. Kannst du dich an meine Schwester Noemi erinnern?«

»Natürlich. Warum fragst du? Am Montag bin ich in ihrer Baumschule gewesen und habe ein Wandelrosenstämmchen gekauft. Das ist zwar nichts Besonderes, doch sehr hübsch. Und es wächst gut in …«

»Verschon mich mit deinen Pflanzen. Noemi hat eine Tochter.«

»Ach. Das wusste ich gar nicht. Sie war doch mit diesem … wie hieß er noch gleich … Picchi verheiratet. Mit dem Sohn von Ermanno Picchi. Wenn ich mich nicht irre, ist er nach Tahiti ausgewandert oder so.«

»Botswana.«

»Botswana? Das ist doch in Afrika, oder? Wieso, um Himmels willen, ist er nach Botswana ausgewandert?«

Elena verlor allmählich die Geduld. Sie hatte sich darauf gefreut, diesen Mann mit der Nachricht von einer heimlichen Tochter umzuhauen, und hatte keineswegs die Absicht, sich über ein Land im Herzen Afrikas zu unterhalten.

»Keine Ahnung. Er wollte in der Wüste Bohnen oder Tomaten züchten. Jedenfalls hat Noemi das Kind bei sich behalten, bis es sechs wurde, dann hat sie es in den Orden der Dornenschwestern vom durchbohrten Herzen im Chianti gegeben.«

»Ach so. Deshalb habe ich sie nie gesehen. Ist sie hübsch?«

»Ja, Corrado. Schließlich ähnelt sie dir. Es ist deine Tochter.«

»Bist du verrückt? Ich habe nie etwas mit deiner Schwester gehabt.«

»Camelia ist ja auch nicht Noemis Tochter. Sie ist meine Tochter. Sie ist unsere gemeinsame Tochter.«

Schwarzer Pudding, Zitronenpudding

»Was meinst du, Bianca«, fragte Emma, als sie den Tisch deckte. »Gibt es da einen Zusammenhang? Denk doch einmal darüber nach. Erst verlässt mich Andrea, und wenige Tage später macht mir sein Vater das verlockendste Angebot, das man in meinem Beruf jemandem machen kann. Was soll das?«

»Wir können schon den Sinn des Lebens im Allgemeinen nicht begreifen, es ist also normal, dass sich uns auch die kleinen Sinne manchmal entziehen.«

»Die kleinen Sinne?«

»Warte, ich habe ein schönes Beispiel.« Bianca wendete Hamburger. Sie wendete sie unermüdlich, dennoch trat rosa Saft aus. Das Kochen raubte dem Menschen jede Menge Lesezeit, und doch war die ständige Esserei nützlich und schön und erforderte die Zubereitung von Speisen. In diesem Moment allerdings drehte Bianca die Flamme ab und zog ein Büchlein aus der Tasche.

»Hör dir das hier an. Interessant, wirklich interessant: ›Sie lief weiter – knirsch … knirsch … über den Schnee und durch den Wald auf das andere Licht zu. Es war eine Straßenlaterne. Wieso brennt mitten im Wald eine Straßenlaterne?, fragte sie sich.‹ Siehst du? Wir können nicht alles verstehen.« Zufrieden steckte sie den Band der *Chroniken von Narnia* in die Tasche zurück und trug das Essen auf.

Während sie aßen, erkundigte sich Bianca nach dem Wettbewerb.

»Wie läuft das denn ab? Zieht ihr euch irgendwohin zurück?«

»Ja. In einem Monat geht's los. Wir bleiben eine Woche vollkommen unter uns. Am Montag nennen sie uns die Pflichtzutaten, für alle dieselben. Das machen sie, um Betrugsmöglichkeiten auszuschließen. Wenn wir nämlich alle Zutaten selbst bestimmen dürften, würde jeder etwas vorbereiten und sich von guten Leuten helfen lassen, und dann gute Nacht. So aber können wir nicht mogeln. Wir haben eine Woche Zeit, um uns etwas auszudenken und herumzuexperimentieren. Samstag müssen wir die fertige Kreation präsentieren. Die Jury probiert, versammelt sich, probiert noch einmal, und am Abend ist dann die Preisverleihung, das Fest und so. Das Ganze wird auf Sky live übertragen.«

»Und wohin zieht ihr euch zurück?«

»Es ist jedes Mal woanders. Dieses Jahr findet es leider in Turin statt. Vor zwei Jahren waren sie in London. Wir werden im Meridien untergebracht, das ist das Hotel im Lingotto, im ehemaligen Fiat-Werk.«

»Das ist doch super. Absolute Luxusklasse.«

Nach dem Essen blieben Emma und Bianca in der Küche sitzen. Heute Abend gingen sie nicht aus. Bianca hatte den Computer auf den Küchentisch gestellt und bearbeitete Fotos. Emma blätterte in ihrem Artusi, einem zerfledderten Exemplar, das sie vor zwei Jahren an einem Stand am Meer gekauft hatte. Das Buch, *Von der Wissenschaft des Kochens und der Kunst des Genießens*, enthielt 690 Rezepte. Emma schlug es irgendwo auf und landete bei Stockfisch. Nichts. Sie versuchte es wieder. Beim dritten Anlauf stieß sie auf eine Seite mit Puddingrezepten. Ricottapudding, neapolitanischer Pudding, schwarzer Pudding, Zitronenpudding. Klang alles interessant, aber besonders der schwarze Pudding zog ihre Aufmerksamkeit auf sich: »Dieser Pudding wird oft gemacht, um Eiweiß zu verwerten. Aber auch sonst sollte man ihn sich auf keinen Fall entgehen lassen.« Wenn es etwas gab, in dem niemand Emma etwas vormachen konnte, dann war das die Herstellung von Eischnee. Wenn sie Eiweiß schlug, wurde die Masse so fest wie der ewige Schnee auf dem Kilimandscharo.

»Man könnte auf etwas mit Baiser setzen«, dachte sie laut nach.

Bianca erwog die Möglichkeit.

»Ich bin keine Expertin, aber ich glaube kaum, dass etwas mit Baiser gewinnen kann. Haben die Leute so etwas nicht satt? Jetzt sind so Sachen mit Waldfrüchten angesagt, doch noch nicht einmal da weiß ich ...«

»Wird Andrea deiner Meinung nach glücklich mit ihr werden?«

Ohne sich über den abrupten Themenwechsel zu wundern, erwog Bianca auch diese Möglichkeit.

»Eine Weile lang sicher. Dann wird sie sich vielleicht mit einem Schauspieler verloben, mit dem sie einen Film dreht, und er steht dumm da. Immerhin hatte er dann, was er wollte.«

»Aber wird er sie wirklich lieben? Was weiß er denn schon von ihr? Er kennt doch nur ihre äußere Erscheinung.«

»Nicht einmal die, wenn du mich fragst. Ihr wahres Äußeres, meine ich, wenn sie nie zum Chirurgen gegangen wäre.«

»Du glaubst, sie hat sich operieren lassen?«

»Ja sicher! In *Knospende Rosen* hatte sie ganz andere Wangenknochen. Aber was schert es dich, ob er mit ihr glücklich wird?«

»Ich weiß nicht. Heute im Arbeitsraum schien ihm schon nicht mehr so wohl in seiner Haut. Normalerweise ist er bei der Arbeit so glücklich, das sieht man ihm regelrecht an. Und jetzt ... Was, wenn sie ihm die Leidenschaft nimmt? Oder wenn sie ihn in die Filmwelt abschleppt?«

Emma schloss die Augen. Sie sah einen unglücklichen Andrea vor sich, der für Dreharbeiten das Catering vorbereitete. Seufzend wandte sie sich wieder ihrem Artusi zu. Zitronenpudding. Zutaten: eine große Zitrone aus dem Garten … Wie schön doch Artusis Welt war.

»Du musst wissen, dass meine Schwester alles getan hat, um ein Kind zu bekommen. Leider erfolglos, und so konnte sie ihr Glück kaum fassen. Camelia war eine Woche alt, als ich sie ihr überlassen habe. Picchi hat sie als sein Kind anerkannt. Ende der Geschichte.«

»Was heißt hier Ende der Geschichte? Was ist denn mit dir? Du hast dein Kind einfach so abgetreten?«

»Abgetreten? Wir wollen mal nicht übertreiben. In den Adern meiner Schwester fließt mein Blut, und es bleibt schließlich in der Familie. So ist das eben im Krieg, mein Lieber. Wenn ich dir gesagt hätte, dass ich ein Kind erwarte, hätte ich dich flitzen sehen. Vor 23 Jahren … kannst du dich noch erinnern? Da warst du mit Susanna verheiratet.«

»Aber du hast immerhin beschlossen, das Kind zu bekommen.«

»Ich wollte sehen, ob es ein Junge wird.«

Corrado Delacroix war zu egozentrisch, um sich über Dinge aufzuregen, die nichts mit ihm zu tun hatten. Dennoch ertappte er sich dabei, dass er die Frau vor ihm ehrlich verwirrt anstarrte. Elena, die sich vor 23 Jahren drei Monate frei genommen hatte, um ihrer Schwester bei einer komplizierten Schwangerschaft beizustehen. Dabei hatte es sich um ihre eigene gehandelt, eine äußerst leichte noch dazu. Und wenn das nun alles Geschichten waren? Wenn es die soundsovielte Erfindung einer dieser Frauen war, die nicht loslassen konnten?

Als Elena Belmonte und Corrado Delacroix sich kennen gelernt hatten, war sie 24 gewesen, Handwerkersprössling und einzige Angestellte der kleinen, aber bereits schicken Konditorei Delacroix. Corrado selbst hatte sie ausgesucht. Er war 35 gewesen und von umwerfendem Charme. Ihn hatte die Aussicht verlockt, eine Angestellte zu haben, die so schön und elegant war wie Lucia Bosé. Natürlich hatte er eine kleine Affäre mit ihr angefangen, *en passant*, denn er war damals noch mit Susanna Stratta verheiratet und außerdem frischgebackener Vater des kleinen Andrea gewesen. Nie hätte er gedacht, dass die sanfte Blondine sich nicht nur wie Efeu festklammern, sondern auch wie wilder Wein wuchern würde. Nie mehr hatte sie von ihm abgelassen und war wie Wasser in jede Ritze seines Lebens eingedrungen, zwischen Ehefrau und Geliebte, zwischen Verlobte und Ehefrau, zwischen Geliebte und Geliebte, zwischen Flirt und Affäre. So viele Frauen Corrado auch haben mochte – und es waren viele –, Elena war immer da. Sie war der Trost am Abend, die Reserve fürs Wochenende, die Verlockung in den selbstvergessenen Momenten schwüler Nachmittage. Jahr für Jahr beanspruchte sie ihren Platz, zog sich zurück, preschte vor und folgte stets ihrem untrüglichen Instinkt. Allerdings gelang es ihr nie, zum entscheidenden Stoß anzusetzen, die einzig Wahre zu werden und das muntere Treiben ernsthaft zu gefährden. Nur einmal lag der Erfolg in greifbarer Nähe, als nämlich Corrado sich von Susanna hatte scheiden lassen. Eine durchtriebene Malerin aus Mailand hatte ihn überzeugt, diesen Schritt zu tun, denn eigentlich hatte ihm nichts fernergelegen. Als die Frau ihn vollständig in ihrer Hand wusste, ließ sie ihn für einen Mailänder Architekten fallen. Das war das einzige Mal, dass Corrado den Kürzeren zog. Der Schock war gewaltig. Monatelang verließen die Konditorei Delacroix keine Produkte mehr, für die sich die Menschen hätten begeistern können. Die Klassiker waren weiter im Angebot, nicht aber die sensationellen Neuheiten, an die sich die treue internationale Kundschaft gewöhnt hatte. Damals stieg Andrea irgendwann in die Arbeitsräume hinab, übernahm das Kommando und ersetzte seinen Vater praktisch. Damals erfand er auch die *Schmelzenden Sünden.*

In diesem Moment der finsteren Depression kam Elena einem Triumph sehr nahe. Die schöne, zurückhaltende Frau, die ihren Chef immer geliebt und aus Liebe zu ihm nie geheiratet hatte, die aus der Konditorei nicht wegzudenken war und Corrado nie und nimmer verlassen würde, schien ihn vor dem langsamen Verfall, in den ihn die Treulose gestürzt hatte, retten zu können. So wandte er sich ihr mit einer gewissen Beharrlichkeit zu und ließ hier und da ein paar Sätze fallen, die vage nach Zukunft klangen. Elena platzte fast der Schädel vor Glück. Wie Blätterteig, der im Ofen aufgeht, drückte das Gehirn gegen ihre Schläfen, und in ihrem Kopf schwirrten unzählige Versionen von ihrer Zukunft an Corrados Seite umher.

Eine jähe Volte des vagabundierenden Schicksals ließ Corrado Delacroix allerdings auf Vittoria Baraldi treffen, eine sanfte Frau um die 30, die in der Pressestelle eines Verlags arbeitete. Mit nichts als der Macht der Jugend und einem entspannenden Leichtsinn überzeugte sie den bald 60-Jährigen, der zu lange unwiderstehlich gewesen war und das nun allmählich einbüßte. Elenas Traum nahm ein schlimmes Ende und wäre von ihr selbst fast nachgeahmt worden. Unüberhörbar verkündete sie die Absicht, sich umzubringen, indem sie sich in den riesigen Kühlschrank im Arbeitsraum setzen und erfrieren würde.

»Dort möchte ich sterben! Zwischen den Beignets!«

Sie tat sich dann doch nichts an. Die leidgeprüfte Saalchefin beschloss, wieder an dem zu arbeiten, was man den Plan A nennen könnte und was sich seit 23 Jahren unter absoluter Geheimhaltung anbahnte. Jetzt war der Moment gekommen, den Plan in die Tat umzusetzen. Ohne eine Miene zu verziehen, erklärte Elena ihre Haltung zum Geschlecht von Kindern.

»Ehrlich gesagt, hatte ich nie den ausgeprägten Wunsch, Kinder zu haben. Kinder machen alt. Wenn sie 30 sind, ist es ganz offensichtlich, dass du nicht 40 sein kannst. Ein Junge wäre allerdings eine Versuchung gewesen. Sie lieben ihre Mama, sind galant, bringen Geschenke mit und halten einem die Autotür auf. Ein schöner Sohn müsste es sein, einer, der einem selbst ähnelt. Nicht wie Andrea, ohne *in verbis* ausfallend werden zu wollen, aber er ähnelt allzu sehr seiner Mutter. Wenn ich einen Jungen zur Welt gebracht hätte, hätte ich ihn vielleicht behalten. Aber ein Mädchen! Irgendwann bist du 50, und sie ist 20. Kannst du dir das vorstellen?«

»Ich fasse es nicht. Und deine Schwester? Warum hat sie das Mädchen in ein Kloster gesteckt?«

Elena zuckte mit den Schultern.

»Du weißt doch, wie das ist. Sie wachsen. Als kleines Kind war sie wahnsinnig süß. Nicht gerade geistreich, damit wir uns recht verstehen – komisch, dass es unsere Tochter ist. Sie ist ein bisschen langsam, ein bisschen rundlich. Als sie fünf war, ist Picchi dann nach Botswana gegangen. Noemi war plötzlich allein und hat die Baumschule aufgemacht. Dieses Mädchen war ein Klotz am Bein. Und den Dornenschwestern vom durchbohrten Herzen hat die Kleine sehr gefallen, sie haben sie tüchtig verhätschelt. In den Ferien kam sie außerdem immer heim. Wir haben ihr einen Haufen Sachen geschenkt. Und Zärtlichkeit. Mir schien sie immer glücklich zu sein. Irgendwann mussten wir allerdings an ihre Zukunft denken, und da fiel uns Picchis Heft wieder ein.«

Plötzlich erwachte Corrados Aufmerksamkeit wie eine Blume im Regen zu neuem Leben.

»Picchis Heft? Gibt es das denn wirklich?«

»Das gibt es nicht nur, Corrado. Camelia hat es sogar.«

Camelia interessierte sich nicht für Süßes. Schon den Geruch fand sie abstoßend, und das galt erst recht für das klebrige Gefühl im Mund. Sie verstand nicht, wieso bei den Leuten der Verstand aussetzte, nur weil sie sich nicht beliebig mit Gebäck und Torte vollstopfen konnten. Ihr stand der Sinn nach Sardellen, Sauerkraut, Wurst, Gorgonzola, Pommes frites und Nüssen. Entsprechend sinnlos kam es ihr vor, an einem Konditorenwettbewerb teilzunehmen, aber sie war noch nicht in der Lage, sich den Wünschen ihrer Mutter zu widersetzen. Mochte das nun gut oder schlecht sein, das Klosterleben erzog zu Gehorsam, und so gestand Camelia an diesem Abend ihrem geliebten, abschließbaren Holly-Hobbie-Tagebuch ihre Niederlage.

»Liebes T., Mama lässt mir keine Ruhe, die Tante auch nicht, und so muss ich also an diesem Wettbewerb teilnehmen und meinen Wünschen entsagen. Wie oft habe ich dir meine süßesten Träume anvertraut! Model werden!! Ballerina werden! In einem Werbespot für Handys mitspielen! Erinnerst du dich? Ich habe mir alles genau ausgemalt: wie der Chef der Telecom Italia Mobile ins Kloster kommt, um die Kekse von Schwester Melissa zu kaufen, und wie er mich dann erblickt und beschließt, den nächsten Spot im Kloster zu drehen, mit mir als Novizin, die mit Mutter Theresa im Paradies telefoniert: himmlischer Tarif, fünf Cent die Minute. Und für euch stattdessen der fantastische Erde-an-Erde-Tarif für nur einen Cent die Minute! Das wäre doch herrlich, oder? Aber nein, ich soll ein Handwerk erlernen und mir die Finger mit Teig verkleben. Wer wird mich retten, liebes Tagebuch?«

Mit dieser dringlichen Frage beschloss Camelia die Unterhaltung und studierte ihre Garderobe. Freud und Leid gingen dabei, wie sie selbst es ausgedrückt hätte, Hand in Hand. Seufzend entschied sie sich gegen die gehäkelte Patchworkweste, ein Geschenk von Schwester Janis, die ihr Gelübde unmittelbar nach ihrer Teilnahme am Woodstock-Festival abgelegt hatte, und zog einen blauen Pullover an. Blau war die Lieblingsfarbe der Schwestern. Sie trat ans Fenster und betrachtete die noch kahle Landschaft an der Viale Catone. Aus einer ironischen Laune heraus trugen die Straßen im Turiner Hügelland, wo die Reichen, Superreichen und Megareichen wohnten, die Namen von nüchternen römischen Philosophen, die sich von Brot und Zwiebeln ernährt und die Verschwendung verdammt hatten: Cato und Seneca. Aber Camelia hätte sich auch dann nicht um Cato geschert, wenn sie gewusst hätte, wer das war. Während sie nämlich die schöne, momentan implodierte Landschaft betrachtete, fragte sie sich, ob sie nicht besser daran täte, von zuhause zu verschwinden und ihren Vater in Botswana zu suchen. Kurz träumte sie davon, dort unten zu sein, unter Zebras und Kürbissen, dann wandte sie sich ihrem Plagegeist zu: dem kostbaren und geheimnisvollen Heft ihres Großvaters Ermanno Picchi di Monsummano. Er hatte es ihr im Sterben überreicht und etwas Unverständliches genuschelt. Das Heft war, ganz späte 70er-Jahre, in blaues Leinen mit gelben und roten Blumen eingebunden. Die Seiten waren nummeriert und dicht an dicht mit der gestochen scharfen Handschrift ihres Großvaters gefüllt. Seufzend schlug Camelia es an einer zufälligen Stelle auf. Seite 35. Sie las die ersten drei Zeilen: »Vacdpidmombzdia:qmoomnmdraqqpiip300cslvacdpidnpggdeepdonanvmndomiddr1taggmnzpiasdtpttdp.«

Zwecklos. Keinerlei Erleuchtung. Die Rezepte ihres berühmten Großvaters würden lebendig in ihre geheimnisvolle Sprache eingemauert bleiben. Camelia schloss das Heft und kramte in ihrem Rucksack herum. Wo war nur das Rattanrohr, das Geschenk von Schwester Soledad, die 1993 aus Kingston gekommen war und ganze Ladungen davon mitgebracht hatte?

»Hast du verstanden? Das ist ihre Idee.«

Corrado inspizierte den Teller seines Sohns und angelte sich eine Scheibe Salami. »Lecker. Ist die aus der Via Monte Zebio?«

»Die ist von Coop, Papa. So etwas bekommt man nicht überall.«

Andrea war müde. Eigentlich dachte er nur, er sei müde, dabei war er lediglich missmutig. Seit Jasmine in sein Leben getreten war, schien alles andere daraus zu verschwinden. Die einzigen lebendigen Stunden verbrachte er im Hotel Villa Sassi, das seine Geliebte nicht verlassen wollte, weil Turin sie, wie sie sagte, traurig stimmte. Sie blieb den ganzen Tag auf ihrem Zimmer, sah fern, telefonierte, wog sich und wartete auf Andrea. Dem jagte das Angst ein. Die ersten 34 Jahre seines Lebens war Andrea immer nur seinen Eingebungen gefolgt oder hatte sie zu bändigen versucht. Jetzt musste er 24 Stunden am Tag auf die Wünsche und Bedürfnisse einer anderen Person Rücksicht nehmen. Er wusste nicht, dass er die Straße des ewigen Kompromisses eingeschlagen hatte, er wusste nur, dass es zwei Uhr morgens war, dass sein Vater ihn aus dem Bett geholt hatte und dass Corrado, wenn er eine Scheibe Salami essen wollte, sich selbst eine abschneiden konnte.

Sie waren in Andreas Apartment im Dachgeschoss, wo Corrado nach dem Essen bei den Bricarellos aufgetaucht war.

»Das kannst du mit Emma nicht machen. Erst erklärst du ihr, dass sie uns bei ›Ein Stern für Weihnachten‹ repräsentieren soll, dann rufst du sie zu dir und sagst, du habest dich geirrt, sie nehme doch nicht teil. Und das nicht, um Zlatan oder Zhang zu schicken, nein. Der Grund ist eine unbekannte Tussi, die vermutlich nicht einmal eine anständige Charlotte hinbekommt.«

»Sie scheint ziemlich tüchtig zu sein. Ihre Lehrerin ist Schwester Melissa von den Dornenschwestern vom durchbohrten Herzen, du weißt schon, die mit den *Kinderfingerchen*, *Marias Tränen* und den *Seufzern des müden Jesus*.«

»Klar, ich kenne die Spezialitäten aus dem Kloster. Sie sind hervorragend. Aber das kann nicht ...«

»Und sie hat einen Meisterkurs bei Paul Sabatier gemacht. Sie ist bestens vorbereitet.«

»Aber es reicht nicht, bestens vorbereitet zu sein. Für uns ist es wichtig, dass sie gewinnt, Papa. Wenn sie es nicht schafft, sind wir ruiniert, um es so melodramatisch wie korrekt auszudrücken.«

»Für uns ist wichtig, dass die Frau gewinnt und dass sie sofort nach ihrem Sieg als meine Tochter geoutet wird. Eine heimliche Tochter, die einer alten Liebe entsprungen ist. Das ist unsere Chance. Unsere Rückkehr wird ein Triumph sein. Zeitungen, Fernsehen, das ganze Trara.«

Corrado kicherte zufrieden. Das Leben hatte die soundsovielte Überraschung für ihn bereitgehalten, und er hatte die vollste Absicht, das zu genießen.

»Und wer sagt dir, dass sie gewinnt?«

»Ganz einfach. Die Trisciuoglio wird sie als Assistentin begleiten.«

Andrea sah seinen Vater an und war sprachlos. Dann fand er die Sprache wieder.

»Warum sollte Emma einer anderen zum Sieg verhelfen, wenn eigentlich sie selbst hätte teilnehmen sollen?«

»Weil du es sein wirst, der sie darum bittet.« Corrado Delacroix brach sich ein Stückchen Parmesan ab. »Mmm. Die dämliche Bricarello hat ihren Karottenflan gemacht. Hast du vielleicht ein paar Grissini?«

»Vergiss es. Ich werde Emma niemals fragen.«

»Gut. Wie du willst. Du solltest aber wissen, dass Bricarello bestätigt hat, was uns der Buchhalter Dosio schon gesagt hat. Die Sache mit San Paolo ... Sie leihen uns keinen Euro mehr. Wenn wir den Wettbewerb nicht gewinnen, muss ich an DolciGraziosi verkaufen.«

Dieser Inbegriff alles Widerwärtigen lauerte der Konditorei Delacroix schon seit Jahren auf und wollte sie zum Aushängeschild seines ganz auf mangelnde Qualität eingeschworenen Konzerns machen. Bislang hatten sich die Delacroix immer geweigert, die üppigen Angebote von Ugo Graziosi auch nur in Erwägung zu ziehen.

Andrea versuchte, eine letzte Karte auszuspielen.

»Woher weißt du überhaupt, dass an Elenas Geschichte etwas dran ist? Die Frau ist besessen, das dürfte dir bekannt sein. Sie würde alles behaupten, um dich in der Hand zu haben.«

Corrado zog ein Foto von der 13-jährigen Camelia aus der Tasche. Elena hatte es ihm gegeben, und nun reichte er es wortlos an Andrea weiter.

Der betrachtete es einen Moment und seufzte dann.

»Und Vittoria?«

Sein Vater zuckte mit den Schultern. »Sie wird sich schon damit abfinden. Es handelt sich nur um eine Formalität. Das Mädchen wird sein eigenes Leben weiterleben, und wir werden das auch tun.«

Andrea war da weniger optimistisch. Seiner Meinung nach hatte Elena alle Merkmale einer Psychopathin, und jetzt war sicher nicht der Moment, das zu revidieren.

»Trotzdem bin ich nicht damit einverstanden, und ich werde ganz bestimmt nicht mit Emma sprechen. Wenn du die Sache durchziehen willst, dann musst du das schon selbst tun.«

Corrado Delacroix war ein Mann, der immer wusste, wie und wann er seine Trümpfe ausspielte. Auf der Arbeitsplatte fand er eine Packung Grissini, und bevor er sich eins in den Mund steckte, sagte er: »Dieses Mädchen hat übrigens das Heft von Ermanno Picchi.«

Andreas Hand erstarrte, die Salamischeibe blieb in der Luft hängen.

»Picchis Heft? Über das all diese Legenden kursieren? Mit seinen Rezepten in chiffrierter Sprache?«

»Genau das. Doch es sind keine Legenden. Ermanno Picchi ist Camelias Großvater. Oder zumindest der Mann, der sich für ihren Großvater hielt. Als er starb, hat er seiner Enkelin, die damals ein kleines Mädchen von fünf, sechs Jahren war, das Heft überreicht. Niemand hat es bislang entziffern können, aber …«

Mehr musste er nicht sagen.

Kubanische Schichttorte von diversen Nüssen

Ein Schwarm fetter Buchfinken zwitscherte Punkt sechs Uhr morgens in Camelias Zimmer los. Das verdankte sie dem New-Age-Wecker, den ihr Schwester Verbena geschenkt hatte. Von allen Dornenschwestern verfolgte sie den Stand der industriellen Wohlfühlproduktion am aufmerksamsten. Das junge Opfer tastete in der Dunkelheit herum und versuchte, den Wecker auszustellen, aber ihre Hand wurde mit stahlhartem Griff abgefangen.

»Steh auf. Punkt acht musst du in der Konditorei sein.«

»Hmm«, antwortete Camelia. Grundsätzlich vermisste sie das Klosterleben. Das Einzige, was ihr im Haus ihrer Mutter eine Verbesserung zu sein schien, war die Tatsache, dass sie nicht mehr im Morgengrauen aufstehen musste. Sollte das nun auch hier einreißen?

»Hopp, hopp, ab in die Dusche. Ich stell dir Kaffee auf.«

Gegen diese Frau, die selbst den heiklen Hemanthus und andere undankbare Pflanzen in den Griff bekam, war Gegenwehr zwecklos. Camelia verließ das Bett, begann mit den morgendlichen Verrichtungen und fand sich eineinhalb Stunden später neben ihrer Mutter auf dem Beifahrersitz wieder. Noemi war eine grauenhafte Fahrerin und kurvte die Sträßchen des Hügels hinab.

»Warum muss ich überhaupt da hin?«

»Wie bitte? Corrado will dich stellvertretend für seine Konditorei zu dem Wettbewerb schicken, und du möchtest dich nicht einmal bedanken?«

»Warum will er mich denn dahin schicken? Was habe ich mit seiner Konditorei am Hut? Wieso möchte er, dass ich an dem Wettbewerb teilnehme? Habt ihr ihm etwa auch einen Ferrari gekauft?«

Noemi stampfte auf. Weil sie dazu den Fuß von der Bremse nehmen musste, wirkte sich das auf die Straßenlage eher ungünstig aus.

»Camelia! Nicht alles lässt sich damit regeln, dass man Ferraris verschenkt! Er hat sich für dich entschieden, weil du die Nichte von Tante Elena bist und weil er weiß, dass du dich sehr gut anstellst. Du sollst eine Chance bekommen. Bis zum Beginn des Wettbewerbs wirst du täglich in die Konditorei gehen und üben. Du wirst die besten Lehrer haben.«

»Darauf kann ich verzichten.«

»Hör auf. Andrea Delacroix ist ...«

Camelia stieß einen schrillen Schrei aus.

»Andrea Delacroix! *Der* Andrea Delacroix, der auf Sky die Sendung hat? *Die Süßspeise des Tages*? Ist das der?«

»Das ist der Sohn.«

»Wahnsinn. Der sieht super aus, Mama! Im Kloster haben wir uns die Sendung immer angeschaut! Schwester Melissa sagt, dass er ein Genie ist, ein absoluter Spitzenkonditor! Und der wird mein Lehrer sein?«

»Keine Ahnung. Vielleicht«, antwortete Noemi knapp. Das fehlte noch, dass sich Camelia in ihren Bruder verliebte.

Noemi war immer gegen Elenas Plan gewesen, Camelia über ihren wahren meldeamtlichen Status erst aufzuklären, wenn sie den Wettbewerb gewonnen haben würde.

»Wenn sie verliert, ist es sinnlos, das Leben dieses armen Mädchens durcheinanderzubringen.«

»Und was sagt Corrado dazu? Es ist schließlich auch seine Tochter.«

»Er ist nicht scharf darauf, sie am Hals zu haben. Was die

finanzielle Unterstützung angeht, könne ich auf ihn zählen, hat er gesagt. Wenn es aber für das Wohl der Konditorei nicht unumgänglich ist, würde er es vorziehen, seine Vaterschaft geheim zu halten. Ich bin vollkommen seiner Meinung.«

»Du willst es ihr gar nicht erzählen? Möchtest du nicht, dass sie irgendwann Mama zu dir sagt?«

»Tante reicht vollkommen. Und im Moment werde ich es ihr bestimmt nicht sagen. Ich will sie vor dem Wettbewerb nicht aufregen. Sie braucht alle Ruhe der Welt, dann kommen ihr vielleicht irgendwelche Erinnerungen.«

»Da kannst du lange drauf warten. Sie ist ein nettes Mädchen, und ich habe sie wirklich gern. Im Prinzip betrachte ich sie als meine eigene Tochter. Das ist sie ja auch, wenn es dir nichts ausmacht ...«

»Beruhige dich.«

»Trotzdem bleibt die Tatsache, dass ... Man kann eben aus einer Taube keinen Adler machen.«

Die Belmonte-Schwestern seufzten im Duett. Was für eine Enttäuschung war dieses Mädchen doch. Wie schwierig war es, sie zu ihrem Glück zu zwingen und zur Königin der Konditorei Delacroix zu machen. Camelia wollte partout nicht Konditorin werden. Nur der unendlichen Geduld von Schwester Melissa war es gelungen, ihr überhaupt etwas beizubringen und ihr ein Minimum an Geschmack einzutrichtern. Für alles Weitere musste man auf das Heft hoffen. Noch hatten sie einen Monat, um es zu entziffern.

Und so betrat Camelia Picchi kurz vor neun die Arbeitsräume der Konditorei Delacroix. Corrado höchstpersönlich und Tante Elena begleiteten sie.

»Andrea«, rief der große Chef mit schleppender Stimme nach seinem Sohn, der gerade die *Täubchen* verzierte, pikante, glasierte Marzipanteilchen. »Komm her. Ich möchte dir Camelia Picchi vorstellen, Elenas Nichte.«

Andrea strahlte seine heimliche Halbschwester mit all seinem Charme an. »Herzlich willkommen, Camelia. Was für ein herrlicher Name.«

»Danke. Deiner ist auch großartig.«

Elena konnte sich gerade noch beherrschen, obwohl ihre Hand schon zuckte. Corrado ignorierte den Kommentar.

»Wie du ja weißt, wird Camelia uns bei ›Ein Stern für Weihnachten‹ vertreten. Sie ist ein junges Talent der Konditorenkunst und …« Corrado unterbrach sich abrupt. Er hatte Emma Trisciuoglio entdeckt, die mit der Aura einer vom Glück geküssten Frau den Raum betreten hatte.

»Ah, Trisciuoglio. Können Sie bitte einmal mitkommen, ich muss mit Ihnen reden.«

Emma sah ihn erstaunt an. Warum redete er sie mit einem kalten Sie an, statt sie wie am Tag zuvor mit mürrischer Herzlichkeit zu duzen? Und wer war die Blondine, die hin und weg zu sein schien und Andrea mit glänzenden Augen anstarrte?

Genau eine Viertelstunde später kehrte Emma in die Arbeitsräume zurück. Andrea schielte zu ihr hinüber. Er erwartete rote Augen und einen Schmollmund, stattdessen war ihr Gesicht so unergründlich wie ein Spiegel. Emma näherte sich Camelia, die soeben einen Deckel von einem Topf nehmen wollte, und sagte lächelnd: »Hallo, Camelia. Ich bin Emma. Ich werde bei dem Wettbewerb deine Assistentin sein. Wenn du willst, können wir uns gemeinsam darauf vorbereiten.«

Camelia sah sie an, und was sie sah, wirkte sympathisch. Natürlich hätte sie lieber mit dem umwerfenden Andrea zusammengearbeitet, aber die Gelegenheit, ein Wort zu benutzen, das sie sich im Kloster immer hatte verkneifen müssen, wollte sie sich nicht entgehen lassen.

»Geil.«

Bianca hatte sich unterdessen einen Tag frei genommen und saß in der Linie 61. An der Endstation, nicht weit weg von ihrem Zuhause, war sie eingestiegen, ihre Digitalkamera in der Tasche. Sie wollte ihre Experimente mit dem platonischen Wesen von Farbschattierungen fortsetzen, und zu diesem Zweck fuhr sie zum Po, um das Wasser zu fotografieren. In dieser Jahreszeit war der Fluss klar. Vielleicht konnte sie sogar ein wenig Gänseweiß erhaschen, das flauschige Weiß aufgeplusterter Federn.

Offensichtlich war dieser Tag aber nicht dazu angetan, die chromatische Farbskala auf ihrem Speicherchip zu füllen. Direkt neben ihr brachen zwei kräftige Rumänen eine hitzige Diskussion vom Zaun. Eine Dame mischte sich ein und empfahl den Streithähnen, sich daheim anzubrüllen. Die beiden erklärten, sie möge sie am »Arsch lecken«, die Dame wurde sauer, einer der beiden öffnete die Hose und zeigte ihr seinen Pimmel, und innerhalb kürzester Zeit hatte die 61 angehalten, die Polizei kam, Bianca stieg aus, überquerte genervt die Via Carlo Alberto und wurde von einem Fahrrad angefahren. Es schien nicht viel passiert zu sein, doch eine halbe Stunde später fand sie sich im Krankenhaus wieder und erblickte den Mann, der sie dazu gebracht hatte, einer Unschuldigen Cola über den Leib zu schütten.

Dieser Mann nun betrachtete den sechs Zentimeter langen Riss an ihrem Bein und erklärte vergnügt: »Glück gehabt. Fast wäre der Oberschenkel abgetrennt worden.«

»Danke. Das ist genau die Nachricht, die ich brauche, um mich wieder zu sammeln.«

Doktor Alessandro Carella sah auf, um die griesgrämige Patientin genauer in Augenschein zu nehmen, und erblickte eine Frau mit roten Haaren und Sommersprossen. An diese Person erinnerte er sich nur zu gut. Das herzliche Notarztlächeln verschwand, und er warf ihr einen bösen Blick zu.

»Ach, ausgerechnet du. Ich wollte sowieso irgendwann in der Konditorei vorbeikommen und mich dafür bedanken, dass du meiner Verlobten erzählt hast, mit wem ich dort war. Wenn ich sie hätte wissen lassen wollen, dass ich mit einer anderen verabredet bin, hätte ich doch nur auf sie warten müssen, oder?«

»Das war ich nicht. Das war Cleopatra Farina, die Kassiererin.«

»Cleopatra Farina, klar! Farina wie Mehl? Das hast du dir ja gut ausgedacht. Halt bloß die Luft an, denn jetzt säubere ich deine Wunde. Alles klar, Lorena?«

Bianca fühlte sich einer Ohnmacht nahe, erkannte aber gerade noch, dass die Krankenschwester – von der geblümten Jacke mal abgesehen – dieselbe Frau war, die sechs Baisers *Ewige Liebe* gegessen hatte.

Jetzt bringen sie mich um, dachte sie, bevor sie dem Arzt einen Schwall Erbrochenes über den Leib spie.

»Und das hier sind die verschiedenen Kakaosorten: Ghana, Ghana strong, Elfenbeinküste, Benin special, Guinea brown, Guinea black, Mexico, Nicaragua, Costa Rica, Malaysia basic, Extra Malaysia und Super Java.«

Emma hatte sich viel Mühe damit gegeben, Camelia sämtliche Gerätschaften und Zutaten zu zeigen, hatte allerdings nur lapidares Desinteresse geerntet. Nach dem Durchgang durch die Kakaosorten waren sie plötzlich allein, weil Andrea und sein Vater ins Büro gegangen und Zlatan und Zhang an verschiedenen Arbeitsplatten mit ihren eigenen Angelegenheiten beschäftigt waren. Camelia sah Emma ins Gesicht und flüsterte: »Es ist sinnlos. Ich hasse Schokolade. Und das andere Zeug hasse ich auch.«

Mit einer Geste, die alles Zuckerhaltige zwischen Himmel und Erde umfasste, verwies Camelia auf ihre Umgebung.

»Ist mir schon aufgefallen«, flüsterte Emma zurück. »Warum willst du denn dann an dem Wettbewerb teilnehmen?«

»Ich will ja gar nicht. Meine Mama will es. Mich graust es vor dem Wettbewerb.«

»Und jetzt? Was sollen wir tun?«

»Ich muss die Sache trotzdem durchziehen.«

»Dann versuch, an etwas Angenehmes zu denken, sonst ist es doch Folter. Stell dir irgendetwas Süßes vor, das dir wenigstens ein bisschen zusagt. Dann beschäftigen wir uns damit.«

»Ich mag Pikantes. Könnte man nicht mit einer kleinen Pizza anfangen?«

Emma wurde vom Pfeil der Enttäuschung durchbohrt. Aber sie war von Natur aus geduldig.

»Gibt es irgendetwas nicht Gesalzenes, das dir schmeckt?«

Camelia nickte. »Nüsse.«

»Nüsse! Perfekt! Dann backen wir doch etwas mit Nüssen. Das ist ganz leicht.«

»Mit Muskatnüssen?«

»Muskatnüsse sind weder süß, noch sind es Nüsse. Ich dachte eher an etwas wie Nusstorte.«

»Das ist verdammt hart.«

»Und eine kubanische Schichttorte von diversen Nüssen?«

»Was soll das denn sein?«

Emma konnte Camelia die kubanische Schichttorte nicht mehr erklären, denn in diesem Moment tauchte Signora Elena auf und sagte mit trügerischer Milde: »Sobald ihr fertig seid, würde ich gerne kurz mit dir sprechen.«

Das Gespräch mit Signora Elena gestaltete sich ziemlich geheimnisvoll. Die Saalchefin schaute ihr mit einem bohrenden Blick in die Augen und sagte: »Alles klar, Trisciuoglio?«

»Was alles, Signora?«

»Hat Signor Delacroix mit dir über den Wettbewerb gesprochen?«

»Äh, ja. Er hat mir gesagt, dass nicht ich daran teilnehme, sondern Ihre Nichte.«

»Richtig. Und hat er dir auch den Rest erzählt?«

»Was meinen Sie?«

»Du weißt genau, was ich meine. Ich meine die Tatsache, dass du Camelia zur Hand gehen sollst. Oder eigentlich mehr als das. Du musst ihr zum Sieg verhelfen, sonst ist die Konditorei Delacroix ruiniert.«

»Ich dachte, die Geschäfte laufen gut.«

»Was willst du schon von den Geschäften der Konditorei wissen. Du arbeitest seit acht Monaten hier. Glaub mir, acht Monate sind nur die Spitze vom Eisberg.«

»Was für ein Eisberg?«

»Der hat dich nicht zu interessieren. Denk nur immer daran, dass Camelia den Wettbewerb gewinnen muss und du ihr dabei hilfst.«

»Immer daran denken – ich werde daran denken.«

Elena sah sie misstrauisch an. Die Antwort gefiel ihr nicht.

»Versuch nicht, die Superschlaue zu spielen. Du weißt genau, dass du von mir abhängig bist. Wenn ich beschließe, dich zu feuern, bist du morgen weg. Gewerkschaft? Dass ich nicht lache.«

Für die arme Emma war dieser Tag ohnehin schon hart, doch das Schlimmste sollte noch kommen. Abends um sechs verließ Andrea die Konditorei und stieg in den Wagen, um Jasmine Jay abzuholen. Nach den etwa zehn Tagen, die Jasmine in Turin – oder besser gesagt: im Hotel Villa Sassi – verbracht und sich mit ihrer neuen Liebe vergnügt hatte, wurde sie nun dringend am Set ihres neuen Films erwartet.

Gedreht wurde in Marokko: *Die Stimme der Säule*, ein biblischer Mysterienfilm, in dem sie eine verführerische und möglicherweise von einem assyrischen Dämon besessene Prinzessin verkörpern sollte. Es würde eine Weile vergehen, bis sie und Andrea sich wiedersehen würden. Um kein Risiko einzugehen, hatte Andrea beschlossen, sie auf dem Weg zwischen Hotel und Flughafen zu fragen, ob sie ihn heiraten wolle. Wieso derart überstürzt? Weil man manche Gelegenheiten beim Schopfe packen muss, wenn sie noch glänzen wie ein Fisch, der soeben aus dem Aquarium gesprungen ist. Wer das Leben einer Schauspielerin ändern will, heiratet sie besser schnell und krempelt sofort die Ärmel hoch, denn es gibt viel zu tun. So dachte Andrea, und ohne sich auch nur zu fragen, was ihm selbst diese Ehe bringen würde, zügelte er die Worte, die ihm auf der Zunge lagen und herauszuschießen drohten, kaum war er in die Umgehungsstraße nach Ciriè-Lanzo eingebogen.

Emma, die von alledem nichts wusste und trotzdem aufgewühlt war, ging nach Hause und versuchte vergeblich, irgendetwas Positives an ihrem Tag zu finden. Als Corrado ihr wie eine lästige Änderung im Zeitplan mitgeteilt hatte, dass er aus persönlichen Gründen seine Pläne leider ändern musste und also nicht Emma die Konditorei Delacroix bei »Ein Stern für Weihnachten« vertreten würde, sondern Camelia Picchi, hatte Emma sich sonderbar ruhig gefühlt. Es war besser so. Das ergab wenigstens Sinn. Wenn sich die Planeten querstellten und die Häuser über den Ephemeriden zusammenstürzten, wenn ihre Aszendenten in Opposition standen und die Trigone durchdrehten, pah, dann war es sowieso nicht möglich, dass die eine Sache gut lief und die andere schlecht. Es konnte einfach nicht sein, dass die Liebe in die Brüche ging und beruflich der Durchmarsch erfolgte. Lieber Tabula rasa – und tschüss. Morgen früh, dachte sie, während sie sich durch den Valentino-Park schleppte, wache ich mit den Symptomen einer tödlichen Krankheit auf – schleichende Symptome, aber unerbittlich todbringend. Nach dem kleinen Vortrag ihres Arbeitgebers war sie vollkommen ruhig geblieben. Sie hatte nicht einmal reagiert, als Delacroix sie darüber informiert hatte, dass Emma für das allgemeine Wohl der Konditorei alles daransetzen müsse, der jungen Camelia zum Sieg zu verhelfen.

»Wenn die Dinge schlecht laufen, wird Andrea große juristische Probleme bekommen. Du weißt doch sicher, dass er der Geschäftsführer der Gesellschaft ist?«

Emma wusste das nicht, und im Moment interessierte es sie auch nicht.

Zufrieden mit seinem Volltreffer hatte Corrado sie wieder weggeschickt. Wenn sein Gefühl ihn nicht trog, war die stille Trisciuoglio sowieso nicht an gesellschaftlicher Anerkennung, sondern an Perfektion um ihrer selbst willen interessiert.

Als sie nun auf dem Heimweg darüber nachdachte, fand Emma in der Gesamtkonstellation des Tages nur einen einzigen Trost: Es war Freitag, am morgigen Samstag arbeitete sie nicht, und so standen ihr zwei Tage ohne Delacroix und Anhang bevor.

»Fahr nach Haussse«, zischte ihr die Stimme der Langeweile ins Ohr und meldete sich damit nach kurzer Auszeit zurück.

»Du warssst schon lange nicht mehr zuhaussse. Wer weiß, vielleicht fühlt sssich deine Mama sssehr einsssam. Und dein armer Papa. Geh. Fahr hin. Lossss.«

Um die Stimme der Langeweile zum Schweigen zu bringen, gab es nur eine Möglichkeit, und auf die griff Emma stets erfolgreich zurück. Sie stellte sich vor, dass ein großer Wal herbeischwamm, mit der Schwanzflosse schlug und die

Stimme in einem Bissen verschluckte. Haps. Sie wollte den Wal schon rufen, hatte aber in der Zwischenzeit die Wohnung betreten, wo sich die Stimme dank der Schimpftiraden aus der Küche von selbst verflüchtigte.

In der Küche traf Emma auf Bianca, die wie ein Bagger in ihrem roten Rucksack herumwühlte und Flüche ausstieß: »Mein Fotoapparat!«, brüllte sie und holte ein Metermaß von Ikea heraus. Es folgten die Erzählungen von Valeria Parella, zwei Pilot-Stifte, eine Schachtel Lakritz, das Buch *Per Anhalter durch die Galaxis*, drei Knebelknöpfe aus weißem Horn, ein Stadtplan von Tivoli, ein Gedichtband von Sergej Jessenin und viele andere interessante Dinge. Eine Digitalkamera von Nikon war nicht dabei.

»Ich habe sie verloren, Emma! Ich habe die Kamera mit all den Bildern auf dem Chip verloren! Die Arbeit einer ganzen Woche!«

Emma beeilte sich, Bestürzung zum Ausdruck zu bringen.

»Aber wie konnte das geschehen? Wann?«

»Heute! Ich wurde von einem Fahrrad angefahren! Siehst du? Mein Bein wurde mit zwölf Stichen genäht! Es ist dort passiert, da bin ich mir sicher.«

Als das Rad sie angefahren hatte, war der Rucksack hingefallen. Da er nicht verschlossen gewesen war, hatte der Inhalt sich in der Gegend verteilt. Während eine Personengruppe A sich um Bianca gekümmert und einen Krankenwagen gerufen hatte, hatte eine Gruppe B den mobilen Minibasar eingesammelt und alles wieder in den Rucksack gestopft. Nun kam allerdings die traurige Wahrheit ans Licht, dass die Gruppe B nicht mit derselben Effizienz zu Werke gegangen war wie die Gruppe A. Die Katastrophe wurde Bianca erst jetzt bewusst, als sie nach einem langen Tag in der Notaufnahme endlich nach Hause zurückgekehrt war.

»Irgendein Bastard hat die Gelegenheit genutzt und mich

beklaut. Mir ging es zu schlecht, um es zu merken. Ich war ziemlich weggetreten.«

»Hast du denn die Fotos nicht gespeichert?«

Während Emma sinnlos zwischen den Kleinteilen herumkramte, als wäre die Kamera so groß wie eine Kontaktlinse, schüttelte Bianca frustriert den Kopf.

»Die letzten nicht. Du weißt doch, wie das ist. Man sagt sich immer, jetzt speichere ich sie, jetzt speichere ich sie aber wirklich … Kaum zu glauben, dass mich dieser Bastard von einem Dieb so übers Ohr gehauen hat.«

Aber es war kein Bastard von einem Dieb, der sie übers Ohr gehauen hat. Die Nikon lag in diesem Moment in den Händen einer unverdächtigen Person, die mit einiger Neugierde auf den Einschaltknopf drückte. Wer weiß, von wem die Kamera war und was sich darin finden würde.

Ein Samstag ohne Sahne

Emma hatte einen Panda, einen von diesen alten, hässlichen, zu allem Unglück auch noch beigefarbenen. Jedes Mal, wenn sie ihn neben weitaus glücklicheren Kollegen stehen sah, fragte sie sich, wer von den ehemaligen Fiat-Designern die Einführung von Beige in die Farbskala der Pandas vorgeschlagen hatte. Mochte es noch so hässlich sein, das Auto war wenigstens zuverlässig und brachte sie am frühen Samstagnachmittag ohne jede Mühe zu ihren Eltern nach Valle San Nicolao in der Provinz Biella, Piemont. Das Haus lag ein wenig außerhalb der Ortschaft an einer Gabelung, von der aus eine Straße nach Borgata Polto und eine nach Quaregna hinaufführte. An der Gabelung standen ein Votivbild der Muttergottes und ein paar Häuschen, unter ihnen auch – quadratisch, gelb, schlicht – das Haus der Trisciuoglios. Vor dem Haus lag ein kleiner Vorgarten, dahinter befanden sich der Gemüsegarten, ein Brunnen und der ehemalige Hühnerstall, der zu einem Geräteschuppen umfunktioniert worden war. Emma parkte, stieg aus und ging zum Tor. Ihr Vater saß vor dem Haus auf einer Bank und hatte das *Eco di Biella* in der Hand. Wenn die Temperatur zehn Grad nicht unterschritt, saß Vito Trisciuoglio immer draußen – aus dem nachvollziehbaren Grund, dass seine Frau ihn nicht drinnen haben wollte.

»Du machst alles schmutzig.«

»Aber ich tu doch gar nichts! Ich lese Zeitung.«

»Trotzdem machst du alles schmutzig. Du lässt die Zeitung herumliegen, isst Kräcker und krümelst alles voll. Bleib bloß draußen. Geh.«

Stets nahm Vito das *Eco di Biella* und eine Packung Kräcker und ging zum Lesen hinaus. Oder er ging in den ehemaligen Hühnerstall und arbeitete an einem Schloss aus Weinkorken, das ihn seit etlichen Monaten beschäftigte. Jahrelang hatte er Korken gesammelt. Jetzt, da er hunderte beisammenhatte, konnte er endlich seinen uralten Traum verwirklichen und ein mittelalterliches Korkenschloss bauen.

»Hallo, Papa!«

Vito machte Freudensprünge, als Emma auf ihn zutrat, denn er hatte sie sehr gern. Außerdem ließ sich Rita wenigstens ein bisschen gehen, wenn Emma da war. Er umarmte sie und brachte sie sofort auf den neuesten Stand der Lokalnachrichten.

»Der Notar Mongilardi hat ein Buch über die Heiligen aus Biella veröffentlicht.«

»Aha. Gibt es da viele?«

»Und ob. Die heilige Hortensia, die heilige Graziella, die heilige Ermengilda, die heilige Ernesta …«

»Schon gut, ich glaube dir. Hast du es gelesen?«

»Noch nicht. Er hat mir ein signiertes Exemplar geschenkt. Heute Abend wird das Buch in Biella vorgestellt. Kommst du mit hin?«

Der Notar Mongilardi genoss höchstes Ansehen im Ort. Er stammte von einer alten Adelsfamilie ab, war mit einer Gräfin verheiratet und wohnte in einer riesigen Villa, die fast schon ein Schloss war und in einem entsprechenden Park lag. Trotz des gesellschaftlichen Gefälles und obwohl Vito Süditaliener war – schlimmer noch: Neapolitaner –, verband ihn mit dem Notar eine enge Freundschaft, die von ihrer gemeinsamen Leidenschaft für den Fußball herrührte und durch die spezielle Begeisterung für Juve noch einmal fest einzementiert wurde. Der Notar hatte eine Parabolantenne, und bei Meisterschaften oder Champions-League-Spielen lud er seine Freunde ein, die Spiele mit ihm anzuschauen. Von der nur mäßigen Begeisterung der Gräfin Luisa ließ er sich nicht beeindrucken.

»Vielleicht. Was ist mit Mama?«

»Die kommt nicht mit. Heute Abend läuft *Inspektorin Rosaria.*«

Rita hatte ihre Tochter vom Fenster aus gesehen und kam heraus, um sie zu umarmen.

»Wie dünn du bist! Man sieht, dass du schon eine Weile nicht mehr daheim warst. Hast du etwas gegessen?«

Emma verneinte die Frage. Sie hatte bis zu ihrem Aufbruch geschlafen.

»Dann komm doch rein. Ich mache dir etwas zu essen. Putz die Schuhe ab. Ich hole etwas Brot.«

Vito nutzte den günstigen Moment und betrat mit ihnen das Haus. Mit ein bisschen Glück würde er bis zum Abendessen dort bleiben können.

Mutterliebe ist zweifellos etwas Großartiges, denn Rita riskierte, ohne mit der Wimper zu zucken, den Glanz ihrer soeben aufgeräumten Küche, um ihrer Tochter etwas zu essen zu machen.

»Und? Neuigkeiten?«, fragte sie und stellte Emma einen Teller mit Wurst, Käse und eingelegtem Gemüse hin. Man sagt, dass Rita Trisciuoglio, geborene Ceschino, nie den Beruf bekommen hat, für den sie von unserem Herrn oder von wem auch immer auf die Erde geschickt worden war: Polizeiinspektor. So war es kein Zufall, dass ihre Lieblingssendung *Inspektorin Rosaria* war, eine Serie über die beruflichen und menschlichen Abenteuer einer Polizistin aus Lucera. Rita hatte eine Begabung fürs Kreuzverhör, hatte sie aber leider nie auf professioneller Ebene ausbilden können.

»Ja, es gibt Neuigkeiten. Meine Konditorei schickt jemanden zum Wettbewerb ›Ein Stern für Weihnachten‹, und ich soll als Assistentin mit hin. Eigentlich hatten sie mich als Kandidatin ausgewählt, aber dann … Du weißt ja, wie so etwas läuft.«

»Was ist denn das, ›Ein Stern für Weihnachten‹?«

Nachdem Emma es ihr erklärt hatte, war Rita nicht mehr zu halten. Wenn man sie gebeten habe, daran teilzunehmen, könne man sich nicht einfach anders besinnen. Punkt, aus.

»Na ja, es wird in jedem Fall eine interessante Erfahrung sein.«

Tolle Erfahrung, dachte Rita. Sie hätte ihre Tochter gerne als Lehrerin gesehen. Konditorin war ein wenig wie Bäckerin, und Bäckerinnen hatten sie in der Familie schon genug, ihre Schwester Mariuccia nämlich, die in Cossato die gut gehende Butiq del Pane betrieb.

»Trotzdem. Wirst du denn für den Wettbewerb extra bezahlt?«

»Danach habe ich nicht gefragt.«

»Dann wirst du es noch tun.«

Die Akte »Berufliche Träume meiner Tochter« war damit geschlossen, und Rita kam zur Sache.

»Hör mal, hast du einen Verehrer?«

»Nein.«

»O Signur. Und dieser Giacomo? Der im Handybereich arbeitet?«

»Ich gehe nicht mehr mit ihm aus. Ich habe schon seit einem Monat nichts mehr von ihm gehört.«

»Schade. Er hatte doch diesen großen Citroën, oder? Und ein Haus in Bordighera. Das war doch der mit dem Haus in Bordighera?«

»Ja. Aber ich gehe nicht mehr mit ihm aus.«

»Und mit wem gehst du dann aus?«

»Mit niemandem. Gibt es ein bisschen Salat, Mama?«

»Salat muss man waschen, und ich möchte jetzt kein Wasser in das Waschbecken laufen lassen. Ich bin gerade erst mit dem Brillo durchgegangen. Heute Abend bekommst du welchen.«

»Dann Obst? Etwas, das man nicht waschen muss?«

»Warte. Ich gebe dir eine Orange. Aber leg bitte die Schalen hier hinein. Und die Kerne auch, damit ich alles zusammen wegwerfen kann.«

Sie breitete ein Küchentuch vor ihrer Tochter aus und nahm das Verhör wieder auf.

»Also? Mit wem triffst du dich? Und sag mir nicht, mit niemandem. Du bist fast 28, Emma. Es wird Zeit, dass du unter die Haube kommst. Am besten sofort.«

Später machte Emma einen Spaziergang durchs Dorf, und Rita besprach die Situation mit ihrem Ehemann. Das Verhör hatte keine zufriedenstellenden Resultate erbracht.

»Wenn wir nicht ein wenig nachhelfen, Vito, dann haben wir dieses Mädchen ewig am Hals, das sage ich dir.«

»Komm schon, Rita. Emma ist schön, sympathisch und intelligent. Wenn sie noch nicht verlobt ist, dann hat das damit zu tun, dass sie anspruchsvoll ist. Sie kann so viele Verehrer haben, wie sie will.«

»Tja, jetzt. Aber die Zeit vergeht. Außerdem möchte ich Oma werden.«

»Bist du sicher? Denk doch nur daran, wie viel Dreck Enkel machen.«

Die Waffe des Sarkasmus konnte Rita nichts anhaben. Sie stutzte einen Moment und fuhr dann fort, mit einem fettlösenden Mittel den Tisch zu bearbeiten.

»Man muss sie nur von klein auf an ein paar Dinge gewöhnen. Sie dürfen nicht vergessen, im Haus die Schuhe auszuziehen. Und keine Hunde! Ich jedenfalls würde sagen, dass dieses Mädchen einen Schubs braucht. Kommt eigentlich Mario heute Abend?«

Mario Mongilardi, der einzige Sohn des Notars, war der begehrteste Junggeselle der Region. Von den anderen Einwohnern Valle San Nicolaos unterschied er sich durch ein paar interessante Vorzüge: Auch wenn er weiterhin bei seinen Eltern in der Villa wohnte, arbeitete er in der prestigeträchtigen Mailänder Anwaltswelt. In Mailand hatte er auch eine heimliche Luxuswohnung, in die er – so stellten die Damen des Dorfes sich das vor – Vips und Tops Models mitnahm. Alle Mamas in der Region Biella träumten davon, Marios Schwiegermutter zu werden. Rita machte da keine Ausnahme. Ihr Ehemann nickte.

»Gut. Hoffen wir, dass Emma ein anständiges Kleid mitgebracht hat. Sie wird ja wohl kaum in Leggings zur Preisverleihung gehen.«

»Buchvorstellung, Rita. Es ist eine Buchvorstellung.«

»Ja, ja. Hauptsache, sie geht nicht in Leggings hin.«

»... nicht zu vergessen die heilige Ermengilda, die 13 Juden in einem Haufen Wolle versteckt und so vor der Furie des Faschismus gerettet hat. Wenige Tage später wurde sie von einem Nashorn durchbohrt, das aus dem Zirkus in Ivrea ausgebrochen war. Ermengilda ist eine glanzvolle Heilige des 20. Jahrhunderts, ein leuchtendes Beispiel in Gestalt einer Gemeindeangestellten von Bioglio Santamaria, und sie ...«

Emma hörte nicht mehr zu, sondern verlor sich in der Betrachtung eines Engels mit Übergröße, der im Deckenfresko verewigt war. Er hatte etwas in der Hand, das man aus der

Entfernung nicht genau erkennen konnte, einen Blitz oder eine Cremerolle. Beides würde nicht ganz zur gewöhnlichen Ikonografie passen. Emma dachte noch über diese Abweichung nach, als ihr eine angenehme Baritonstimme ins Ohr flüsterte: »Genug von Heiligen aus der Region Biella?«

Sie drehte sich um und begegnete dem absolut geheimnislosen Blick von Mario Mongilardi. Er lächelte sie an.

»Hallo.«

»Wie geht's? Verbringst du ein Wochenende bei Mama?«

»Schsch. Wir stören.«

»Stimmt.« Er nahm sie am Arm und schob sie schnell durch die beachtliche Menge, die sich im kleinen Saal des Lyons Club von Biella versammelt hatte. Sie betraten einen Salon, der zu gleichen Teilen mit Spiegeln und Samt ausgekleidet war.

»Aah, was für eine Erleichterung. Ich kann dieses Buch nicht mehr ertragen. Das ist jetzt die vierte Buchvorstellung, zu der mein Vater mich mitschleppt. Und, wie geht's so?«

Emma und Mario kannten sich, seit sie Kinder waren, hatten aber nie viel miteinander zu tun gehabt. Als er nun die wohlgebaute Emma in ihrem schwarzen Kleid mit den weißen Stickereien sah (Oviesse, 49 Euro), beschloss Mario, dass der Moment gekommen war, dieses Charakteristikum ihrer Beziehung zu verändern.

Was macht Doktor Carella am Samstagabend um halb zehn ganz allein in seinem kleinen Apartment an der Piazza Santa Giulia? Ganz einfach: Er versucht herauszufinden, wie sich der Abend entwickeln würde, ob er also mit der schönen Carla, seiner Verlobten, ausgehen würde, oder ob er Lorena zu sehen bekäme, die überwältigende Krankenschwester, für die er im Moment eine starke Leidenschaft hegte. Alles hing davon ab, ob sich Carlas schmerzhafte Menstruationsbeschwerden so entwickeln würden wie ihre Kollegen in den vergangenen Monaten und sie mit Wärmflasche samt Liebesroman ans Bett fesseln würden. Dann könnte er ins Jumpin' laufen und sich Lorena schnappen. Andernfalls würde er Carla abholen, und sie würden auf ein Konzert von Freunden ins Café Procope gehen. Seine Lage war ziemlich kompliziert, daher musste man sich auch nicht wundern, dass er immer mit fiebrigem Blick und Bartschatten herumlief. Nach dem Zwischenfall in der Konditorei hatte er Carla geschworen, dass es mit Lorena aus sei, auch wenn er nicht leugnen könne, dass er sie sehr geliebt habe und immer noch von schrecklichen Sehnsuchtsattacken heimgesucht werde. Er wisse, dass nur Carla ihn wirklich glücklich machen könne. Nur mit ihr wolle er sich eine Zukunft aufbauen, erklärte er, damit Carla sich in Geduld übte und es ertrug, dass er sich in seinem Schmerz suhlte. Und die Momente, in denen sie ihn daheim wähnte, sich in seinem Schmerz suhlend, widmete er Lorena, der er geschworen hatte, sie unsterblich zu lieben und nur mit ihr seine zukünftigen Kinder zeugen zu wollen, wenn sie ihm nur Zeit lasse, die Beziehung zu Carla langsam und möglichst schmerzlos zu beenden. Carla absolviere zurzeit eine Fortbildung, wolle befördert werden und könne sich aus beruflichen Gründen keine Gefühlskatastrophen leisten. Dieses Hin und Her forderte einen hohen emotionalen Preis. Nahm man dann noch hinzu, dass Alessandro Arzt war und zwischen der Notaufnahme und äußerst heiklen Genomforschungsprojekten hin und her pendelte, dann war der Rand des Abgrunds in Sicht.

In diesem Moment nutzte Doktor Carella den Entscheidungsstau allerdings dazu, die Digitalkamera zu inspizieren, die er am Vorabend unter der Liege in der Aufnahme gefunden hatte.

Es war eine kleine silberne Nikon, die einfach anging und

sich auch nicht widersetzte, als er auf dem Monitor die Fotos durchlaufen ließ. Farbige Oberflächen unbestimmter Natur. Ein intensives Rosa, das aussah wie von … Blütenblättern? Ein helleres Rosa: Eiscreme. Ein langweiliges Blau: Plüschbär. Ein gipsartiges Himmelsblau: Teil von einem Krippenengel? Merkwürdige und schöne Fotografien, aber wer hatte sie geschossen? Wer hatte die Kamera in der Notaufnahme verloren? Das Kind, das die Kinderüberraschung verschluckt hatte? (Gerettet.) Der Roma-Junge, der von einem Motorrad angefahren worden war? (Gerettet.) Die Frau mit der Nierenkolik? (Wiederbelebt.) Der Mann, der von seinem Cousin niedergestochen worden war? (Prognose ungewiss.) Die Vergiftete, der Paranoide, die Depressive, die Frau mit dem Bruch, der Mann mit der Prellung, der Typ, den fast die vom Wind heruntergefegte Parabolantenne erschlagen hätte? Alles nicht sehr überzeugend. Je länger er darüber nachdachte, desto häufiger musste er an die Rothaarige denken, die Carla die Cola über den Leib geschüttet hatte. Sechs Zentimeter Bein hatte er ihr zugenäht. Schön war sie übrigens. Ihre Augen waren wie türkisfarbenes Glas und hatten etwas Abwesendes. Wer weiß, ob … Alex ließ die Farben weiter durchlaufen, bis ihm der Zufall zu Hilfe kam: Das letzte Foto zeigte zwei Frauen, die in einer Konditorei auf der Bank saßen und lachten. Die eine war dunkelhaarig und hübsch, und in ihrem Lachen lag etwas Melancholisches. Die andere hatte volle rote Haare und verschwendete keinen einzigen Gedanken an diese Welt. Das war sie.

Schön, wenn es also ihre Kamera war …

Der Klingelton von Jingle Bells unterbrach seine Gedanken und trug ihm die Stimme von Carla zu, der es sehr viel besser ging. Sie wollte ausgehen.

Während Elena Belmonte, die auch allein zuhause war, *Inspektorin Rosaria* schaute, während Lucia, die zweite Kellnerin der Konditorei Delacroix, mit ihrem Ehemann telefonierte, einem Koch auf einem momentan vor Grönland ankernden Tanker, während Emma merkte, dass Mario Mongilardi sie anbaggerte, und während Bianca sich fragte, welche Karriere sie nun, da sie ihre Nikon nicht mehr hatte, einschlagen sollte, während Lorena langsam aufging, dass Ale nicht im Jumpin' aufkreuzen würde, während Tinco und Vale – wenigstens sie – in der Dachkammer eines Freundes miteinander schliefen und während Camelia über ihren Platz in der Welt nachdachte, Gedanken, die sie in der dritten Reihe des Teatro Carignano hatte, wo sie neben ihrer Mutter saß und der zweiten Hälfte eines litauischen, aber unbedingt sehenswerten Schauspiels beiwohnte, während sich der Samstag also in derlei Facetten abspielte, hingen Andrea und Jasmine am Telefon, er in Turin, sie in Rabat.

»Und?«, fragte Andrea. »Hast du darüber nachgedacht?«

»Es ist doch erst ein Tag vergangen.«

»Weißt du, wie viele Gedanken man an einem Tag denken kann?«

»Aber dies ist ein großer Gedanke. Heiraten oder nicht heiraten.«

»Wie groß ist er denn?«

»Wie bitte?«

»Wie groß ist er? Wie ein großes Paket? Wie eine Straßenbahn? Wie die westliche Hemisphäre?«

Gekicher.

»Ich weiß nicht. So groß wie mein Gehirn.«

»Also ist es dein einziger Gedanke.«

»Nein. Es ist nicht der einzige. Das hättest du wohl gern, dass es der einzige ist, aber ich habe auch noch andere Gedanken. Es gibt schließlich auch noch die Arbeit, *mon amour*. Heute hatten wir übrigens Kostümprobe. Ich bin dicker geworden.«

»Gut.«

»Nein. Das ist all das süße Zeug, das du mir serviert hast.«

»Komm, flieg herbei. Ich weiß, was du jetzt möchtest.«

»Ach ja? Was denn?«

»Torrone-Torte mit Sahne. Du willst dir mit mir ein Stück Torrone-Torte mit Sahne teilen.«

Gekicher.

»O Gott, nein. Ich mag keine Sahne.«

»Dann will ich dich nicht heiraten.«

Gekicher.

»Dummkopf. Sag, dass du mich liebst.«

»Ich wollte es eigentlich nicht mehr sagen, bis du erklärst, dass du mich heiratest.«

»Aber das ist ja Erpressung! Tschüss jetzt, ich muss gehen. Da ist Jules.«

»Und Jim?«

»Wer?«

»Nichts. Wer ist Jules?«

»Der Masseur. Er ist ziemlich blind, du musst also nicht eifersüchtig sein.«

»Was das betrifft, fühle ich mich heute Abend auch ziemlich blind, weil ich dich nicht sehe.«

»Wenn du dir ein Videohandy kaufen würdest, könntest du mich sehen.«

»Das ist richtig. Gute Nacht, Jasmine. Und morgen sagst du ja?«

»Morgen drehe ich drei Szenen. Das ist das Einzige, was ich weiß. Gute Nacht, mein Geliebter.«

Oktobercreme

Konditoreien waren montags geschlossen. Die Konditorei Delacroix bildete eine Ausnahme, weil man aus persönlichen Gründen lieber am Sonntag geschlossen blieb. Die persönlichen Gründe waren, dass Corrado sich vom ersten Tag an von den Konditoreien unterscheiden wollte, die von sonntäglichen Kuchenschlachten lebten. Er selbst zog sich am Sonntag auf sein Gut in den Langhe zurück und erfreute sich an den botanischen Neuerungen seines Gärtners. Es wird behauptet, dass die Familie Delacroix seit Generationen reich war, seit nämlich ihr Vorfahr René, der Bruder des großen Malers Eugène, Paris verlassen und einer Prinzessin, die in die Dynastie der Savoyen eingeheiratet hatte, nach Turin gefolgt war. Corrado war Konditor aus Leidenschaft. Intuition und Launenhaftigkeit waren das Geheimnis seines Könnens, das faszinierende Ergebnisse erbrachte, für die Mitarbeiter allerdings auch etwas Irritierendes hatte.

Die Konditorei Delacroix war also als einzige Konditorei in der Stadt montags geöffnet. Alessandro Carella wusste das, weil alle Turiner es wussten, und so packte er an diesem schönen Frühlingsmontag, bevor er in die Klinik aufbrach, den Fotoapparat in die Tasche.

Als er den großen weißen Gastraum betrat, war von der kleinen rothaarigen Kellnerin keine Spur zu sehen. Da war ein gepiercter Junge, da war Elena, die so berühmt war wie die Konditorei selbst, da waren der alte Manlio und zwei weitere Kellnerinnen. Und da war die Kassiererin, die angeblich »Mehl« hieß und mit der kontrollierten Anmut einer Keramikfigur an ihrem Platz saß. Alessandro wandte sich direkt an sie.

»Signora Farina?«

Er hatte einen abschätzigen Blick erwartet, erntete aber ein zustimmendes Lächeln.

»Das bin ich, guten Tag. Wie kann ich Ihnen helfen?«

»Cleopatra Farina?«

»Genau. Was wünschen Sie?«

»Guten Tag. Mein Name ist Doktor Carella. Ich suche eine Frau, die hier arbeitet: klein, die Haare in Richtung kupferrot, Locken. Grüne Augen. Grüner als grün.«

Signora Farina kam blitzartig die Erleuchtung.

»Aber sicher doch. Sie sind der Typ mit den Baisers! Der dann von einer Frau gesucht wurde, die in Ohnmacht gefallen ist! Klar. Sie suchen Bianca.«

»Ich suche Bianca. Wo finde ich sie?«

»Dort.« Cleopatra Farina zeigte auf eine Stelle in Alessandros Rücken. Er drehte sich um. Bleich und offensichtlich miserabel gelaunt stellte Bianca soeben einen Cappuccino und Himbeerschnittchen vor einem riesigen Mann ab. Auf seinem Kopf türmte sich eine Masse dunkler Haare, seine Kleidung wirkte japanisch.

»Bei deiner Laune fällt glatt der Schaum auf dem Cappuccino in sich zusammen«, sagte er.

Bianca nickte. »Entschuldigung, Signor Madaski.«

Als sie sich von dem Tisch wieder entfernte, sah sie Alessandro an der Kasse stehen. Die Kamera hatte er aus der Tasche gezogen und hielt sie wortlos in den Händen. Bianca wäre fast in Ohnmacht gefallen, konnte sich aber gerade noch beherrschen, weil Elena die ungewöhnliche Situation längst erfasst hatte und Bianca beobachtete. Die flüsterte daher: »Ich geh schnell eine rauchen«, und sauste hinaus, bevor Elena einfallen würde, dass sie gar nicht rauchte.

Alessandro folgte ihr. Kaum waren sie an der Straßenecke, griff Bianca nach der Nikon.

»Ich kann es kaum glauben! Es ist ein Wunder! Meine Kamera!«, rief sie und drückte sie an die Brust. Alessandro dachte, dass er wenigstens einmal in seinem Leben jemanden glücklich gemacht hatte. Ihm war klar, dass das Glück von kurzer Dauer sein würde, doch das minderte seine Dankbarkeit nicht.

»Ich habe sie Freitagabend unter der Liege gefunden. Sie bedeutet dir etwas, scheint mir.«

»Du kannst dir nicht vorstellen, wie viel. Woher wusstest du, dass es meine ist?«

»Ich habe ein Foto darin gefunden. Du und eine andere Frau.«

»Ach so. Umso besser!« Bianca wollte die Kamera sofort anschalten und nachschauen, ob alles in Ordnung war, aber Alessandro hielt ihre Hand fest.

»Warte. Ich muss gehen, ich komme sowieso schon zu spät ins Krankenhaus. Tschüss.«

Bianca sah ihn unerwartet sanft an.

»Na ja, dann danke. Wirklich. Auch dafür, dass du sie mir hierher gebracht hast. Und übrigens, es tut mir leid, dass du einen solchen Ärger mit deiner Freundin hattest, aber ich schwöre dir …«

»Ich weiß. Cleopatra Farina. Ich habe sie kennen gelernt.«

»Siehst du?« Bianca zögerte einen Moment und fügte dann hinzu: »Da du so nett zu mir bist, möchte ich dir übrigens die 50 Euro zurückgeben. Wir haben die Sache mit deiner Freundin vermasselt, und da habe ich sie wohl kaum verdient.«

Alessandro zeigte auf die Kamera. »Wenn du Fotografin werden willst, musst du alles Geld, das du in die Finger bekommst, zusammenhalten und es in die Ausrüstung stecken. Soll ich dir ein paar Dinge beibringen?«

»Nein, na ja, ich weiß noch gar nicht, ob ich Fotografin werden möchte. Es macht Spaß, aber …«

Alessandro schnaufte.

»Ich verstehe. Du bist noch in der Phase jugendlicher Unentschlossenheit. Alter?«

»26.«

»Mmh, ein bisschen zu alt. Wie dem auch sei, jetzt habe ich keine Zeit mehr.«

»Okay«, sagte Bianca. »Ich muss auch hinein. Hast du die Sache mit deiner Verlobten geregelt?«

»Einigermaßen.«

»Und mit der anderen?«

»Auch einigermaßen.«

»Okay. Tschüss also.«

»Tschüss.«

Bianca blieb noch einen Moment stehen, wartete irgendwie auf etwas. Doktor Carella hingegen war schnell weg und drehte sich auch nicht mehr um. Er wusste, dass die nächste Begegnung mit dieser Frau deutlich weniger freundschaftlich ausfallen würde.

Camelia tauchte an diesem Tag nicht in den Arbeitsräumen der Konditorei auf, aus dem einfachen Grund, weil sie ihr Zimmer erst gar nicht verließ. Ihr Bad konnte sie direkt von dort aus betreten, in ihrem Schrank lagerten hinreichend Trockenobst und Chips, und so war das gar kein Problem. Erst um fünf scheuchte ihre Mutter sie hinaus, weil sie ein Gurgeln gehört hatte und misstrauisch geworden war. Das Gurgeln kam von einer leise abgespielten Cream-CD.

»Was machst du denn hier? Geh sofort in die Konditorei.«

»Mama, vergiss es. Ich weiß jetzt, was ich machen will. PR. Schau mal.«

Sie zeigte ihrer Mutter eine Zeitschrift, auf der ein Mädchen mit rosa Stiefeln und schwarzen Augen zu sehen war.

»Hier steht's: ›Alebranda Stucchi Morselli, 24, PR-Frau von *Jet Lag*, dem bevorzugten Lokal der Vips, die auf die Insel Mustique kommen. Die Events, die Alebranda organisiert, ziehen solche Massen an, dass die Wände …‹«

Noemi unterbrach sie brüsk. »Du bist nicht die Richtige für PR. Außerdem ist das kein Beruf. Geh sofort in die Konditorei und sieh zu, dass du etwas zustande bekommst.«

Und so erschien Camelia um sechs Uhr widerwillig in den Arbeitsräumen der Konditorei, wo Emma dem überaus beschäftigten Andrea dabei half, eine neue Version der Torte *Margherita* zu entwickeln. Jasmine hatte ihm noch nicht geantwortet, und um nicht vor Angst zu vergehen, konzentrierte er sich auf seine Arbeit. Ein Mädchen wurde acht, und seine Mutter hatte, statt selbst zu backen, eine Torte bei Delacroix bestellt.

»Es muss etwas Besonderes sein. Niemand aus ihrer Klasse soll je etwas Ähnliches haben.«

»Was hältst du von einer *Margherita* mit Möhren?«, fragte Andrea.

»Armes Kind. Es hat eine Idiotin zur Mutter, da sollte doch wenigstens die Torte gut sein.«

»Eine gute Torte für ein achtjähriges Mädchen ist eine ganz gewöhnliche Schokoladentorte mit Schlagsahne obendrauf. Aber ihre Mutter möchte ja etwas Einzigartiges.«

»Dann mach doch eine ganz gewöhnliche Sahnetorte mit Schokolade obendrauf.«

Andrea sah sie wortlos an. Er fragte sich, ob er es ihr sagen sollte. Eigentlich war das nicht notwendig. Wenn man eine Frau verlässt, muss man sie nicht über seine amourösen Abenteuer auf dem Laufenden halten. Die Leute schicken ihren Expartnern ja auch nicht die Fotos ihrer Babys, kaum sind welche geboren. Und doch hatte er das Bedürfnis, Emma immer alles zu erzählen, und das so schnell wie möglich. Nur so konnte er sein inneres Gleichgewicht wahren.

»Ich habe Jasmine gebeten, mich zu heiraten.«

Emma konzentrierte sich auf das Blech mit den Brandteigbeuteln, das sie soeben in den Ofen schieben wollte, und sagte: »Das ist normal. Wenn du sie liebst. Schauspielerinnen müssen immer verreisen, da verliert man besser keine Zeit.«

»Stimmt. Sie ist abgereist und ... Aber das interessiert dich sicher nicht. Ich wollte nur nicht, dass du es von jemand anderem erfährst.«

Von wem denn, fragte sich Emma. Sie stellte sich vor, wie Jasmine Jay sie anrief: »Grüß dich, Ex von Andrea. Weißt du, dass er mich gebeten hat, ihn zu heiraten? Krepier vor Neid, du hässliche Allerweltstussi!«

»Ehrlich gesagt, glaube ich nicht, dass es einen großen Unterschied macht, ob ich es von dir oder von jemand anderem höre«, sagte sie. »Wie immer man es nimmt, es ist nicht gerade eine überwältigende Nachricht. Trotzdem danke für so viel Rücksichtnahme.«

Andrea stutzte. »Willst du mich auf den Arm nehmen?«

Emma schüttelte den Kopf. »Ich versuche bloß, höflich zu sein.«

»Aha. Es klang so, als wolltest du mich auf den Arm nehmen.«

»Nein, stell dir vor. Und wie ist es ausgegangen? Hat sie angenommen?«

»Sie hat mir noch nicht geantwortet.«

»Das wird sie schon noch tun. Na so was, schau mal, wer da ist.«

Emma hatte Camelia entdeckt, die soeben ohne große Begeisterung eingetreten war, und ging ihr entgegen.

»Hallo. Was ist denn passiert, dass du nicht kommen konntest?«

»Ich hätte es fast geschafft, aber meine Mutter hat mich rausgescheucht.«

»Du wolltest nicht kommen?«

»Nein. Und jetzt kann ich genauso gut wieder gehen. Es ist schließlich schon ziemlich spät.«

»Was hältst du davon, mit zu mir nach Hause zu kommen und etwas zu essen? Dann können wir uns in Ruhe über die Torte unterhalten.«

Emmas und Biancas Küche lud zur Verwahrlosung ein, zum Kochen üppiger Mahlzeiten war sie nicht geeignet. Zum Kochen schlichter Mahlzeiten auch nicht. Wenn man in einer Konditorei arbeitete, aß man sowieso ständig nebenbei, und so neigten sie dazu, sich daheim bei Mus, Püree, Kräutertee oder Milchkaffee zu erholen. Nie hatte das schöne quadratische Zimmer einen Braten gesehen, und Hühner kamen nur in verzehrfertiger Form ins Haus: als gebratene Geflügelteile von Girarrosto Santarita. An diesem Abend warf Bianca einen skeptischen Blick in den Kühlschrank, während Emma und Camelia am Küchentisch vor geknackten Nüssen saßen.

Nachdem sie vergeblich mit Orangen und Möhren herumexperimentiert hatten, kam Bianca auf eine Idee.

»Was haltet ihr davon, wenn ich eine Stracciatella-Suppe koche?«

Camelia strahlte begeistert.

»Eine Stracciatella! Lecker. Die haben mir die Schwestern immer gemacht!«

»Mir macht sie immer meine Mutter«, sagte Bianca.

»War sie mal Ordensschwester?«

»Mehr als das. Sie verbringt mehr Zeit in der Kirche als zuhause.«

»Wo wohnt sie?«

»In Leinì.«

Camelia kannte den Ort nicht. Emma gab ihr eine Nuss.

»Iss. Schließ die Augen und versuch, dir einen Geschmack vorzustellen, der sich gut damit verbinden würde. Du musst kauen. Riechen.«

Camelia schloss die Augen und flüsterte: »Gorgonzola.«

Emma brach in Lachen aus. »So kommen wir nicht weiter. Du musst süß denken. Wie wär's, wenn wir eine Art Marzipan erfinden, das aus Walnüssen gemacht ist? Ja, das ist die Idee. Im Grunde haben Walnüsse ...«

Camelia hörte nicht zu. Sie hatte sich vor das Becken mit Audio und Video gehockt und gurrte, um ihre Aufmerksamkeit zu erregen.

»Glaglagla Fischchen, Fischchen! Quaqua hui biribiri Fischli! Na, komm schon ...«

Emma und Bianca sahen sich an. Was sollte man mit so einer bloß anfangen?

»Camelia, hör mir doch mal fünf Minuten zu. Ich wollte gerade sagen, dass es im Grunde keine berühmte Spezialität aus Walnüssen gibt. Aus Mandeln macht man Marzipan, aus Haselnüssen Nutella. Und aus Walnüssen? Was ist das Besondere an Walnüssen?«

Bianca zeigte auf den Bücherstapel, der sich seit mindestens 20 Tagen auf der Anrichte breitmachte.

»Warte! Mir scheint, dass dort etwas über Walnüsse ...«

Sie nahm ein Buch vom Stapel, blätterte es schnell durch und las dann laut vor: »›Und das Kloster hat, statt draufzuzahlen, auch noch daran verdient. Denn nach diesem großen Ereignis wurde das Aufsammeln der Walnüsse blablabla ... und man gewann so viel Öl daraus, dass sich jeder Arme nach seinen Bedürfnissen etwas davon abholen konnte.‹« Bianca klappte das Buch zu. »Walnussöl«, sagte sie bestimmt.

»Das ist nicht das, was wir brauchen.« Emma hielt eine halbe Walnuss zwischen den Fingern und betrachtete sie. »Ich denke an etwas in der Art von … Karamell? Vanille? Vanille und Karamell und Walnüsse …«

»Bäh!«, sagte Camelia.

»Warte mit deinem Bäh. Lass mich nachdenken.«

»Wie heißen die?«, fragte Camelia und zeigte auf die Fische.

»Audio und Video«, sagte Bianca. Dann schaute sie die Fische aufmerksam an. In den letzten Tagen hatte sich ihre Farbe leicht verändert. Irgendjemand hatte ihr mal gesagt, dass Fische, wenn sich ihre Farbe veränderte, bald sterben würden. Sie schaute genauer hin und erkannte, dass es nicht ihre Farbe war, die sich verändert hatte. Das Wasser war einfach so schmutzig, dass man sie nicht mehr gut sehen konnte.

»Emma! Die Fische brauchen frisches Wasser! Diesmal bist du dran!«

»Ach ja.« Emma nickte und ließ, versunken in der Ekstase ihrer Geschmacksknospen, ein Stückchen Nuss auf der Zunge herumkullern.

»Ich kann es auswechseln, wenn du willst«, bot Camelia an, die immer gerne mit lebenden Dingen zu tun hatte.

Wenige Minuten später herrschte in der Küche vollkommener Frieden. Emma zermalmte immer noch Walnüsse im Mund, Camelia beobachtete die strahlend sauberen Fische, und Bianca verquirlte Ei und Parmesankäse für die Suppe.

»Ach, ich werde mal Videos Flossen fotografieren. Das ist so ein schillerndes Rot.«

Sie nahm den Fotoapparat, dann schoss sie drei, vier Fotos von den Fischen und betrachtete sie auf dem Display. Im nächsten Moment wurde die Küche der Via Lombroso 22 von einem markerschütternden Schrei erfüllt.

Elena Belmonte wohnte im Corso Fiume 17, nur wenige Meter von der Konditorei entfernt. Die Wohnung hatte sie vor etwa 15 Jahren gekauft. Sie war klein und hell und so eingerichtet, dass sie Corrado gefallen würde. Ihre eigenen Vorlieben hatte Elena zurückgestellt. Adieu Hortensienbilder aus dem 19. Jahrhundert. Adieu bequeme geblümte Sessel, Zimmerecken mit gerahmten Fotos, Lampenschirme aus rosa Seide, emaillierte Pralinendöschen. Das war nicht der Stil, der ihrem Geliebten gefiel. Das Schlüsselwort lautete »weniger«. Weiße Wände, an denen nur ausgewählte Dinge hängen durften, und die durften sich kaum von den Wänden abheben. Teure moderne Möbel, bequem, aber nüchtern. Ein paar ungewöhnliche Farbtupfer. Ein einziges altes, erschreckend authentisches Möbelstück. Corrado fand Elenas Wohnung traumhaft, nicht zuletzt weil er wusste, dass sie ihr nicht im Mindesten gefiel. Ab und zu fand er Gefallen daran, sie auf den Arm zu nehmen. Er schenkte ihr Fotobände von englischen Landhäusern, tippte auf Wohnzimmer, in denen geblümter Cretonne und Schaukelstühle dominierten, und erklärte kichernd: »Schau mal, das ideale Haus für dich.« Sie bestritt das vehement, vertiefte sich aber, sobald sie wieder allein war, in die Fotos. Arme Elena. Dabei hatte er seit zehn Jahren keinen Fuß mehr in die Wohnung gesetzt. Warum veränderte sie also nichts an der Einrichtung? Weil sie immer noch darauf wartete, dass er zurückkam, das war offensichtlich.

An diesem Abend allerdings war sie, als in der Via Lombroso der markerschütternde Schrei erklang, nicht in ihren verhassten vier Wänden eingesperrt. Sie war im Sportstudio La Pantera, einem Club für reiche Damen, und nahm eine private Pilates-Stunde. Hatte all das Geziehe und Gezerre an den Muskeln die natürliche Gewebeerschlaffung verlangsamt oder gar aufgehalten? Der nächste Sommer stand vor der Tür. Konnte Elena immer noch Kleider mit kurzen Ärmeln und kurzen Röcken tragen, oder zog sie mit wehenden Fahnen in die traurige Phase der knöchellangen Säume ein?

»Aaaah«, entfuhr es ihr bei dem Gedanken.

Ihre Pilates-Lehrerin, ein Muskelpaket mit dem Gesicht einer Frau, blitzte sie an.

»Schon müde?«

»Nein. Ich habe nur an den Sommer gedacht. Werde ich Ihrer Meinung nach die Hemdchenprobe bestehen?«

»Mmh.« Die Frau bediente nicht leichtfertig Illusionen. »Sie müssen sich sehr anstrengen. Arm hoch.« Elena ließ ihren linken Arm wie eine Fahne flattern, und die Frau kniff mit krummen Fingern ins Fleisch.

»Sehen Sie? Hier schwabbelt es. Los, Konzentration. Den Muskel anspannen und atmen, ohne nachzudenken. Vergessen Sie nicht: Denken ist der Feind eines straffen Körpers. Wer denkt, kann die Spannung nicht halten. Los, festmachen, festmachen!«

Ohne Rücksicht auf Verluste streckte sie die Fasern ihres Seins, dachte dabei an Corrado und fragte sich, ob die widerspenstige Tochter, die sie ihm mit 23-jähriger Verspätung aufgetischt hatte, endlich das ersehnte Wunder vollbringen und sie wieder zusammenführen würde. Eine Familie! Ich und er und Camelia. Auch wenn Camelia ... Fast wäre es besser, sie bei Noemi zu lassen. Im Prinzip reichte es ja, wenn in der Zeitung stand, dass sie ihre gemeinsame Tochter war. Der Alltag wäre etwas ganz anderes. Ab einem bestimmten Alter ... Und sie beendete ihre Überlegungen laut: »Man lebt besser zu zweit als zu dritt, oder?«

Die Pilates-Lehrerin sah sie kalt an.

»Wenn Sie sich nicht ranhalten, Elena, dann werden Sie in ein paar Jahren auch allein zu zweit leben. Es dauert nicht lange, und der Oberschenkel hat den doppelten Umfang. Und jetzt ziiieeeehen …«

Mario Mongilardi war nicht der Typ, der Frauen am Tag, nachdem er sie getroffen hatte, sofort anrief. Für gewöhnlich ließ er die nötige Zeit verstreichen, um ihnen die Sicherheit zu nehmen, dann nahm er ihnen die Angst, indem er die Nummer wählte, die sie ihm bereitwillig gegeben hatten. Im Fall der kleinen Trisciuoglio machte er eine Ausnahme. Seinem Eindruck nach könnte sie ihn schnell vergessen, und das Risiko wollte er nicht eingehen, weil er sie ziemlich interessant fand. Also rief er an und bemerkte beim Wählen überrascht einen Anflug von Herzklopfen. Es dauerte ewig, bis sie sich meldete.

»Emma? Ich bin's, Mario.«

»Ach, hallo. Entschuldigung, aber wir haben einen Notfall. Bianca spielt verrückt.«

»Wer ist Bianca?«, fragte Mario, dem es gefiel, wenn im Leben alles seine Ordnung hatte.

»Die Frau, mit der ich zusammenwohne. Man hat ihr die Fotos aus der Kamera geklaut. Ein Arzt.«

»Emma?«

»Ein Arzt hat ihre Fotos geklaut. Vom Chip. Du weißt schon. Na ja, der Chip war voll, lauter Fotos von Farben, und sie hatte sie noch nicht gespeichert. Jetzt sind sie futsch. Das hat dieser Typ getan, der sie auch dazu gebracht hat, seiner Verlobten Cola über den Leib zu schütten.«

»Du erzählst Dinge, die ich nicht ganz verstehe.«

»Egal. Wie geht es dir?«

»Verwirrt. Und du? Heute habe ich an dich gedacht, und da …«

»Du hast an mich gedacht?« Das fand Emma seltsam, denn Mario kannte sie, seit sie aus dem Krabbelalter heraus war. Soviel sie wusste, hatte er nie an sie gedacht, ebenso wenig wie sie an ihn gedacht hatte. Mario war Mario, ein mittlerweile groß gewordenes Kind aus dem Dorf. Was war das also für eine Geschichte mit der Denkerei?

Das Ungewöhnliche wurde noch ungewöhnlicher, als er fragte: »Und du? An was hast du so gedacht?«

»Wie bitte?«

Sie konnte ja schlecht sagen: »In erster Linie habe ich an Nüsse gedacht.« Also nahm sie sich Zeit.

»Hör mal, Mario. Wenn du irgendetwas Süßes auf Walnussbasis machen wolltest, was würdest du dann für Zutaten wählen?«

»Moment. Wir reden von Walnüssen?«

»Walnüsse, genau. Für etwas Süßes. Walnüsse und ...?«

»Schokolade?«

»Zu banal.«

»Was man von diesem Gespräch nicht sagen kann. Fährst du am Samstag wieder nach Hause?«

»Weiß nicht. Außerdem muss ich jetzt gehen. Ich habe Angst, dass Bianca irgendetwas Absurdes anstellt, zum Beispiel im Krankenhaus Le Molinette Feuer legt.«

Im Hause Scippa klingelte das Telefon abends um zehn selten, wenn nicht gar nie. Tinco bekam seine Anrufe auf dem Handy, und der Rest der Familie hatte um neun, spätestens halb zehn mit der Welt abgeschlossen. Um zehn Uhr an diesem speziellen Montagabend war Tinco im Bad, machte sich ausgehbereit und schmierte sich irgendein Zeug ins Haar. Signora Scippa sah fern. Signor Scippa protestierte, weil er einen kitschigen Kostümschinken über sich ergehen lassen musste, und las die letzten Zentimeter der *Tuttosport*.

Die Großeltern waren schon im Bett und schliefen. Giovanna und Paola, die zehnjährigen Zwillinge mit den zu Ehren des Papstes gewählten Namen, waren in ihrem Zimmer und probten die Schritte für eine Choreografie. Damit wollten sie die Vorausscheidung gewinnen, um beim nächsten Zecchino-d'Oro-Festival als Assistentinnen von *Topo Gigio*, der Weltraummaus, auftreten zu dürfen. Um als Sängerinnen teilzunehmen, sangen sie zu schräg, aber ihre Tanzkünste reichten aus.

»Und eins und zwei und drei und Drehung!«, rief Giovanna.

»Ich mache die Drehung ja! Aber du bleibst zu schnell stehen!«, keuchte Paola, die ihren Atem nicht mehr unter Kontrolle hatte.

Tinco steckte den Kopf zur Tür herein.

»Wollt ihr wohl aufhören, die Bude abzureißen? Soll ich Papa rufen? Und macht das Gedudel leiser, sonst weckt ihr Oma!« Opa konnte man nicht wecken, der war taub, doch Oma hatte einen leichten Schlaf. Die Zwillinge begaben sich zur Stereoanlage.

»Giovanna, Paola! Ich komme hoch, und dann ist Sense!«, schrie Papa aus dem Esszimmer. Genau in diesem Moment des alltäglichen Familienlebens, wie man ihn schon hundertfach erlebt hat, stieß das Telefon der Scippas einen schrillen Schrei aus. Signora Scippa sprang auf und überließ Lara di Rupenera ihrem Schicksal.

»O Gott! Wer mag das um diese Zeit nur sein?«

»Irgendwelche Idioten«, knurrte Signor Scippa.

»Das sind bestimmt deine Eltern. Ich habe ja gestern schon gesagt, dass dein Vater seltsam ist.«

Mit dieser vielversprechenden Vorahnung stürzte sich Signora Scippa auf das Telefon, meldete sich, hielt dann den Hörer wie etwas Unanständiges zwischen zwei Fingern und bellte: »Giuseppe!!! Es ist für dich!!! Sag, dass sie nicht um diese Uhrzeit anrufen soll.«

»Tinco. Hier ist Bianca.«

Tinco war verblüfft. Bianca rief ihn um zehn Uhr abends daheim an?

»Kannst du dich an den Typen erinnern, der mir heute Morgen den Fotoapparat zurückgebracht hat?«

»Mmh. Der diesen Ärger mit den Frauen hat?«

»Ja. Weißt du noch, wie er heißt? Hast du gehört, was er zu Cleopatra gesagt hat?«

»Warte. Ich war in der Nähe. Er sagte, er heiße Doktor ... Doktor Irgendwas.«

»Danke, sehr hilfreich. Ich muss wohl ins Krankenhaus gehen und versuchen, ihn dort aufzutreiben. Wenn du dich an den Namen erinnern würdest, wäre es einfacher für mich.«

»Wieso willst du ihn denn auftreiben? Was ist denn passiert?«

»Er hat einen Haufen Fotos gelöscht. Ich möchte ihn umbringen, langsam und qualvoll. Tschüss.«

Bianca legte auf, und Tinco bereitete sich mit neu erwachtem Enthusiasmus auf seine Verabredung mit Vale an der Piazza Europa vor. Er hatte eine schöne Geschichte zu erzählen.

Alessandro Carella hatte tatsächlich alle 15 Fotos vom Chip in Biancas Kamera gelöscht – nachdem er sie auf der Festplatte seines Computers gespeichert hatte. Das hatte er getan, weil in seinem Gehirn, wo ständig tausende von Neonschriften aufleuchteten, der magentafarbene Schriftzug BIANCA seit einigen Tagen sehr deutlich blinkte und andere Schriftzüge wie CARLA, LORENA und sogar STAMMZELLEN, JUVENTUS und ERZÄHLUNGEN VON DÜRRENMATT überstrahlte. Alessandro hatte nicht vor, die Frau anzubaggern, denn das Gleichgewicht seines Lebens war um einiges empfindlicher als das eines Seiltänzers. Er konnte es sich einfach nicht erlauben, weitere Komplikationen hinzuzufügen. Wenn ich ihr aber, hatte er sich gedacht, ein paar Fotos wegnehme, wird sie sicher kommen und sie zurückfordern. So wird sie es sein, die mir hinterherläuft. Die Sache hat dann nichts Romantisches, Sinnliches, Überstürztes mehr. Ich werde sie wiedersehen, aber es wird nicht meine Schuld sein.

Bianca, die nichts von alledem wusste, hielt Alessandro schlicht für einen Psychopathen.

»Nicht einmal Tinco kann sich an den Namen erinnern. Ich muss wohl ins Krankenhaus gehen.«

Cleopatra Farina hatte sie schon angerufen, aber Cleopatra erinnerte sich vage an einen Namen wie …

»Trefoloni, Crespi, keine Ahnung. Warte … Viberti. Irgendetwas in der Art von Viberti. Rabuffo? Ich weiß nicht. Frag doch mal Tinco, er war ganz in der Nähe.«

»Geh morgen hin.« Emma karamellisierte Zucker. »Es ist nicht gesagt, dass er heute Abend Dienst hat. Mit ein bisschen Ruhe wirst du ihn finden. Das Molinette ist riesig.«

Bianca nickte. Das Ospedale Le Molinette in Turin war nicht der Heuhaufen, in dem man leicht einen Doktor wiederfand.

»Ich fasse es nicht. Das will einfach nicht in meinen Kopf. Was ist nur in ihn gefahren?«

Emma hob den Kochlöffel, um zu sehen, ob der Zucker Fäden zog: »Vielleicht hat er es nicht absichtlich gemacht. Er hat sich bestimmt die Fotos angeschaut, dann ist ihm die Kamera aus der Hand gerutscht, und alles war gelöscht.«

Bianca wusch die Teller ab und spritzte Schaum an die Decke.

»Das ist gar nicht möglich, weil die Kamera dich eher wahnsinnig macht, als dass sie ein Foto löscht. Sie fragt bestimmt hundertmal nach: Löschen, yes or no? Yes? Sicher? Möchtest du wirklich yes yes diese schönen Fotos löschen? Wirst du es auch nicht bedauern? Und so weiter und so fort. Wer hat ihm außerdem gesagt, dass er sich meine Fotos anschauen soll? Was ist mit meiner Privatsphäre?«

»Komm schon. Wenn du irgendwo eine Kamera findest, schaust du dir nicht die Fotos an?«

»Ich nicht«, sagte Camelia, die zwei Teller Stracciatella gegessen und sich wieder vor die Fische gehockt hatte. Weder für den Abwasch noch für die Karamellisierung von Zucker konnte sie sich erwärmen. »Ich hätte Angst. Was, wenn es Fotos von Leichen wären? Schwester Samuela hat mir erzählt, dass mal jemand ein Foto von einer abgetrennten Hand in den Klostergarten geworfen hat.«

»Ach was? Und wem gehörte diese Hand?«, fragte Emma.

»Sie schien aus Marmor zu sein. Vermutlich gehörte sie einer Statue.«

Die drei Frauen schwiegen fasziniert. Dann unternahm Emma einen machtvollen Versuch, Camelia für die Süßwarenproduktion zu interessieren.

»Komm mal her und probier den Karamell. Sollen wir einen Hauch Vanille hinzufügen?«

Camelia schnaubte. »Mach einfach irgendetwas.«

»Hör mal, du hast doch einen Meisterkurs bei einem Spitzenkonditor absolviert. Irgendetwas musst du doch gelernt haben. Versuch einfach, dich in die Sache hineinzuversetzen. Würde es dir nicht gefallen, eine Torte zu erfinden, die deinen Namen trägt?«

»Ehrlich gesagt, möchte nicht einmal ich selbst meinen Namen tragen.«

»Okay, aber irgendetwas Süßes musst du machen, also

wäre es nicht schlecht, wenn du dich ein wenig reinknien würdest.«

Camelia seufzte: »Wenn ich nur dieses verfluchte Heft lesen könnte, dann würde ich jeden Wettbewerb gewinnen. Ich müsste nur eines der Rezepte meines Großvaters nachmachen. Am besten die *Oktobercreme*.«

»Was ist denn die *Oktobercreme*?«

»Das ist das Dessert, das Stalin zum Weinen gebracht hat. Kennt ihr die Geschichte nicht?«

Zwei Köpfe wurden geschüttelt. Bianca vergaß sogar ihre Fotos.

»Na ja, das ist so. Mein Großvater war der total berühmte Koch Ermanno Picchi. Er kam aus der Toskana und war ein unverbesserlicher Kommunist, Typ Che Guevara.«

Die beiden Zuhörerinnen nickten. Che Guevara und sein ungebändigter argentinischer Kommunismus waren allseits bekannt.

»Mein Großvater war vor allem von Stalin begeistert, und so ist er eines Tages – fragt mich nicht, wie – nach Moskau gereist und in Stalins Büro gegangen. Das war noch, bevor der Krieg ausgebrochen ist und so. Mein Großvater hatte ein Dessert für Stalin erfunden: die *Oktobercreme*. Irgendwie hat er es geschafft, von Stalins Sekretär empfangen zu werden und ihm zu erklären, dass er zu Fuß aus der Toskana gekommen sei und etwas Süßes für den General habe. Keine Ahnung, ob Stalin General war …«

Emma und Bianca sahen sich flüchtig an. Niemand wusste etwas über Stalins Qualifikationen.

»Nun, der Typ ließ sich überzeugen und brachte Stalin die Creme. Der wollte sie nicht einmal probieren. Er war nämlich aus politischen Gründen gegen alles Süße eingestellt und zählte es zu den Entartungen der Bourgeoisie, ganz besonders Löffelgebäck. Löffelgebäck konnte er auf den Tod nicht ausstehen, das war für ihn rechter als rechts. Schließlich rang er sich dazu durch, die *Oktobercreme* zu probieren, und schien unbeeindruckt. Dennoch aß er sie ganz auf. Dann fing er an zu weinen, umarmte meinen Großvater und bat ihn, für immer bei ihm zu bleiben. Mein Großvater hatte sich aber in der Zwischenzeit in Moskau umgesehen und zog es vor, nach Monsummano zurückzukehren.«

Eine schöne Geschichte. Alle drei stellten sie sich den grimmigen Diktator in Tränen aufgelöst vor einer Schüssel Creme vor. Emma versuchte außerdem, sich die Zutaten der Creme vorzustellen.

»Aus was bestand denn die *Oktobercreme*?«

»Das weiß niemand genau. Mein Großvater hat sie nie wieder gemacht. Die war ausschließlich für den Genossen Josef, hat er gesagt. Man weiß nur, dass es irgendetwas mit Zabaione war. Das Rezept steht allerdings in dem Heft. Alle Rezepte von Großvater stehen drin.«

Camelia beugte sich vor und zog das Heft mit dem geblümten Stoffumschlag aus der Tasche.

»Ich habe es immer bei mir, weil meine Mutter in dem Wahn lebt, man könne es mir klauen. Außerdem sagt sie, dass ich mich dann vielleicht irgendwann daran erinnere, was mein Großvater gesagt hat. Schaut.«

Emma nahm das Heft und schlug es auf. Die Seiten waren mit sinnlosen Buchstaben bedeckt, die in Blöcke aufgeteilt waren. Rezepte. Sie versuchte, laut daraus vorzulesen: »Vndooprmcidgomttcldrd …«

»Siehst du?«

»Alles ein einziger Klumpatsch. Nicht einmal die Wörter sind getrennt, was einem vielleicht helfen könnte.«

»Und du bist die Einzige, die den Schlüssel kennt, um das zu entziffern?«, fragte Bianca.

»Ich kenne ihn, aber ich weiß ihn nicht. Mein Großvater

hat mir das Heft gegeben, bevor er gestorben ist, und er hat mir auch gesagt, was ich machen muss, um es lesen zu können. Ich erinnere mich nur nicht mehr daran. Es hatte irgendetwas mit Reisen zu tun, glaube ich. Und mit Priestern.«

Während sie die Worte aussprach, merkte Camelia, dass sie das noch nie so gesagt hatte. Durch die Stracciatella – vielleicht auch durch die Fische – waren irgendwelche Erinnerungen in ihr wachgerufen worden.

Jasmine zum Torroneschaum

Wenn in einem Thriller der Held oder die Heldin jemanden suchen, dessen Namen sie nicht kennen, dann stoßen sie immer auf große Schwierigkeiten. Bevor sie die Person finden, müssen sie List, Können und Ausdauer unter Beweis stellen. In Biancas Fall war nichts dergleichen nötig. Sie ging in die Notaufnahme des Molinette, erkannte eine Krankenschwester, die am Tag ihrer Aufnahme auch dort gewesen war, und sagte zu ihr: »Guten Tag, ich suche den Arzt, der mich vor ein paar Tagen genäht hat. An den Namen kann ich mich nicht mehr erinnern. Ein junger Blonder mit Pferdeschwanz.«

Ohne sie aussprechen zu lassen, verdrehte die Krankenschwester die Augen und sagte: »Doktor Carella« – vielsagende Pause, um anzudeuten, dass etliche junge Frauen, die von Doktor Carella geheilt worden waren, nach ihm fragten – »ist heute nicht hier. Er ist auf Station.«

»Auf welcher Station?«

»Allgemeine B, zweiter Stock, am Ende vom Flur rechts, dann geradeaus bis zu einer Treppe. Dort bitte fragen.«

Bianca folgte der Beschreibung und kam in die Allgemeine B, wo man ihr sagte, dass Doktor Carella gerade Visite mache.

»Ich warte auf ihn.«

»Sind Sie mit einem Patienten verwandt?«

Bianca schüttelte den Kopf. Sie war nicht auf Konversation erpicht.

Und siehe da, nach einer Weile erschien er mit ein paar Kollegen im Gefolge einer kleinen, aber energischen Ärztin, die unverkennbar Chefin der Truppe war. Als er Bianca sah, entschuldigte sich Alessandro: »Da ist die Tochter von Bett 14. Ich geh mal schnell hin und frage, was sie will.«

Der Mann, der Fotos klaute, wollte eine Szene vor seiner Chefin vermeiden, die sich als Frau vermutlich mit der Bestohlenen identifizieren würde. Ale nahm Bianca am Arm, ließ ihr erst gar nicht die Zeit, den Mund aufzumachen, und flüsterte: »Lass uns in die Cafeteria gehen. Wenn du auch nur ein einziges Wort sagst, breche ich dir die Knochen.«

Bianca fühlte sich umgehend in ihrer Annahme bestätigt, dass dieser Mann ein Psychopath war. Ihr wurde klar, dass sie ihn unter gar keinen Umständen bei sich daheim oder an einem abgeschiedenen Ort hätte aufsuchen dürfen. Die Cafeteria des Molinette war glücklicherweise ein geräuschvoller Saal voller Ärzte, Krankenschwestern und Angehörigen.

»Was willst du?«

»Meine Fotos. Wo sind sie?«

»Immer mit der Ruhe. Lass uns einen Kaffee trinken. Oder einen Tee? Frisch gepressten O-Saft?«

»Ich möchte nichts.«

»Okay, warte an diesem Tisch auf mich. Ich hole mir einen Kaffee.«

Sie saßen einander gegenüber und sahen sich an. Bianca öffnete den Mund, und es wären sicher eine Menge Anschuldigungen und Beleidigungen hervorgeschossen, wenn Alessandro Carella sie nicht mit einer herrischen Geste zum Schweigen gebracht hätte.

»Still. Lass uns keine Zeit mit Geschwätz vertun. Ja, ich habe deine Fotos. Ich habe sie in meinem Computer gespeichert.«

»Lügner.«

»Warum?«

»Du hast die Software nicht.«

»Ich habe eine Nikon gekauft, dieselbe, wie du sie hast.«

»Dann bist du verrückt.«

»Immerhin hat es genützt.«

»Darf ich wissen, warum du sie mir weggenommen hast?«

»Wenn ich das wüsste, würde ich es dir sagen. Zum Teil vermutlich, weil es ein Vorwand war, um dich wiederzusehen. Vor allem aber wollte ich sie mir anschauen. Ich meine, was ... Wie heißt du noch mal?«

»Bianca.«

»Was ich meine, Bianca, ist: Du bist tüchtig, aber was willst du erreichen? Willst du das Pantone Matching System revolutionieren?«

»Das was?«

»PMS. Farbtabellen.«

»Keine Ahnung, was das sein soll, aber vielleicht möchte ich genau das tun. Ich verstehe jedenfalls nicht, wieso dich das interessiert. Du hättest die Kamera gar nicht öffnen dürfen.«

»Aha, du kleine Schlaumeierin. Und wie hätte ich dann wissen sollen, von wem sie ist?«

Bianca musste sich geschlagen geben und stieß einen unterdrückten Schrei aus.

»Ich kann beißen!«

»Tu's doch!«

»Gib sie mir zurück.«

»Aber klar doch, aber klar doch. Gib mir deine E-Mail-Adresse, und ich schicke sie dir.«

»Nein, ich gebe dir bestimmt nicht meine E-Mail-Adresse, denn du bist verrückt. Das ist mir zu gefährlich.«

»Ach was. Das funktioniert anders. Die beiden chatten erst im Internet, er wirkt sympathisch und faszinierend, dann treffen sie sich, und nun merkt sie, dass er verrückt ist. Wir sind uns aber schon begegnet, also …«

»Ich traue dir nicht.«

Ale seufzte. Er musste auf die Station zurück.

»Ich muss auf die Station zurück. Bist du verlobt?«

»Nein.«

»So gut wie?«

»Nicht einmal das. Es gibt einen, der mir gefällt, aber das darf nicht sein.«

»Ach, verheiratet?«

»Nein. Er ist die Hauptfigur in dem Buch, das ich schreibe.«

»Gibt es ihn denn auch in echt?«

»Nicht, bis ich das Buch fertig habe.«

»Aber entschuldige mal. Bist du nicht eine Kellnerin, die Fotografin werden möchte?«

Bianca schüttelte den Kopf.

»Ich weiß nicht, was ich werden möchte. Ich möchte fotografieren und ein Buch schreiben, und ich habe eine gute Idee für Museumsshops, und …«

»Was für eine Idee?«

»Kaugummis mit Kunstwerken drauf.«

Alessandro sah auf die Uhr. Er musste wirklich gehen, dennoch wollte er partout mehr über diese Kaugummis wissen. Und über den Mann aus dem Buch.

»Hör mal. Ich komme vorbei und hol dich …«

Die Worte erstarben ihm im Mund. Für diesen Abend hatte er ein äußerst kompliziertes Lügengebäude konstruiert, um bei Lorena sein zu können. Fehlte noch, dass er sich eine weitere Verabredung einhandelte. Nichts zu machen. Mit einem Blick, dem man ein bisschen Mitleid nicht verweigern konnte, schob er Bianca Papierserviette und Stift hin.

»Schreib mir deine E-Mail-Adresse auf. Bitte.«

Mario Mongilardi las Kitschromane. Seine heimliche Leidenschaft war entflammt, als er neun gewesen war und seine Ferien bei seiner drei Jahre älteren Cousine Ada verbracht hatte, einer begeisterten Leserin von Liebesromanen aus dem Hause Salani. Im Schlepptau seiner Cousine hatte sich Mario, der schließlich ein sanftes und neuen Erfahrungen gegenüber aufgeschlossenes Kind gewesen war, Bücher wie *Früher oder später*, *Jenseits der Klippen*, *Sechs Tage* und andere vielversprechende Titel zu Gemüte geführt. Nachdem er erst einmal Lunte gerochen hatte, war er zu anspruchsvolleren Autorinnen übergegangen und hatte die gesammelten Werke von Jane Austen gelesen, außerdem das Wichtigste von den Brontës, von Elizabeth Gaskell, Margaret Mitchell und Rosamunde Pilcher. Natürlich war seine Lektüre geheim und unterlag äußerster Diskretion, so wie es ein Pfarrer mit der *Geschichte der* O halten würde. Auf seinem Nachttisch lagen Clive Cussler, Stephen King und – wenn er sich den Anschein von Intellektualität geben wollte – Niccolò Ammaniti. In der abschließbaren Schublade allerdings lag immer ein romantischer Frauenroman. Man könnte nämlich sagen, dass er immer schon gewusst hat, was sein Schicksal war.

Mit fröhlicher Unbekümmertheit wechselte er vom Model zur Komtess, von der Kubistin zur Bibliothekarin. Er eroberte verheiratete Frauen und flatterhafte Töchter, und doch würde seine Zeit erst kommen. Unweigerlich und unerwartet würde er eines Tages IHR begegnen, jener schicksalhaften Frau, die ihn mit ewiger Leidenschaft fesseln würde, jenem magischen Mädchen, das alle anderen aus dem Feld schlagen und ihn in einen treuen, begeisterten Ehemann verwandeln würde, in einen dieser Grafen Hubert oder einen dieser Johns oder Darcys oder Rochesters aus seinen Lieblingsbüchern. Nun hatte er anhand verschiedener Anzeichen diese Nemesis der Gefühle in Emma erkannt. Wie in einer Geschichte von Delly war sie ein Mädchen vom Land, schön anzuschauen, gebildet, freundlich, Tochter von einfachen, aber ehrlichen Personen. Sie hatten sich als Kinder gekannt, hatten sich als Erwachsene wiedergetroffen und waren in Liebe entbrannt. Seine Eltern würden nicht begeistert sein, weil sie ihn lieber als Verlobten einer Komtess Colongo oder so sehen würden, aber Emmas Ausstrahlung würde sie überzeugen. Je länger er darüber nachdachte, desto fester war er davon überzeugt, dass die Stunde X gekommen war. Also rief er Emma an und fragte, ob ihre Freundin ihre Fotos wiedergefunden habe.

»Fast. Sie hat sie wiedergefunden, aber sie hat sie noch nicht zurück.«

»Warum nicht?«

»Weil der Typ, der sie ihr weggenommen hat, möglicherweise ein gemeingefährlicher Psychopath ist, vielleicht sogar ein Killer. Sie stehen in Verhandlung.«

»Gut. Dann warten wir doch die weitere Entwicklung ab. Und du? Kommst du diesen Samstag nach Valle?«

»Eher nicht. Ich muss mit diesem Mädel üben, das am Wettbewerb teilnehmen soll.«

Mario Mongilardi entsagte also einem erholsamen Wochenende daheim und erklärte, dass er nach Turin komme, um Emma zum Essen einzuladen. Nur eine Sache irritierte ihn: Irgendwo musste ein Haken sein. So war das stets in den Romanen. Wo würde sie zum Vorschein kommen, diese Misslichkeit, die ihre junge Liebe für immer zu zerstören drohte?

»Liebes Tagebuch, entschuldige, dass ich dich ein wenig vernachlässigt habe, aber ich bin andauernd mit diesem schrecklichen Wettbewerb beschäftigt. Tag für Tag bin ich in der Konditorei eingeschlossen und glasiere irgendetwas. Denk doch nur, heute wollte Emma mir zeigen, wie man kandiert. Kandiert, stell dir das mal vor! Blumenteile mit kristallisiertem Zucker überziehen! Was habe ich davon, dass ich zur Mailänder Modemesse gehen und die Tops von Weitem sehen darf? Ich bin so unglücklich. Gott sei Dank ist Emma sehr nett, und dann … und dann, liebes Tagebuch, dir kann ich es ja sagen: Ich glaube, ich habe meine große Liebe gefunden. Wirklich. Als ich ihn sah, hat mein Herz gehüpft, als wäre ein hart gekochtes Ei in ein Wasserglas gefallen und hätte Platsch gemacht. Er heißt Andrea und ist wunderschön. Denk nur, braune Haare, graue Augen, einfach göttlich!!! Leider ist er verlobt. Mit Jasmine Jay, stell dir vor. Sie ist hier vorbeigekommen und hat ihn bezirzt. Aber ich habe die Hoffnung noch nicht aufgegeben, denn man weiß ja, wie das mit den Schauspielerinnen ist. Solche Geschichten dauern nicht ewig. Falls es trotzdem nicht gut ausgehen sollte, habe ich noch einen anderen Konditor im Auge, einen Serben. Er heißt Zlatan und ist megageil. Jetzt muss ich dich wieder verlassen, denn ich muss an die Arbeit zurück. Hoffentlich ist Andrea da … oder wenigstens Zlatan.

P. S. Eine wichtige Sache habe ich dir noch gar nicht erzählt. Vielleicht erinnere ich mich allmählich an das, was mein Großvater zu dem Heft gesagt hat. Es war etwas mit Heiligen, glaube ich. Oder mit Wasser?«

»Und so will er also diese Woche kommen.« Emma erzählte Bianca von den neuesten Entwicklungen im Fall Mongilardi, nachdem Bianca sie über die Neuigkeiten im Fall Carella aufgeklärt hatte. Keine von beiden schien von der Wendung der Dinge begeistert.

»Und du? Wie findest du das?«

»Ich weiß nicht. Er gefällt mir ganz gut. Doch nicht gut genug.«

Bianca und Emma waren auf dem Balkon. Ihr Balkon war nicht gerade klein, aber er war auch nicht groß genug, um Terrasse genannt zu werden. In einer gelb angemalten Obstkiste lagen die sogenannten »Balkonbücher«, die Bianca für den Fall dort hortete, dass sie von plötzlicher Leselust überkommen werden sollte. Sie streckte eine Hand aus, nahm ein Buch, blätterte darin herum und las dann vor: »›Mr. Knightley, ein kluger, verständiger Mann von etwa 37 oder 38 Jahren, war nicht nur ein vertrauter Freund der Familie …‹ Wäre das eine gute Beschreibung für deinen Mario?«

»Was ist denn das für ein Zeug?«

»Deine Namensvetterin, die von Jane Austen. Emma verliebt sich erst in einen anderen, doch dann begreift sie, dass sie in Wirklichkeit diesen Knightley liebt, und heiratet ihn.«

»Mmh. Ich dagegen bekomme immer noch weiche Knie, wenn ich Andrea sehe.«

Bianca zuckte mit den Schultern.

»Das geht vorbei. Vor allem jetzt, wo die Delacroix dich so hintergangen haben. Aber du hasst sie nicht dafür, nicht wahr?«

Emma schüttelte den Kopf.

»Nein, nicht wirklich. Letztlich ist es in Ordnung so. Camelia ist vollkommen unfähig, also bin praktisch doch ich die Kandidatin. Wenn jemand gewinnt oder verliert, dann bin ich es. Es ändert sich also nichts.«

»Aber wenn du gewinnst, erntet sie den Ruhm.«

»Und wenn ich verliere, kassiert sie die Niederlage. Mir scheint das gerecht verteilt zu sein. Für mich ist es sogar besser, weil ich in jedem Fall eine großartige Erfahrung mache und dabei keinerlei Verantwortung trage. Das müsste dir doch gefallen, oder?«

»Trotzdem kannst du nichts dabei gewinnen.«

»Wer sagt denn, dass man immer etwas gewinnen muss? Mir gefällt's. Mir geht es gut.«

»Seit wann? Gestern hast du dich noch schwarzgeärgert.«

»Ich habe mich halt weiterentwickelt.«

Dagegen konnte Bianca nichts mehr sagen. Sie schaute Emma interessiert an. Ihre Freundin hatte eine ganz eigene Art, unangenehme Dinge in positive Erfahrungen umzuwandeln, etwas, das ihr selbst niemals gelingen würde. Wenn Bianca wütend war, dann war sie wütend. Und schon musste sie wieder an Alessandro Carella denken.

»Mittlerweile müsste er mir die Fotos geschickt haben. Ich geh mal nachschauen.«

Von: biancastella@libero.it
An: alecare@fastwebnet.it
Danke für die Fotos. Ich habe es überprüft: Es sind alle da. Ich schulde dir nichts, denn die Fotos gehören mir ja bereits. Da es dir allerdings so wichtig zu sein scheint:

Die Kaugummis – solche wie die von Brooklyn, diese langen – sollte man in den Uffizien oder in jedem beliebigen anderen Museum in Fünfer- oder Zehnerpacks anbieten. Jedes Einwickelpapierchen sollte mit einer Reproduktion eines Bildes aus dem Museum bedruckt sein, was weiß ich, Botticelli oder Uccello oder so. Das würde sich meiner Meinung nach super verkaufen, die Leute würden sich darum reißen. Mit einer solchen Idee könnte man Milliardär werden. Schade, dass ich niemanden von der Lizenzabteilung der Uffizien kenne. Du?

Und mein Buch wird ein Krimi, der in der Vergangenheit spielt, nämlich im 19. Jahrhundert in Moncalieri. 60 Seiten habe ich bereits, dann war ich es satt. Ich schicke dir den Anfang. Der, in den ich verliebt bin, ist Pater Denza.

»Mit 30 war Pater Francesco Denza ein äußerst attraktiver Mann, und er war verrückt nach Meteorologie. Man könnte sogar sagen, dass er sie erfunden hat. Wir schreiben das Jahr 1864, und seit einigen Monaten unterhielt er am Königlichen Internat von Moncalieri, wo er Mathematik unterrichtete, ein astronomisches Observatorium. Er gehörte zur Kongregation der Barnabiten und kam aus Neapel, sein Herz glich einer köstlichen, dampfenden Pizza. An jenem Aprilmorgen stand er reglos an der Fensterbank und wartete auf Peggy Fleming, die berühmte amerikanische Eiskunstläuferin. Ein paar Stunden brennender Leidenschaft lagen vor ihnen. Was Pater Francesco nicht wusste, war, dass in wenigen Minuten ein grauenhafter Mord das Leben an der Schule erschüttern sollte.«

Was hältst du davon? Und pass auf die Frauen auf.

Bianca

Von: alecare@fastwebnet.it

An: biancastella@libero.it

Wieso Peggy Fleming? Hat die nicht in den 60er-Jahren bei der Olympiade im Eiskunstlauf gewonnen? Das sagt zumindest mein Universallexikon.

Was die Kaugummis angeht, weiß ich nicht. Es könnte funktionieren. Das Wichtigste ist aber, dass du zu Potte kommst und deine Zeit nicht mit Unsinn vertrödelst. In deinem Alter hatte ich einen Abschluss und meinen halben Facharzt. Du dagegen bist immer noch Kellnerin und spielst mit Fotos und Romanen herum. Halte dich ran, damit du nicht mit 40 eine ehemals sympathische und mittlerweile pathetische Nullnummer bist. Arm wie eine Kirchenmaus noch dazu.

Mit den Frauen läuft es großartig. Ich halte sie mir vom Leib wie Orangen beim Jonglieren.

Was mich übrigens noch interessieren würde: Heißt du wirklich Bianca Stella?

Von: biancastella@libero.it
An: alecare@fastwebnet.it
Ja, meine Mutter hat einen Knall.
Und halte mir keine Moralpredigt, denn du magst ja einen Abschluss haben, aber du klaust Fotos und betrügst Frauen, also hast du mir gar nichts zu erzählen, weniger als gar nichts sogar.

Peggy Fleming musste ich mit reinnehmen, weil ich Krimis hasse, in denen die Hauptfigur keinen Sex hat. Solche Krimis gehen mir regelrecht auf die Nerven. Nun konnte ein barnabitischer Pater 1864 natürlich keine Freundin haben. Es schien mir aber schäbig, ihm eine heimliche Freundin und Schuldgefühle anzudichten, daher habe ich die realistische Schiene verlassen. Zunächst hatte ich an eine Geschichte mit Madonna gedacht, an einen wechselseitigen Austausch. Sie sollte manchmal während ihrer Konzerte erklären: »And now folks it's with great pleasure that I introduce to you the one and only Pater Denza! Yeah!«

Madonna erschien mir dann doch übertrieben. Ich wusste nicht, ob Pater Denza sie ertragen würde. Eine Jüngere, weniger Aggressive musste her. Peggy habe ich in einem Buch über Eiskunstlauf gefunden, und ich fand sie ideal. Als sie auf dem Eis eine bestimmte Figur tanzt, tritt sie in eine Welt zwischen Raum und Zeit ein und landet im Jahr 1864 im Königlichen Internat von Moncalieri.

Der Roman heißt *Mord im Observatorium*. Mir gefällt der Mann sehr gut. Ich stelle ihn mir mit einem verfinsterten Gesicht vor.

Tschüss!

Von: alecare@fastwebnet.it
An: biancastella@libero.it
Du wolltest sicher »mit einem finsteren Gesicht« sagen. Und wenn du mich fragst, hat ein Typ, der nur in einem Roman auftaucht, den du nie zu Ende schreiben wirst, keine große Zukunft.

Von: biancastella@libero.it
An: alecare@fastwebnet.it
Pah, wer hat die schon. Schau dich an: Deine Verlobten sind völlig normal und kommen nicht aus längst vergangenen Zeiten, aber was habt ihr schon für eine Zukunft? Früher oder später werden sie dahinterkommen, und es wird ein schönes Theater geben. Jetzt aber genug mit der Schreiberei, denn ich habe plötzlich Lust, meine Aquarellmappe wieder zur Hand zu nehmen. Tschüss!

Von: alecare@fastwebnet.it
An: biancastella@libero.it
Was für eine Aquarellmappe?

Jasmine Jay wirkte versunken, und über ihr schönes Gesicht hatte sich wie ein Schleier der Ausdruck von Reife und Wissen gelegt.

»Was soll denn diese Begräbnismiene?«, brachte es ihr Freund und persönlicher Friseur Olyve auf den Punkt.

»Ich denke an Andrea. Es wird Zeit, auf seinen Heiratsantrag zu antworten.«

»Und was wirst du ihm sagen?«

»Ja.«

Vom Bett her war ein Aufschrei zu vernehmen. Jasmine, Olyve, der fantastische Schauspieler Giles MacDonald und der unvergleichliche Fotograf Marcello Pirello hatten soeben eine interessante erotische Gruppenerfahrung gemacht und erholten sich bei Lemonsoda, Pastillen und Schokoladeneis.

»Ach geh! Du heiratest ihn? Wirklich? Du willst Heim und Familie gründen? Komm schon!!!«

»Immer mit der Ruhe.« Jasmine hob ein Händchen und kniff Marcello in die Nase. »Ich heirate ihn. Heim und Familie können warten. Ihr werdet schon sehen. Tatsache ist …« Ihre Stimme erstarb zu einem Flüstern, und ihre Augen waren weit aufgerissen. »Ich bin wirklich verliebt. Andrea ist fantastisch. Ich möchte mit ihm zusammen sein, für immer und ewig.«

»Ah, *bon*«, sagte Giles. »Und wir?«

»Was habt ihr damit zu tun. Das ist doch nicht Liebe.«

»Wir sind nur ein Zeitvertreib, was?«, schmollte Olyve.

»Besser als Häkeln.« Jasmine brach in Lachen aus und umklammerte ein beliebiges Körperteil.

Oft ist es besser, wenn ein Mann nicht weiß, was seine Verlobte in einem bestimmten Moment macht. Andrea wusste es nicht und erklärte Emma und Camelia in aller Seelenruhe einen schwierigen Schritt in der Herstellung von Rum-Babas.

»Seht ihr? Um zu wissen, ob es durch ist, muss man mit einem Reisig hineinstechen. So.«

Die Angestellten der Konditorei Delacroix hatten eine Reihe von unbenutzten Reisigbesen in ihren Arbeitsräumen herumstehen und rupften nach und nach die Borsten heraus, um bestimmte Backzeiten, die sich der Automatisierung entzogen, zu überprüfen.

»Kann man nicht ein Stäbchen nehmen?«, fragte Camelia und beäugte ihn einladend.

»Um Himmels willen«, entgegnete Andrea. Er mochte

kaum daran denken, dass diese Idiotin zu 50 Prozent vom selben Blut abstammte wie er.

»Ich habe diese Rum-Babas satt«, sagte Camelia, die von Tag zu Tag weniger verliebt war in diesen griesgrämigen, unerträglichen Andrea und sich zunehmend in Zlatan verliebte. Der hatte ihr ein serbisches Lied beigebracht, außerdem hatte er ihr ein Foto von seinem Kater Desan gezeigt – umgearbeitet zu einer Wintermütze. Auch der Chinese war übrigens nicht übel …

»Komm schon, Camelia. Es sind nur noch zwei Wochen bis zum Wettbewerb. Gib dir wenigstens ein bisschen Mühe«, bat Emma und steckte das Reisig in das Rum-Baba.

»Wenn du dich konzentrierst, kannst du ziemlich weit kommen. Denk daran, dass ein Tag 24 Stunden hat. Eine Woche hat demnach 168 Stunden, und bei zwei Wochen sind wir schon bei 336«, beharrte Andrea.

»Deiner Meinung nach soll ich also 336 Stunden lang Besenteile in Brioches stecken? Ich muss noch eine Menge anderer Dinge tun, was denkst denn du? Schwester Lilù habe ich versprochen, ihr einen achtfarbigen Scoubidou zu schicken. Bisher konnte ich noch keinen einzigen Moment daran arbeiten.«

Andrea schaute sie wortlos an, packte dann Emma am Arm und zog sie ein Stück fort.

»Wie machst du das nur? Wie erträgst du sie bloß?«

»Sie ist nicht unsympathisch«, flüsterte Emma, die ganz nah bei ihm stand. »Man dürfte sie nur nicht zu etwas zwingen, das sie hasst. Darf man erfahren, warum ihr euch so darauf fixiert habt, sie zu dem Wettbewerb zu schicken? Die Geschichte ist doch merkwürdig, Andrea. Da gibt es doch irgendetwas, das ich nicht weiß, nicht wahr?«

Andrea dachte daran, sie zu küssen. Nicht weil er es gewollt hätte, denn zwischen ihnen war ja nichts mehr, sondern einfach so, aus einem molekularen Zwang heraus. Er ließ es bleiben, entfernte sich ein wenig und log.

»Es gibt nichts, das du nicht weißt. Mein Vater macht es für Elena. Du weißt doch, wie das ist. Sie betet ihn seit Ewigkeiten an, und er fühlt sich schuldig. Und wo sie ihre Nichte doch so liebt …«

»Es ist nicht einmal seine eigene Nichte.«

»Was verstehst du schon davon? Im Grunde seines Herzens ist er ein guter Mann.«

»Na ja.«

Sie sahen sich an, hörten dann auf, sich anzusehen, und Emma kehrte zu Camelia zurück.

»Was meinst du, sollen wir uns an einer Praline versuchen?«

Camelia betrachtete sich in einer auf Hochglanz polierten Kuchenform.

»Habe ich deiner Meinung nach den richtigen Look für die Preisverleihung?«

Als wäre der Unterricht in den Arbeitsräumen noch nicht nervenaufreibend genug, hatte Camelia es sich angewöhnt, Emma überallhin zu folgen, wie der berühmte Albatros im Gedicht. Tatsache war, dass es abends bei ihr daheim kein ausgeprägtes gesellschaftliches Leben gab. Wenn sie einen anstrengenden Tag in ihrer Baumschule hinter sich hatte, machte sich Noemi ein Tütenrisotto oder einen Teller Gnocchi, aß zu den Nachrichten, schaute noch ein wenig fern, las eine Seite in einem Gartenmagazin und fiel dann auf der Stelle in den Schlaf. »Du solltest dir Freunde in deinem Alter suchen …«, hatte sie ihrer Tochter flüchtig mitgeteilt. Damit schien sie den Pflichten einer guten Mutter Genüge getan zu haben.

Aus diesem Grund zog Camelia es vor, mit Emma nach

Hause zu gehen und mit ihr und Bianca in der Küche zu hocken, bis die beiden sie in ein Taxi setzen und heimschicken würden.

»Warum machst du keinen Führerschein?«, fragte Emma, während sie sich mit dem Epilady das linke Bein enthaarte. »AAAAGGHHH!«

»Weiß nicht. Ich dachte, dass ich früher oder später einen Chauffeur haben würde. Tut es sehr weh?«

»Nein, gar nicht, aber ... AAAAAUUUU! Zieh!«

»Warum nimmst du nicht Veet?«

»Weil ich meine Beine dann gleich düngen könnte. Heute Abend kommt Mario.«

»Wow! Wer ist das?«

»Ein Typ aus meinem Dorf.«

»Und da läuft was?«

»Nein. Vielleicht. Weiß nicht.«

Sie waren im Bad. Emma wäre durchaus gerne allein gewesen, aber es fiel ihr schwer, Camelia wegzuschicken, die immer merkwürdig verwaist zu sein schien, und das, obwohl sie eine Mutter und eine Tante hatte, die sich so sehr um sie kümmerten.

Bianca steckte den Kopf zur Tür herein: »Hallo. Heute Abend koche ich nicht. Ich muss das Aquarell fertig machen.«

»Darf ich mal sehen?«

»Komm.«

Camelia folgte Bianca, und Emma schloss schnell wie der Blitz das Bad ab, bevor sie sich dem anderen Bein widmete.

Auf dem Aquarell war eine Reihe von Häuschen an einem Flussufer zu sehen.

»Super«, sagte Camelia. »Malst du noch ein paar Personen dazu?«

»Später vielleicht. Ich male lieber Häuser.«

»Die sind super.«

Bianca seufzte. »Von der künstlerischen Analyse mal abgesehen – was hältst du davon, wenn *du* heute ausnahmsweise mal kochen würdest? Dann schaffe ich das Bild, und Emma kann sich für ihren Typen schön machen.«

Camelia nickte. Sie war glücklich, dass ihr die beiden Frauen eine solche Verantwortung übertrugen. In der Küche angekommen, öffnete sie den Kühlschrank. Sie hatte gesehen, dass die Leute es so machten, wenn sie etwas kochen wollten.

Fünf Minuten später stand sie immer noch dort und betrachtete neugierig einen Gegenstand. Als es an der Tür klingelte, schnappte sie sich das Ding und ging, um zu öffnen. So kam es, dass Mario, der erheblich zu früh gekommen war, statt der vom Schicksal gesandten Frau ein blondes Mädchen erblickte, das ein großes grünes Gemüseteil in der Hand hielt. Das Mädchen sagte: »Hallo.«

»Na so was.«

Pause.

»Ich bin Mario Mongilardi. Hallo.«

Camelia lächelte: »Bist du der Typ von Emma?«

»Äh. Ich bin ein Freund von Emma, ja.«

»Ich bin Camelia Picchi.« Sie streckte ihm die Hand hin, die immer noch gänzlich von dem grünen Gegenstand in Anspruch genommen wurde. Mario starrte ihn an.

»Ach so. Entschuldigung. Ich koche gerade. Ich wollte Zucchini machen, aber es war nur noch eine im Kühlschrank«, sagte Camelia und fuchtelte mit dem Ding herum.

»Das ist eine Gurke. Wenn du willst, helfe ich dir. Wo ist Emma?«

»Die enthaart sich die Beine«, sagte Camelia und raubte Mario unwissentlich ein wenig vom Zauber des Abends. Der Mann, der Liebesromane las, stellte sich Frauen lieber von Natur aus unbehaart vor.

Zwei Stunden später spazierten Mario und Emma durch den Rosengarten im Valentino-Park. Bianca war nach wie vor von der Furie des Aquarellierens besessen, und Camelia war nach Hause zurückgekehrt.

»Wir müssen sie mit irgendwem zusammenbringen, sonst verlobt sie sich mit Zlatan, der sie dann nach Serbien mitnimmt und sie mit drei weiteren Frauen in einem Wohnwagen unterbringt.«

»Und du denkst nicht, dass ihr das gefallen könnte?«

»Ich weiß nicht. Unsere Kultur erzieht uns dazu, einzigartig sein zu wollen.«

Das war ein guter Input. Darcy oder John, der Flieger, oder Graf Hubert hätten die vom Schicksal gesandte Frau nach einem solchen Satz an eine Buche gedrängt und ihr wirre Worte der Liebe ins Ohr geflüstert. Mario war ein wenig träge an diesem Abend, küsste Emma aber trotzdem.

»Gefällt es dir denn, einzigartig zu sein?«

»Vermutlich schon. Ich habe gerade eine Geschichte hinter mir, in der ich es überhaupt nicht war.«

Da haben wir es, dachte Mario. Der Haken. Jetzt wird sie mir sagen, dass sie ihn immer noch liebt und wir nur Freunde sein können.

»Und«, fuhr Emma fort, »wenn ich ihn sehe, bekomme ich immer noch weiche Knie, daher …«

»Kein Wort mehr.« Mario atmete erleichtert auf. Besser konnte die Sache nicht laufen.

An diesem Abend war Andrea bei seinem Vater zum Essen. Tina, die venezianische Haushälterin, die sich seit 40 Jahren um ihn kümmerte, hatte Hühnerfrikadellen und Spinatauflauf gemacht, außerdem ihren Torroneschaum, von dem der Molekulargastronom Ferran Adrià nur träumen konnte. Er war so gut, dass Corrado Delacroix ihn niemals in die Produktion aufnehmen würde, sondern ihn als rein privates Vergnügen betrachtete.

»Und? Wie macht sich die Nichte der Belmonte?«, fragte Corrado, während Vittoria ruhig und ahnungslos Fleischbällchen in sich hineinstopfte.

»Ich würde sagen, sie ist eine komplette Vollidiotin. Komisch, wenn man bedenkt …«

Corrado warf seinem Sohn einen kurzen Blick zu. Der Moment, Vittoria über den jüngsten Familienzuwachs aufzuklären, war noch nicht gekommen.

»Hauptsache, die Trisciuoglio weiß, was sie macht.«

»Können wir den Fernseher anschalten?«, fragte Vittoria, die bei den Konditorenfachgesprächen nie zuhörte. »Titti ist bei Baleno.«

Die Titti war ihre Freundin, die Schauspielerin Teresa Topazi. An diesem Abend war sie zu Gast in der beliebten Talkshow von Aldo Baleno, dem Exmoderator einer Quizsendung und nunmehr Nonplusultra der Programmgestalter.

»Mach ruhig an, aber stell den Ton nicht so laut.«

Auf dem Bildschirm gestikulierte Aldo Baleno und zeigte auf seine Gäste. Niemand beachtete ihn oder die Titti mehr als gewöhnlich – bis auf der großen Leinwand hinter dem Moderator ein Personengrüppchen vor einem Wüstenpanorama erschien und Andrea sich fast den Löffel, mit dem er den Torroneschaum absorbierte, in den Rachen rammte.

»Da ist Jasmine! Da ist Jasmine! Lauter, Vitti!«

Vittoria stellte den Ton in dem Moment lauter, als Aldo Baleno erklärte: »… und sind verbunden mit ein paar Gestalten aus dem Märchen, ein Exklusivknüller, um den sie uns sogar bei Jupiter beneiden. Sperrt Augen und Ohren auf, ihr trägen Tapire, die ihr auf den in Ratenzahlung gekauften Sofas liegt, denn aus der Tiefe der Sahara taucht nun wie eine erblühte Blume zwischen den Stacheln einer Fettpflanze die duftende Jasmine auf, die schönste Rose der Wüste, die Oase, in der alle ihren Durst löschen wollen, Jasmine, die bei Anbruch der tropischen Nacht ihrer Perlmuttschale entsteigt, um sich den Sternen darzubieten, und sich doch als der hellste von ihnen erweist. Jasmine Jay, die große Darstellerin aus *Die Stimme der Säule*, diesem von ihren Fans sehnlichst erwarteten Film. Und sie ist nicht allein, denn neben ihr sehen wir den vielfach ausgezeichneten englischen Schaupieler Giles MacDonald und noch viele andere fröhliche Schätzchen. Guten Abend, Jasmine, guten Abend an alle Künstler und Techniker am Set …«

Jasmine schien bester Laune zu sein, und ihr bezauberndes Lächeln versetzte Andreas Herz einen elektrischen Schlag. Corrado betrachtete sie eher skeptisch. Er fand sie durchaus hübsch, doch sie ähnelte allzu sehr einer Telefonistin, die ihn 1973 zu erpressen versucht hatte.

»Ich muss eine Ankündigung machen«, zwitscherte Jasmine. »Und ich kann nicht anders, als das über die Mikrofone der *Aldo-Baleno-Show* zu tun, einer Sendung, die ich absolut verehre …«

»Und wir verehren dich, Jasmine. Hier ist übrigens deine Freundin Teresa Topazi und möchte dich grüßen.«

»Hi, Titti! Ist Poppi auch da?«

»Nein, hier ist nur Titti!«

»Hallo, Jazzy!«

»Hallo, Titti! Grüß Poppi von mir! Und jetzt alle mucksi mucksi, denn ich habe euch etwas ganz Besonderes zu sagen …«

Während Andrea mechanisch seinen Löffel im unnachahmlichen Universum des Torroneschaums versenkte, schaute Jasmine direkt in die Kamera und sagte: »Ich heirate! Ja, ich habe die Liebe meines Lebens gefunden und möchte das zuallererst euch erzählen, meinem italienischen

Publikum, das ich verehre! Denn ich verehre Italien! Und ich heirate einen Italiener, einen wunderbaren Mann, der auch der Vater meiner Kinder sein wird. Ciao, Andrea, ich liebe dich! Wenn du mich siehst, wisse, dass ich dich heiraten werde! Und wenn du mich nicht siehst, rufe ich dich später an!«

Ada hasst Kekse mit Zuckerguss

»Mach das. Geh ruhig hin, niemand will dich aufhalten, aber dann kannst du mich mal kreuzweise!«

Vale und Tinco gingen wie zwei Westernhelden aufeinander los. Giovanna und Paola blieben reglos stehen und hofften, dass ihr Bruder und seine Freundin sie und den heiseren Hund vergessen hatten. Rospo seinerseits sah den bevorstehenden Spaziergang in Gefahr, denn es war offensichtlich niemand im Anmarsch, um zur Leine zu greifen. Der Streit war im Esszimmer in der Via Mezzaluna ausgebrochen, wo Tinco, Vale und die Zwillinge eine ruhige, sonntägliche Mittagspause vor dem Fernseher verbracht hatten. Eltern und Großeltern hatten sich in ihre Zimmer verzogen, um die Lasagne zu verdauen. Nichts hatte auf den Zusammenstoß schließen lassen, der exakt in dem Moment ausbrach, als Tinco Valentina erzählte, dass Emma und Camelia ihn als zweiten Assistenten für den Wettbewerb ausgewählt hatten.

»Merkst du nicht, dass du nicht nachdenkst? Was hast du im Hirn? Lockenwickler? Das ist Arbeit, Vale, begreifst du? Arbeit!«

»Und was ist mit dir? Hast du überhaupt begriffen, dass ich genau an diesen Tagen meinen Wettbewerb habe? Du willst mich allein lassen, um für die da den Volltrottel zu spielen?«

»Ich werde für niemanden den Volltrottel spielen. Ich werde arbeiten. Sie bezahlen mir die Überstunden.«

»Wen kümmern deine Überstunden? Für diese Überstunden lässt du mich in dem Moment allein, in dem ich dich am meisten brauche?«

»Was für ein Unsinn, Vale. Du musst shampoonieren. Das ist doch keine Wissenschaft. Du machst seit zwei Jahren nichts anderes!«

»Es handelt sich um einen Wettbewerb! Eine der Teilnehmerinnen ist sogar in Rom geboren!«

»Versteh doch! Unser Wettbewerb ist eine internationale Geschichte. Für mich könnte das einen Schritt vorwärts bedeuten, keine Ahnung. Vielleicht bekomme ich sogar mehr Geld!«

»Dass ich nicht lache! Du wirst das fünfte Rad am letzten Wagen sein!«

»Weil ich genau das für dich bin, was? Ein Stück Scheiße? Ein getrocknetes Stück Scheiße, in das ein Hund reingetreten ist?«

An dieser Stelle konnte Giovanna, die extrovertiertere der Zwillinge, ein Lachen nicht unterdrücken, so treffend kam ihr die Selbstbeschreibung ihres Bruders vor.

»Raus mit euch beiden Schwachköpfen, oder ich nehme euch auseinander!«

Paola warf ihrer Schwester einen vorwurfsvollen Blick zu und zog sie hinaus.

»Du bist wirklich dämlich, wenn du nicht gelacht hättest …«

»Okay, ich konnte mich kaum … Aber sie hat doch wirklich Recht, meiner Meinung nach.«

»Finde ich auch. Proben wir unsere Choreografie?«

Valentina war für Giovanna und Paola ein Mythos, und sie waren vollauf ihrer Meinung, dass die Wettbewerbsgeschichte nichts anderes war als eine gigantische Schau, die Tinco inszenierte, um Vale mit einer ganzen Schar internationaler Konditorinnen betrügen zu können.

Tatsächlich hatte Emma die Sache zu verantworten, denn sie sah bei Tinco Anflüge einer unbewussten Genialität aufblitzen. So hatte er zum Beispiel die Waldfruchttörtchen nur mit Brombeeren, Himbeeren und Johannisbeeren gemacht, die Blaubeeren aber weggelassen: »Die machen zwar etwas her, schmecken aber niemandem.«

Camelia hatte in der Assistentenfrage zaghaft zu widersprechen versucht.

»Warum nehmen wir nicht Zlatan mit?«

»Zlatan hat eine Frau in Belgrad, Cam.«

»Echt?«

»Echt. Wir nehmen Tinco mit.«

Camelia gab sofort nach, weil sie seit einigen Tagen ein sündiges Geheimnis im Herzen trug, das sie nur ihrem Tagebuch anvertraut hatte.

»Liebes T., du wirst es nicht glauben, aber ich habe mich schon wieder verliebt! Diesmal spüre ich, dass es wahre Liebe ist, auch wenn leider nie etwas daraus werden kann! Er ist schon an eine andere vergeben! Und diese andere ist nicht irgendeine, um die ich mich nicht zu scheren bräuchte, denn wenn man jemanden gar nicht kennt, ist man nicht verpflichtet, ihr auf keinen Fall den Verlobten auszuspannen, das sagt sogar Schwester Justine. Das Dumme ist, dass es sich um Mario handelt, den Freund von Emma! Und Emma ist meine beste Freundin!!! Verstehst du, liebes Tagebuch, ich bin in den Freund meiner besten Freundin verliebt! Das ist schrecklich, aber auch wunderbar, denn ich bin mir sicher, dass er meine Gefühle erwidert. Tatsächlich muss ich dir ein ganz, ganz großes Geheimnis anvertrauen: Er hat mir eine SMS geschrieben: ›Schönes Dummerchen!‹ Siehst du? Und doch müssen wir dieser wunderbaren Liebe entsagen, um Emma nicht das Herz zu brechen. Werde ich das schaffen, liebes Tagebuch?«

Das Tagebuch hatte da so seine Zweifel. Davon mal abgesehen hatte Emma im Moment noch ein anderes Problem zu bewältigen. Andrea hatte sich in einen Tuffsteinblock verwandelt und war zu menschlichen Reaktionen nicht mehr fähig. Er kam zur Arbeit, machte Pralinen, Mousses, Charlotten, Biskuits und alle anderen Spezialitäten der Konditorei Delacroix, doch er war nicht mehr er selbst. Sein Blick war verhangen, seine Mundwinkel heruntergezogen, seine Schultern schlaff. Emma beobachtete ihn und sein Anblick rührte ihn, als würde sie immer noch an ihm hängen. Dabei war es gut, dass er sie sitzen gelassen und sich mit Jasmine Jay zusammengetan hatte. So konnte sie sich endlich mit der Idee anfreunden, mit Mario Mongilardi etwas anzufangen. Der hatte eine nette Art, sie von der Seite her anzuschauen, und klar, das Leben ging weiter, auch wenn es quälend war für sie, Andrea so zu sehen und nicht zu wissen, warum er so war. Jasmine hatte seinen Heiratsantrag angenommen, alle Zeitungen sprachen davon, weil sie es im Fernsehen verkündet hatte, aber wo war das Glück?

Nach drei Tagen wich Emma von ihrem festen Vorhaben ab, Andrea nie nach seinem neuen Gefühlsleben zu fragen. Während sie Camelia beibrachte, wie man im Backofen Haselnüsse röstete (»Können wir denn nicht welche aus der Packung nehmen?«), fragte sie: »Du heiratest also, habe ich gehört?«

»Ja, ja.«

Als Antwort war das etwas dürftig. Emma sah ihm in die Augen und lächelte ihn an.

»Und? Was ist los?«

Camelia nutzte den Augenblick der Ablenkung, um sich

mit ihrem Handy in eine Ecke zurückzuziehen und sich einer Lawine von SMS zu widmen.

Andrea schloss die Ofentür, stellte die Temperatur ein und sagte: »Nichts. Du musst gar nicht so lächeln.«

»Entschuldigung. Was soll ich tun, dich grimmig anschauen? Deine Miene ist pechschwarz, obwohl du im siebten Himmel der Ekstase schweben solltest.«

»Geht dich das etwas an?«

Emma war außerordentlich beleidigt.

»Du hast Recht. Tu so, als hätte ich nie etwas gesagt. Tschüss.«

Sie drehte sich um und zerstampfte Schokolade in einem Mörser.

»Entschuldigung. Ich weiß, dass ich unerträglich bin. Es ist nur, dass ... Magst du ein paar Schritte gehen?«

Der Garten der Konditorei Delacroix war im April durchaus beachtlich mit seinen Kamelien, Tulpen, Narzissen, Freesien und den Kaskaden von weißen Blüten, deren Namen Emma nicht kannte, die aber tatsächlich Jasmin waren.

»Wie würdest du dich fühlen, wenn der Mann, den du liebst, für ein Geständnis die *Aldo-Baleno-Show* wählen würde?«

»Äh, keine Ahnung. Das wäre auch nicht sehr wahrscheinlich. Der, mit dem ich jetzt ausgehe, ist Anwalt in Mailand.«

»Ach. Es gibt da jemanden?«

»Mal schauen.«

»Und du willst schon heiraten?«

»Nein! Ich wollte nur sagen, dass er wohl kaum zu Baleno gehen würde. In jedem Fall würde ich hart bleiben. Ich wäre ziemlich sauer.«

»Siehst du? Offensichtlich begreifst du, warum meine Miene pechschwarz ist.«

Emma riss eine Tulpe ab. Andrea schlug ihr auf die Hand.

»He. Wenn mein Vater das sieht, schmeißt er dich raus.«

»O Entschuldigung. Ich war zerstreut. Na ja, Jasmine Jay ist Schauspielerin. Für sie ist es ganz natürlich, so etwas zu tun. Das gehört zum Beruf. Eigentlich müsstest du das doch wissen, oder?«

»Ich sage ja auch nicht, dass sie es nicht bei Baleno verkünden soll, auch wenn mir persönlich die Sache zuwider ist. Aber sie hätte es doch wenigstens erst mir sagen können, keine Ahnung, kurzes Telefonat, im schlimmsten Falle eine SMS: ›Ja, okay, ich heirate dich, und das werde ich heute Abend auch im TV verkünden.‹ Irgendetwas in der Art.«

Emma dachte nach.

»Wenn du mich fragst, solltest du dich über solche Dinge nicht aufregen. So etwas wird noch oft passieren. Wenn du dann jedes Mal beleidigt bist, wird sie dich irgendwann satthaben und sich einen anderen suchen. Lächele, Andrea. Du musst es so machen wie Hugh Grant in *Notting Hill.*«

»Wie geht *Notting Hill* aus?«

»Die beiden liegen im Park und lesen.«

»Willst du damit sagen, dass Jasmine herkommt und eine Torte mit mir backt?«

Emma seufzte.

»Sollte es dazu kommen, sag mir vorher Bescheid, dann bleibe ich zuhause.«

Als Alessandro Carella zum ersten Mal seinen Fuß in die Via Lombroso 22 setzte, hatte er nicht die Absicht, etwas zu klauen. Es war ein entspannter, fast beiläufiger Besuch, denn er war gar nicht als Besuch gedacht, sondern eher als ein »Ich komme kurz auf einen Sprung vorbei«, ehrlich. Ale war nämlich zum Essen bei Carla eingeladen, und als er nach einem Blick ins Telefonbuch festgestellt hatte, dass

Bianca Longhi nur ein paar Schritte weiter wohnte, hatte er nicht widerstehen können.

Bianca hatte seine Frage nach den Aquarellen nie beantwortet. Sie hatte ihm überhaupt nicht mehr geschrieben, und er ihr auch nicht, denn er hatte sich seine Verlobten eine Woche lang vom Hals gehalten und sich auf seine Arbeit am Krebsforschungsinstitut in Candiolo konzentriert, wo er eine Stammzellengeschichte laufen hatte. Jetzt war allerdings der Moment gekommen, die Sache zu klären und dem Mädel den Kopf zu waschen. Während er die Treppe hochstieg, fühlte er sich gut. Er hatte über die Ereignisse der letzten Zeit nachgedacht, und ihm war klar geworden, dass er sich bei dem Versuch, sich zwei Verlobte gleichzeitig warmzuhalten, mit aller Wahrscheinlichkeit wie eine schlechte Batterie aufbrauchen würde. So hatte er beschlossen, Lorena zu verlassen und sich ganz auf Carla zu konzentrieren, die bereit war, ihn auf eine lange Lapplandreise zu begleiten. Das war ein alter Traum von ihm. Als er mit Lorena über Lappland gesprochen hatte, war er auf unverhohlene Abneigung gestoßen: »Bin ich denn eine Robbe?«, hatte sie erwidert, dem Satz aber eine so interessante erotische Interpretation folgen lassen, dass ihm jede Gehässigkeit vergangen war.

»Sex kann nicht der Dreh- und Angelpunkt einer glücklichen Partnerschaft sein«, hatte ihm Professor Ludovico Vogliotti gesagt, der Leiter seines Forschungsteams in Candiolo, und Alessandro hatte beschlossen, ihm zu glauben.

»Ich bin gekommen, um dir mitzuteilen, dass ich mich entschieden habe. Ich verlasse Lorena und mache Ernst mit Carla«, erzählte er Bianca, die ihm mit einem blauen Tupfen auf der Nase aufgemacht hatte.

»Das scheint mir eine gute Idee zu sein. Ich habe sie zwar kaum gesehen, aber Carla hatte diese coole schwarze Lederjacke an, während die geblümte Jacke von Lorena eine absolute …« Bianca hatte Ale in ihr Zimmer geschleppt, und der hoffte, dass er nie mehr im Leben etwas Ähnliches zu sehen bekommen würde. Das Chaos hatte sich in alten und neuen Schichten abgelagert, und die Gegenstände versteckten sich in einer Weise darin, dass es kaum möglich sein dürfte, sie zu benutzen. Bianca räumte fröhlich ein Eckchen vom Schreibtisch frei und legte ihm die Mappe hin.

»Und? Was hältst du davon?«

Alessandro war spontan begeistert von den Aquarellen. Gestaltlose Landschaften, zerfließende Häuser, sanfte Wasserläufe. Bäume, wie ein Kurzsichtiger sie sehen würde.

»Sie sind schön. Fantastisch. Und die Fotos?«

Bianca zuckte mit den Schultern. »Der Spaß ist mir vergangen. Seit du sie mir geklaut hast, spüre ich eine gewisse Distanz zu ihnen. Der Impuls ist futsch. Vorerst habe ich das alles beiseitegeschoben. Vielleicht werde ich in ein paar Jahren wieder darauf zurückkommen. Mal schauen.«

Alessandro weigerte sich, Schuld zu empfinden. Wenn er den Schaffensfluss in Sachen Fotografie zum Versickern gebracht und damit die Produktion dieser wunderbaren Aquarelle angestoßen hatte, gut, dann hatte das Schicksal saubere Arbeit geleistet.

»Die Fotos waren schön, aber die Aquarelle sind besser. Du solltest …«

Bianca legte ihm eine Hand auf den Mund.

»O Gott, jetzt fang du nicht auch noch damit an. Mir reicht es, wenn meine Mutter mir ständig predigt, dass ich in der Konditorei mein Talent vergeude. Mir gefällt die Arbeit dort sehr gut, und ich habe Zeit, alle möglichen anderen Sachen zu machen. Jetzt steht mir der Sinn nach Malen. Und es gibt noch eine andere gute Nachricht, denn fast spüre ich schon wieder den Wunsch, an meinem Roman zu schreiben.«

Alessandro sah sie abfällig an: »Du bist unverbesserlich.«

»Wie bitte?«

Bevor die Diskussion richtig losgehen konnte, steckte Emma den Kopf herein.

»Ach, Entschuldigung. Hallo.«

»Emma, Alessandro. Alessandro, Emma.«

»Hallo. Bist du der Typ, der die Fotos geklaut hat?«

»Ja, auch wenn es nicht übel wäre, wenn man sich aus anderen Gründen an mich erinnern würde.«

»Okay. Ich wollte nur wissen, ob du hier isst, Bianca?«

»Ist Camelia auch da?«

»Kannst du dir vorstellen, dass sie mal nicht da ist?«

»In diesem Fall kannst du ja auch bleiben, Ale. Oder musst du zu Carla?«

Alessandro musste zu Carla, und es war schon Viertel vor acht, aber in seinem Kopf formierte sich eine wichtige Mission. Um die erfüllen zu können, musste er bleiben. Daher lächelte er, nahm die Einladung an und zog sich ins Bad zurück, um ein langes, lügengespicktes Telefonat zu führen. Schuldgefühle empfand er nicht, denn er hatte sich ja aus tiefstem Herzen für Carla entschieden. Das musste er nur noch Lorena sagen.

Nach einem Essen aus Kartoffelpüree, Grieß, gekochten Zucchini und rohen Möhren holte Camelia das Heft ihres Großvaters. Sie und Emma hatten beschlossen, einen Versuch zu starten, um der Sache mit dem Heiligen auf die Spur zu kommen. Emma hatte immerhin ihre Abschlussarbeit über den Stein von Rosetta geschrieben und war mit Dechiffrierungstechniken annähernd vertraut.

»Vielleicht kannst du uns helfen«, sagte Bianca hoffnungsvoll zu Alessandro. »Kannst du hypnotisieren?«

»Nutzlos«, sagte Camelia. »Man hat mich schon zigmal

hypnotisiert. Ich erinnere mich nur noch an den Staub unter Großvaters Bett.«

»Außerdem bin ich Arzt, nicht Hypnotiseur«, stellte Alessandro klar.

Bianca zuckte mit den Schultern: »Das ist doch das Gleiche, oder? Manche Ärzte hypnotisieren ihre Patienten regelmäßig.«

Emma unterbrach das Geplänkel mit einer entschiedenen Geste. »Konzentration. Dein Großvater hat dir das Heft also gegeben und gesagt, dass man einen Heiligen benötigt, um es lesen zu können?«

»So kommt es mir vor. Außerdem war da noch etwas. Ich weiß nicht, warum ich immer an Wasser denken muss. Er hat gesagt: ›Wenn du diese Rezepte lesen willst, musst du …‹« Camelia versuchte, den Kopf leer zu bekommen, wozu es keiner großen Anstrengung bedurfte, und ließ sich ganz auf das Bild ihres Großvaters Ermanno in seinem Krankenhausbett ein. Der Arzt, der nach gebratenen Eiern stank. Die Staubschicht unter dem Bett. Ein Wagen, der im Flur vorbeifuhr, das Scheppern von Metallbehältern …

»Du musst Pellegrino nehmen«, sagte sie dann, ohne zu wissen, wieso.

»Pellegrino wie Pilger? Einen Pilger?«

»Ja! Jetzt erinnere ich mich! Er hat gesagt: ›Du musst Pellegrino nehmen‹!« Camelia war vollkommen aus dem Häuschen. Endlich würden sie aufhören, sie mit dem dämlichen Heft zu quälen.

Bianca, Ale und Emma schauten sie an, und drei Gehirne begannen zu rotieren. Alessandro glaubte zu meinen, dass es einen Vogel namens Pilgerfalke gab, während Bianca ein Buch vom Stapel in der Küche nahm: *Das Leben der Heiligen*. Darin suchte sie den Schutzpatron der Pilger und las vor: »Jakob, Sohn des Zebedäus und Bruder des Johannes.

Jesus hatte ihm den Beinamen ›Sohn des Donners‹ gegeben, weil er von äußerst hitzigem Temperament war. Der *Legenda aurea* zufolge hat er in Spanien missioniert, wo er nach seinen Predigten in Judäa und Samaria hingegangen war. Er wurde in Jerusalem von Herodes Antipa ermordet. Die Jünger trugen seine Leiche auf eine Barke, die ihn ins spanische Galizien brachte, wo er in einem Wald begraben wurde. Um sein Grab herum entstand Santiago de Compostela, das beliebteste Ziel der europäischen Pilger.«

Bianca sah die anderen zufrieden an. »San Pellegrino. Der heilige Pilger, das ist er. Um das Heft zu entziffern, braucht man etwas, das mit dem heiligen Jakob zu tun hat. Lasst mich nachdenken ...«

Emma brach in Lachen aus und schlug mit der Hand auf den Tisch. »Nein! Das Heft enthält Rezepte! Der Pilger, an den wir uns halten müssen, ist Pellegrino Artusi!« Dann nahm sie ihre Ausgabe des Artusi, die ständig von der Kante irgendeines Küchenmöbels herunterzufallen drohte.

Elena schaute noch einmal in den Spiegel und biss sich verzweifelt auf die Lippe. Sie hätte es nicht tun dürfen. Sie hätte niemals ausgerechnet an diesem Abend das Peach sable der Linie Poudre Impalpable Mais Très Attaccatique durch das Doré plein air ersetzen dürfen. Keine Experimente mit Schminke in entscheidenden Momenten, das wusste sie, das wusste sie sehr genau, und doch war sie schon wieder hereingefallen! Peach sable machte blass und ließ das Gesicht bläulich schimmern. Ihr leicht eingefallener Kiefer sprang ihr damit wie ein wild gewordener Pitbull ins Auge. Versuchen wir es doch einmal mit dem Doré plein air, hatte sie sich gesagt, die etwas kräftigere Nuance könnte meine Züge stärker betonen. Und nun, schaut her, eine Zirkusmaske, eine Kabuki-Prostituierte, eine echte, authentische

Frau von weit über 50! Und keine Zeit mehr, sich noch einmal zu schminken. In einer Stunde würde er kommen, und sie musste noch die Strümpfe auswählen. In ihrer Panik stöhnte sie auf und öffnete die Schublade, in der in perfekter Ordnung Dutzende von Seidenstrumpfhosen und halterlosen Strümpfen lagen. Wenn ich mich beeile, dachte sie und spürte eine gewisse Atemnot, schaffe ich es vielleicht, mich noch einmal zu schminken. Im schlimmsten Falle verzichte ich auf den Eyeliner.

Elena betrachtete das Kleid, das sie trug, die zigfachste Version von Corrados Lieblingskleid: ein dekolletierter Schlauch aus türkisfarbener Seide, ergänzt durch ein weiches Cache-Cœur aus Kaschmir in einer leicht abweichenden Nuance. Honigfarbene Strumpfhose? Perlgraue Strumpfhose? Schwarze Strumpfhose, aber so transparent, dass sie dem Türkis nicht in die Quere kam? Vollkommen neutrale Strumpfhose in der Farbe ihrer Beine? Aber da waren die Besenreiser, diese violetten Biester. Die hatte sie zwar mit Fond de Teint Pour Jambes Rose Cher kaschiert, dennoch wollte sie sie nicht so brutal zur Schau tragen. Also doch besser ein dezentes Netzmuster? Ja, ein dezentes Netzmuster. Netzmuster kaschieren, korrigieren, machen sexy. Netzstrumpfhose oder halterlose Netzstrümpfe? Sie hatte die halterlosen Strümpfe kaum angezogen, den kleinen Wulst über dem Bündchen bemerkt, sie wieder ausgezogen und gegen eine Strumpfhose ausgetauscht, da klingelte es. Das war er! Zu früh, wie immer. Elena hasste ihn dafür. Sie schloss die Schublade, verzichtete darauf, sich noch einmal zu schminken, flüchtete in die Zimmerecke, um das Licht im Wohnzimmer etwas herunterzudimmen, dann machte sie Corrado die Tür auf.

»Und?«, sagte der als einzigen Gruß. »Darf man erfahren, was es so Dringendes gibt? Ich habe nämlich nicht viel Zeit, weil ich um zehn eine Unterredung mit Myakawa habe.«

»Myakawa? Möchte der immer noch die Lizenz für die *Biribissi-Nipponi*?«

»Klar möchte er die. Und sein Angebot hat sich deutlich verbessert.«

»Aber du hast doch immer gesagt, dass niemals irgendjemand außerhalb der Konditorei Delacroix eine unserer Spezialitäten herstellen wird.«

»Ich gebe ihm die Lizenz ja auch gar nicht. Doch das möchte ich ihm persönlich sagen, sonst wäre es nur der halbe Spaß.«

Sie hatten das Wohnzimmer betreten, und Corrado sah sich gewohnt neugierig um.

»Es hat sich ja gar nichts verändert. Was für ein scheußlicher Aschenbecher.«

»Den hast du mir geschenkt!«

»Ach ja? Dann muss ich ihn wohl selbst von irgendwem bekommen haben.«

Elena wollte sich nicht niedermachen lassen, nicht in diesem Moment. Würde sie auf den Balkon treten und sich hinabstürzen, würde das auch nichts bringen.

»Möchtest du etwas trinken?«

»Hast du Mirto?«

»Mirto? Seit wann trinkst du Myrtenlikör?«

»Seit gestern.«

Elena hatte keinen Mirto, und Corrado entschied sich missmutig für einen Port.

»Ich habe dich hierhergebeten, Corrado, weil wir seit ... weil wir nicht mehr miteinander geredet haben, seit unsere Tochter in der Konditorei arbeitet. Jetzt sind es nur noch ein paar Tage bis zum Wettbewerb, und ich würde gerne wissen, wie du dich zu verhalten gedenkst.«

»Wir haben doch über die wesentlichen Dinge gesprochen, oder? Wenn diese ... diese ...«

»Camelia.«

»Wenn Camelia gewinnt, werde ich erklären, dass sie meine Tochter ist. Wenn sie verliert, werde ich gar nichts tun.«

»Und wir?«

»Wer wir?«

»Wir beide. Ich und du. Wir sind die Eltern, Corrado. Auch wenn wir es nie jemandem sagen werden: Wir wissen es, wir beide. Das knüpft ein Band zwischen uns, das man nicht wie eine Mücke totschlagen kann. Camelias Geburt hat einen Bund zwischen uns geschmiedet, und den kann man so wenig lösen wie den Gordischen Knoten.«

Für einen Moment in verständliche Verwirrung gestürzt, beschloss Corrado, sich auf das Wesentliche zu konzentrieren.

»Willst du damit sagen, dass du Ansprüche auf mich erhebst, weil ich dich vor 24 Jahren unwissentlich geschwängert habe? Aber meine Liebe, wenn du diese Karte ausspielen willst, hättest du eher kommen müssen. Jetzt ist es ein bisschen zu spät dafür.«

Elena sah ihn mit offenem Mund an. Leider betonte das den berüchtigten Kiefer, der einem Pitbull alle Ehre machen würde.

Corrado lächelte schwach.

»Wieso ziehst du so ein Gesicht? Was hast du denn erwartet? Wir haben doch eine Abmachung, oder? Wenn das Mädchen gewinnt, erkenne ich sie als Tochter an. Wenn nicht, dann nicht. Das scheint mir nur gerecht.«

»Ich rede nicht von dem Mädchen, Corrado. Ich rede von uns beiden.«

»Immer noch?« Corrado war ehrlich erstaunt. »Du bist ganz schön hartnäckig, was?«

Angesichts dieser durch nichts getrübten freundschaftlichen Gleichgültigkeit begriff Elena Belmonte endlich, dass

Corrado Delacroix sie trotz aller Bemühungen nie lieben würde. Sie schüttete sich reichlich Portwein ein und bat ihn zu gehen.

Tinco ließ nichts unversucht, um Vale zu trösten und sie dazu zu bringen, seine Teilnahme am Wettbewerb »Ein Stern für Weihnachten« etwas milder zu beurteilen. Er hatte sich von seinen Freunden Brizio und Burro beraten lassen, und die hatten einvernehmlich erklärt, dass der entscheidende Schritt in einer Essenseinladung bestehe, allerdings in einer Einladung im wahrsten Sinne des Wortes, will sagen, dass Tinco auch wirklich alles zahlen müsse. Außerdem: keine Einladung in eine Döner- oder Pizzabude, sondern in ein richtiges Restaurant. »Am besten«, hatte der fantasiebegabte Burro erklärt, »in eines, wo Blumen auf den Tischen stehen.« »Und Kerzen«, hatte Brizio noch eins draufgesetzt. Nach einer schnellen Recherche in der Umgebung hatte Tinco das geeignete Lokal identifiziert: das Tigrino e Tuki, ein Pub mit Garten am Fluss und dem Versprechen romantischer Atmosphäre, leidlich raffinierter Speisen und erträglicher Preise.

Gegen die Wahl war nichts einzuwenden, denn das Tigrino e Tuki war wirklich ein hübscher Ort. Zwar standen keine Kerzen auf den Tischen, dafür wurde aber vor dem Essen ein (nicht-alkoholischer) Aperitif serviert, gratis und mit Nüsschen. Für die verstockte Valentina war das alles nicht genug.

»Entschuldige mal, Vale, würde es dir denn nicht gefallen, mich im Fernsehen zu sehen? Deine Freundinnen würden vor Neid platzen.«

»Ich möchte dich nicht im Fernsehen sehen«, antwortete Valentina. »Ich möchte dich in meiner Nähe sehen, wenn ich shampooniere, ist das klar? Glaubst du, Dario hätte mich allein gelassen? Nein. Ich wette, er wäre gekommen.«

»Das glaube ich gern! Der hat nie auch nur einen einzigen Tag in seinem Leben gearbeitet! Wenn er sich überhaupt mal anstrengt, dann nur, um sich einen Joint zu basteln.«

Von diesem Moment an lief die Diskussion aus dem Ruder, wie immer, wenn Valentinas Exfreund ins Spiel kam. Am Ende des Tages war Tinco um 50 Euro ärmer und einer Lösung seines Problems keinen Millimeter näher gekommen. Die Alternativen waren immer dieselben: sich mit Valentina streiten und Darios bedrohlichem Schatten eine Bühne bieten oder die Gelegenheit zu einem Karriereschritt verpassen. Im Alter von 19 war Tinco bereits das Opfer typischer Männerprobleme.

»Hat er dir auch gesagt, was du mit dem Artusi machen sollst? Wie man die Buchstaben ersetzen muss?« Emma hielt das Heft in der Hand und blätterte darin, ohne irgendetwas zu verstehen.

Camelia schaute an die Decke. »Nun mal langsam. Es ist schon ein Wunder, dass ich mich an Pellegrino erinnert habe. Ich war sieben und konnte nicht einmal lesen.«

»Glückwunsch.«

»Schon gut. Das macht nichts, Camelia«, sagte Bianca und warf Alessandro einen finsteren Blick zu. »Wir fangen mit den ersten Seiten an und versuchen, uns etwas auszudenken.«

Die erste Seite begann mit der Zahl 1, dann folgte ein Reihe von Großbuchstaben: 1. CMIAODRASLEPQPSPNDR DTPRVPCIZUUMSDQMROA. Dann kam ein Absatz, und es ging in kleinen Buchstaben weiter, eine Flut von eng geschriebenen, sinnlosen Zeichen.

»Die Großbuchstaben sind die Namen der Rezepte«, sagte Emma.

»Lass uns die doppelten Buchstaben suchen«, schlug

Bianca vor. »Dann können wir schon ein paar ausschließen.«

»Da sind aber auch falsche doppelte Buchstaben«, protestierte Camelia. »Schau: UU. ZUUM, hat er geschrieben.«

»Die Buchstaben sind in der Geheimsprache falsch, nicht in unserer, das ist doch klar.« Alessandro wollte Camelia provozieren, um zu sehen, ob sich bei ihr ein *reset* durchführen ließ.

»Nichts ist klar.« Bianca gab einem Fotodieb aus Prinzip nicht Recht. »In der Welt ist viel weniger klar, als du zu glauben meinst.«

»Wie dem auch sei«, sagte Emma in einem bestimmenden Tonfall. Die Arbeit mit den dreien ließ sich nicht gerade vielversprechend an. »Wir sollten mit einfachen Überlegungen beginnen. Dein Großvater hat die Buchstaben des Alphabets mit dem Anfangsbuchstaben eines jeden der 21 Rezepte vertauscht.«

»Der Anfangsbuchstabe des Rezeptnamens oder der des Rezepts?«, fragte Ale.

»Wir sollten beides ausprobieren. Camelia, schreib die Buchstaben des Alphabets untereinander.«

Camelia nahm das Heft und den Stift und schrieb. Als sie fertig war, betrachtete sie zufrieden ihr Werk, dann runzelte sie die Stirn und fragte: »Muss ich auch Umlaute und solche Sachen aufschreiben? Wenn ich sie nämlich aufschreiben muss, weiß ich nicht, wo sie hinkommen.«

Alessandro konnte sich nicht mehr beherrschen.

»Ja was? Wenn ich a-Umlaut sage …«

»Welcher a-Umlaut? A-Umlaut wie in ›Ärger‹ oder wie in ›à la carte‹?«

»Ich habe a-Umlaut gesagt, nicht ›a‹ mit *accent grave*.«

»Vergiss es, spiel hier nicht den Korinthenkacker! Normale Buchstaben reichen, Cam. Dein Großvater war aus der Toskana. Das ist in Italien. Meinst du, er hätte in seinen Rezepten auch nur ein einziges ›ä‹ benutzt?« Biancas Augen schossen vergiftete Pfeile ab, und Ale dachte, dass es besser wäre, den Plan zu vollenden und zu gehen, bevor Bianca ihn umbringen würde.

In Alessandro war in den vergangenen Stunden ein Plan gereift, der leider tendenziell kriminellen Charakters war. Während Emma und Bianca sich daranmachten, neben die Buchstaben des Alphabets die entsprechenden Buchstaben nach der Methode eins und die entsprechenden Buchstaben nach der Methode zwei zu schreiben, zog er sich zurück und murmelte etwas von Klo. Als er zurückkam, hatten die beiden Frauen versucht, die Rezeptnamen nach jeder der beiden Methoden zu übersetzen, waren aber nicht erfolgreich gewesen. Sowohl mit der Methode eins als auch mit der Methode zwei hatten sie Alphabete bekommen, die größtenteils aus »m« und »q« bestanden.

»Irgendetwas funktioniert hier nicht.« Emma blickte hoffnungsvoll auf Alessandro, denn er war schließlich Arzt und hatte schon in seinem Privatleben Mut und Fantasie bewiesen. Aber Doktor Carella schien nicht mehr so sehr an dem Projekt interessiert.

»Tut mir leid, Mädels, aber es ist schon ganz schön spät. Ich muss. Carla wartet auf mich. Tschüss, und gute Dechiffrierung.«

Alle drei sahen ihn zutiefst enttäuscht an. Ließ man seine Mitmenschen so im Stich?

An diesem Abend kehrte Camelia nicht nach Hause zurück, sondern schlief auf dem Sofa in der Küche. Bis drei Uhr nachts hatten sie versucht, das Heft zu dechiffrieren, doch keiner der Schlüssel hatte irgendein Resultat erbracht. Letzter Buchstabe der Rezeptnamen, letzter Buchstabe der Rezepte, der erste Buchstabe für »a«, der zweite für »b« und so weiter. Nichts hatte funktioniert. Um drei hatte Camelia sich die Augen gerieben, hatte erklärt, sie könne nicht mehr, und sich aufs Sofa geworfen. Bianca und Emma machten ganz leise weiter.

»Vielleicht ist es doch nicht der Artusi«, sagte Bianca.

»Es ist der Artusi, da bin ich mir sicher. Wir müssen nur den Zugang finden.«

»Wieso wollen wir das Heft überhaupt entschlüsseln?«

»Wieso? Weil es verschlüsselt ist. Wenn etwas verschlüsselt ist, muss man es entschlüsseln.«

»Es geht also nicht darum, ein Rezept für den Wettbewerb zu kopieren?«

»Ich möchte doch nicht schummeln.«

»Wieso schummeln? Alle Teilnehmer bringen ihre Familienrezepte mit ein.«

Daran hatte Emma noch nicht gedacht.

»Okay, wir werden sehen. Gute Nacht.«

Bianca war so müde, dass sie zu Bett ging, ohne zu bemerken, dass die Mappe mit den Aquarellen von ihrem Schreibtisch verschwunden war.

Nachts um Viertel nach zwölf schlief Noemi Belmonte bereits, sogar an Neujahr. Als die Klingel sie weckte, träumte sie gerade, dass sie durch Dünen lief und von einem unsterblichen Highlander verfolgt wurde. Sie stand auf und schwankte zur Tür, immer noch erschöpft von all den Kilometern im Sand. Wer konnte das sein? Camelia hatte ihr mitgeteilt, dass sie woanders schlief. Diebe klingelten nicht. Ein Blick durch den Spion bestätigte ihre schlimmsten Befürchtungen. Vor ihr stand eine Ansammlung verzweifelter Gesichtszüge, in denen sie nur mit Mühe ihre Schwester wiedererkannte.

»Elena!«

»Habe ich dich geweckt?«

»Schau mich an und beantworte dir deine Frage selbst.«

»Entschuldigung, aber ich habe Angst, dass ich den Kopf in den Backofen lege, wenn ich nicht mit jemandem spreche.«

»Du kannst den Backofen ja nicht einmal anschalten.«

»Ich mache keine Witze. Heute Abend habe ich mit ansehen müssen, wie sich alle meine Hoffnungen verflüchtigt haben! Eine nach der anderen, wie Kerzen auf einer Geburtstagstorte!«

Noemi war beeindruckt, und der Eindruck verschlimmerte sich noch, als sie den vollständigen Bericht vom Abend mit Corrado gehört hatte.

Ada Longoni starrte die mit Zuckerguss überzogenen Kekse hasserfüllt an. Sie waren mit bunten Streuseln bestreut, dufteten nach Mürbeteig und waren mehr als einladend. Ihre Schwägerin Matilde hatte sie mitgebracht, weil sie zum Essen eingeladen worden war. Warum brachten die Leute Süßigkeiten mit, wenn sie zum Essen eingeladen waren? Ada war sich sicher, dass sie Matilde gesagt hatte, dass sie drei Monate ohne auskommen wolle. Allen sagte sie das. »Ich esse drei Monate lang überhaupt keine Süßigkeiten mehr. Sonst kann ich bald meine Röcke nicht mehr schließen.« Das stimmte, das stimmte absolut, doch niemand scherte sich darum. Immer noch stand man mit Eis, Zabaione, Baiser, Pralinen und Mascarponetorte vor der Tür. Klar, man dürfte einfach nur niemanden mehr zum Essen einladen, aber sollte man gewaltsam das gesellschaftliche Leben beenden, nur weil man drei Monate ohne machte? War es denn wirklich unausweichlich, dass alle Essensgäste mit ihren Kalorienüberschüssen aufkreuzten? Bringt mir

Blumen mit! Ausgestopfte Kolibris! Bizarre Radiergummis! Einrichtungszeitschriften! Bringt gar nichts mit, macht, was ihr wollt, aber »Behaltet eure Süßigkeiten!«, schrie Ada entnervt und verschloss mit einer nervösen Geste die Keksdose.

»Ada?« Ihr Ehemann, der in aller Seelenruhe Sky Sport Due sah, war besorgt. »Schreist du wegen der Kekse?«

»Ja!«

»Möchtest du nicht lieber einen essen, als in einen solchen Zustand geraten?«

»Nein! Einer nützt nichts! Wenn ich damit anfange, esse ich 20 davon! Ich hasse diese Leute, die Süßigkeiten mitbringen!«

Genau in diesem Moment blickte sie aus dem Fenster ihres alten Hauses und sah jemanden den Weg entlangkommen.

»Da ist Mario!«, sagte sie zu ihrem Ehemann und öffnete die Tür, um ihm entgegenzugehen. Ihr Cousin Mario kam gelegentlich abends, manchmal sogar spätabends, durch den Wald zwischen der Villa Mongilardi und der Villa Longoni herübergelaufen, um ein wenig zu schwatzen.

»Hallo.« Ada küsste ihn herzlich auf die Wange, aber Mario merkte sofort, dass irgendetwas nicht stimmte.

»Ärger?«

»Mmh.«

»Das vergeht. Ich brauche einen Rat. Machst du mir einen Kamillentee?«

Als er in der Küche saß und einen kräftigen, dampfenden Kamillentee vor sich stehen hatte, sah Mario sich hoffnungsvoll um.

»Hättest du vielleicht ein paar Kekse?«

»AAAAGHHH!«, schrie Ada und kramte Matildes Dose hervor.

»Fantastisch!«

»GGRRRR!«

»Ada?«

»Nichts. Also, was für einen Rat brauchst du?«

»Vielleicht ist es so weit, Ada. Ich habe die Frau meines Lebens gefunden. Sie ist Konditorin und heißt …«

»Ausgeschlossen. In unsere Familie wird keine Konditorin eingeführt. Das wäre das Ende. Wir beide könnten uns nicht mehr sehen.«

»Hör auf damit. Du bist nicht dick. Du musst keine Diät machen.«

»Ich bin nicht dick, *weil* ich Diät mache!«, brüllte Ada.

»Dann werde doch ruhig dick. Besser dick als hysterisch.«

»Okay, ich denk darüber nach. Und wer soll diese Konditorin sein?«

»Emma Trisciuoglio.«

»Wer? Emma? Die Tochter des Süditalieners?«

»Genau. Hübsch, nicht wahr?«

»Na ja. Deine Mutter wird nicht gerade Freudensprünge machen.«

»Das ist perfekt, Ada. Dann gibt es sogar ein Hindernis.«

»Nun lass uns mal nicht übertreiben. Wir leben ja nicht mehr in Dellys Zeiten. Tante Luisa würde es sicher vorziehen, dass du eine Polto heiratest, aber sie ist schon in Ordnung. Denk nur an Enrico, der hat eine aus Sri Lanka mitgebracht!«

Mario dachte an seinen Cousin Enrico, so viel es eben nötig war, und sagte dann: »Nein. Das ist nicht das Hindernis. Nicht nur, zumindest.«

Dann erzählte er Ada die ganze Geschichte. Er erzählte von Andrea Delacroix und dass Emma immer noch die Knie weich wurden, wenn sie ihn sah.

»Allerdings hat sie mich geküsst«, schloss er. »Im Valentino-Park.«

»Wie nett. Das ist ja wie in der Komödie. Also gut, Mario. Sei aber vorsichtig. Erinnerst du dich an diesen Roman von der Ayres? Giorgio tut so, als würde er sich für die Signorina Drury interessieren, und nur so merkt Gioia, dass sie eigentlich ihn liebt und nicht Tom.«

»Ich soll also deiner Meinung nach so tun, als wäre ich hinter einer anderen her?«

»Schaden kann das nie!«

»Gut, denn es gibt tatsächlich noch eine andere, für die ich mich interessiere. Das wäre dann das eigentliche Hindernis.«

Ada staunte mit offenem Mund, und ohne darüber nachzudenken, nahm sie einen Keks und knabberte daran herum.

»Eine andere?«

»Ein sehr junges Mädchen. Sie wird wenig älter als 20 sein. Und sie ist ganz anders, als man sich ein gewöhnliches Mädchen vorstellt. Man hat sie in ein Kloster gesteckt. Ihr fehlen gewissermaßen die Grundlagen.«

»Wovon?«

»Vom Leben, denke ich. Sie gefällt mir sehr, aber einfach nur so. Oberflächlich.«

»Und an die willst du dich heranmachen?«

»Genau.«

»Aber du liebst Emma.«

»Ja, ich denke schon.«

»Du bist verwirrt. Ihr seid beide verwirrt, du wegen dieser Zurückgebliebenen, sie wegen ihres Exfreundes. Diese Verwirrung birgt die Gefahr, dass ihr euch unwiederbringlich voneinander entfernt. Wie in *Odiles Betrug* von Rosyta. Sie heiratet den Grafen d'Oury, er Madame Rosbertha. Viele Jahre später treffen sie sich wieder und begreifen, dass sie sich immer geliebt haben.«

»Genau das möchte ich vermeiden. Ich verspüre nicht den

geringsten Wunsch, dieses Mädchen zu heiraten. Sie heißt Camelia.«

»Kaum zu glauben. Das klingt wie der Name einer Monatsbinde. Camelia ultrasaugstark. Mit Flügeln für maximalen Tragekomfort.«

»Egal. Ich denke, wenn sie mir über den Weg gelaufen ist – über den Weg der wahren Liebe –, dann muss es einen Grund dafür geben.«

»Klar gibt es einen Grund dafür. Schau mal, Mario, du kannst dich nicht verstellen. Wenn du nur so tun würdest, als würde diese Camelia dir gefallen, dann würde deine Emma das irgendwann merken. Doch wenn Camelia dir wirklich gefällt, wird Emma das spüren und leiden. Aus Trotz wird sie sich mit jemand anderem einlassen, dann wirst du ebenfalls leiden, und dann findet ihr euch wieder. So war das auch in *Normas Flucht* von Norris: Ruggero ließ sich von Daisy ablenken, und Norma floh.«

»Er ließ sich ablenken?«

»Ja, durchaus. Er hat Daisy geküsst und …«

»Er hat sie geküsst, aha. Das muss man etwas aktualisieren und die Situation ins 21. Jahrhundert verlegen. Sagen wir mal, dass er sich ablenken lässt, und wir werden schon sehen, wie. Danke, Ada, gute Nacht. Und übertreib es nicht mit den Keksen.«

Mario Mongilardi verschwand in der Nacht, leichtfüßig wie ein jugendlicher Einbrecher.

Die Kruste der Crème brûlée

Bianca hatte den Eindruck, einen großen Teil ihres Lebens im dritten Stock des linken Flügels vom Ospedale Le Molinette verbracht zu haben, in der Allgemeinen C, geführt von Doktor Libertucci. Die Krankenschwestern konnte sie nicht mehr sehen, und die Angehörigen schienen inzwischen ihre eigenen Verwandten zu sein. Glücklicherweise war sie eine Frau von überschaubarer Größe und geringem Körpergewicht, sonst wäre es gefährlich für die Leute auf ihrem Weg gewesen, denn sie wurde von Mordgelüsten getrieben. Sie eilte von Zimmer zu Zimmer und schaute mit derart wildem Blick hinein, dass es manchen Patienten gleich schlechter ging. Allerdings war es nicht Alessandro, den sie suchte. Mit dem hatte sie abgeschlossen. Den wollte sie nie wieder sehen, denn selbst mit dem verbliebenen Restverstand war ihr klar, dass sie nach einer erneuten Begegnung direkt im Knast landen würde. Und den hatte sie für ihn vorgesehen. Da war auch schon die Person, die sie suchte, Frau Doktor Libertucci, die schlanke Chefärztin. Soeben betrat sie mit der Miene derjenigen, die noch Kinder von der Oma abholen muss, ihr Büro.

»Entschuldigung, darf ich Sie einen Moment stören?«

»Eigentlich wollte ich gerade gehen.«

»Es ist wichtig. Einer der Ärzte auf Ihrer Station ist ein Dieb.«

Da konnte man schlecht nein sagen, und die Ärztin bat Bianca in ihr Büro.

»Verraten Sie mir die Einzelheiten, Frau …«

»Bianca Longhi.«

»Daniela Libertucci. Also, welcher Arzt ist es, der so etwas macht?«

»Doktor Carella. Er …«

Daniela Libertucci, Chefärztin zwar, aber in erster Linie Frau, erhob sich und sagte: »Halt, stopp. Wenn Sie hier sind, um mir zu sagen, dass Doktor Carella Ihnen Ihr Herz gestohlen hat, tut es mir leid. Da kann ich nichts machen. Er tut das halt, das ist stärker als er, man kann ihn durch nichts davon abbringen. Seinetwegen habe ich schon zwei Ärztinnen und unzählige Krankenschwestern verloren. Verreisen Sie. Es gibt hervorragende Last-Minute-Angebote.«

»Er hat mir eine Mappe mit Aquarellen gestohlen. Ich möchte ihn anzeigen, und vor allem möchte ich, dass er seine Stelle verliert.«

»Sind wir hier im Kindergarten? Hat er auch Ihre Baisers gegessen?«

»Er hat meine Wohnung unter dem Vorwand betreten, einen ganz normalen Besuch abstatten zu wollen. Dann hat er die Mappe mit den Aquarellen, die ich gemalt habe, mitgehen lassen. Davor hat er schon Fotos aus meiner Kamera geklaut.«

Die Ärztin zog sich die Jacke an.

»Werte Frau, ich muss meine Kinder abholen und einkaufen. Tut mir leid, ich würde mir ihre lustigen Abenteuer gerne anhören.«

»Sie nehmen mich also nicht ernst. Und Sie wollen nichts unternehmen? Sie behalten lieber einen Arzt, der möglicherweise jeden Abend die Taschen voller Skalpelle hat, wenn er von hier verschwindet?«

»Du redest von mir, nehme ich an.«

Bianca drehte sich um, das Herz klopfte ihr bis zum Hals.

In diesem Moment wurde ihr klar, dass sie sich hoffnungslos in Ale verliebt hatte.

Ihre Reaktion auf diese unerquickliche Entdeckung war tadellos. Ohne ein Wort zu sagen, schob sie Alessandro einen halben Meter nach rechts, verließ das Büro der Ärztin und ging nach Hause. Dort erwartete sie niemand. Es war sieben Uhr abends, und Emma war noch nicht da. Gereizt betrat Bianca die Küche und beobachtete Audio und Video, die träge in ihrem Becken herumschwammen. Normalerweise gefiel ihr der Anblick. Das langsame, ziellose Herumirren der Fische veranschaulichte, dass nicht alles auf der Welt rational nachvollziehbar war und sich die Dinge früher oder später zu milliardenschwerer Harmonie fügen würden. In dem vergeblichen Versuch, die Fische dazu zu bringen, mit der Schwanzflosse zu wedeln, fuhr sie mit dem Finger über die Beckenkante. Bianca war beleidigt. Das war nicht gerecht. Diese plötzliche Verliebtheit war eine gemeine Tücke des Schicksals, das ihr einen Knüppel zwischen die Beine werfen wollte. Zwar wollte sie aus keinem bestimmten Grund Milliardärin werden – sie wollte sich keine Insel kaufen und auch nicht sechs Monate im Jahr im Hôtel de Paris in Monte Carlo wohnen –, aber sie wollte nur einfach nie wieder im Leben Geldprobleme haben. Mineralwasser, dachte sie, endlose Reihen von Mineralwasserflaschen! Als Kind hatten sie und ihre Mutter sich das Wasser immer gut einteilen müssen, und wenn sie ein Symbol für ihre Zukunft als Milliardärin wählen sollte, dann würde es auf eine nie versiegende sprudelnde Quelle hinauslaufen. Und das alles sollte sie jetzt aufs Spiel setzen, weil sie sich unvernünftigerweise in einen Typen verliebt hatte, der nicht einmal sympathisch war? Ausgeschlossen. Während Audio Video umkreiste, zog Bianca ein Buch aus dem Rucksack und las den Fischen laut vor: »Und ich soll verliebt sein! Ich, der ich immer die Peitsche der Liebe war, der Zerberus der Seufzer, der Kritiker, der Wachtmeister, ja der Folterknecht des Gottes der Liebe, dieses rebellischen, halb blinden Jünglings, dieses launischen Unruhestifters, Cupido, Vizekönig der Liebeslyrik, Herr der Umarmungen, heilige Majestät der Ächzer und Seufzer! Ah, mein armes Herz, und ausgerechnet ich soll mich in dieses Bild einfügen und seine Farben tragen wie den Ring eines Gauklers! Seht die Strafe, die Cupido mir auferlegt hat, weil ich ihn allzu lange vernachlässigt habe. Also gut, nur vorwärts, ich werde lieben und schreiben, ich werde seufzen und flehen und herumirren und heulen.«

Bianca legte das Buch hin und schaute die Fische an. Die waren sprachlos und rührten sich nicht mehr.

»Wir wollen mal nicht übertreiben. Ich werde nichts von alledem tun. Macht euch keine Sorgen, Jungs.«

»Die Liebe«, erklärte sie Tinco am nächsten Morgen, als sie zusammen zarte Blätterteigrollen mit Garnelen und Zucchini füllten, »ist eine Erfindung der deutschen Romantik. Die Deutschen sind es, die ihr diese Macht verliehen haben. In Wirklichkeit sind wir Menschen lustbegabte Wesen und keine Flipperkugeln, die sich von Bumpern hin und her scheuchen lassen.«

Das Publikum war deutlich betroffen. Zufällig befanden sich alle im Arbeitsraum und beschäftigten sich mit irgendetwas. Emma versuchte, Camelia beizubringen, wie man die Bain-Marie benutzte. Andrea stand ein Stückchen weiter und tat so, als wäre er mit seinem Schokoladenspachtel beschäftigt, beobachtete aber in Wirklichkeit verzweifelt die beiden. Lucia machte ihre berühmten Salzstangen, ohne die weder die Midnight Breaks noch das Guten-Morgen-Gedeck denkbar waren. Neben ihr schlug Zhang eine Kaffeecreme, und Zlatan füllte zwei große Backbleche mit Krümelkeksen, seiner buttrigen und überaus zarten Mürbeteigspezialität. Jerôme maß neben Andrea Zutaten für die Pralinenexperimente ab. Elena schälte einen Apfel, aber es war nicht mehr die alte selbstbewusste Elena. Seit dem berüchtigten Abend mit Corrado Delacroix war ihre elektrische Spannung gesunken, und wie eine angeschlagene Glühbirne strahlte sie nicht mehr richtig. So kam es, dass sie auf Biancas Worte mit einem absolut persönlichen Kommentar reagierte.

»Quatsch. Natürlich sind wir Kugeln, die durch die Gegend geschleudert werden, nur dass wir ziellos herumwirbeln und nicht einmal die Möglichkeit zum Punkten bekommen!«

Alle sahen sie entgeistert an. So viel Fatalismus kam unerwartet. In die nun folgende Stille, in der vermutlich jeder an seine eigene Liebe und an seine eigenen Bumper dachte, platzte Camelias energische Stimme mit den Worten: »Wer war denn nun diese Marie mit dem Bad?«

»Vielleicht war es die Tochter des französischen Kochs, der die Zubereitungsart erfunden hat«, schlug Emma vor, um Camelia nicht im allgemeinen Schweigen stehen zu lassen. »Vielleicht hat er gesagt: ›Koch sie im Wasserbad, Marie.‹ Und so ist der Name Bain-Marie geblieben.«

»Für meinen Geschmack geht das alles ein bisschen langsam.«

»Es dauert genauso lang, wie es halt dauert.«

Andrea drehte sich um und gab Zhang und Zlatan ein Zeichen.

»Kommt mal kurz mit. Ich wollte euch etwas fragen. Du auch«, wandte er sich an Jerôme.

Als sie alle vier im Garten waren, fragte Andrea: »Hat dieses Mädchen eurer Meinung nach irgendeine Chance, den Wettbewerb zu gewinnen?«

Zhang bewegte übertrieben heftig den Kopf von rechts nach links: »Nicht gut sie nicht. Qing Flamme hohe wo bu xi huan Chalotte. Shi bu shin Kluste huan ying wo xi huan Clème blûlée.«

»Das habe ich mir schon gedacht«, antwortete Andrea und wandte sich an Zlatan.

»Das Mädchen ist interessant«, sagte der und putzte das Klappmesser ab. »Sie interessiert sich für die serbische Kultur. Wenn ich Muslim wäre, würde ich sie heiraten, aber in meiner Enklave sind leider alle katholisch.«

»Ich wollte deine Meinung als Koch hören.«

Zlatan zuckte mit den Schultern und schnaubte leicht.

»Jerôme?«

Jerôme hatte die Arme vor der Brust verschränkt und blickte zu Boden. Dann sagte er: »Wenn Emma alles macht, dann vielleicht.«

»Ach was. Emma. Sie hat keine Erfahrung. Außerdem glaube ich nicht, dass sie ihr Bestes gibt, um Camelia zum Sieg zu verhelfen.«

Noch während er den Satz aussprach, wurde Andrea bewusst, dass er so nicht dachte und die Worte ziemlich unsympathisch fand. Auch sich selbst fand er ziemlich unsympathisch, aber er konnte nichts dagegen tun, es war stärker als er. Seit ein paar Tagen empfand er einen gewissen Überdruss, wenn er an Emma dachte. Am besten wäre es, wenn sie in einer Konditorei in Swaziland arbeiten würde.

»U«, sagte Jerôme, die einzige Person, die Andrea gut genug kannte, um sich mit einem einzigen Buchstaben verständlich machen zu können.

Als sie in den Arbeitsraum zurückkehrten, mussten sie feststellen, dass die Diskussion über die Liebe anhielt. Inzwischen führte Tinco das große Wort und breitete vor dem teilnahmsvollen Publikum sein Dilemma aus.

»Sie denkt einfach nicht nach, sie denkt nicht nach! Und sie droht mir, diese dumme Nuss! Sie sagt, wenn ich mit euch zu dem Wettbewerb gehe, findet sie problemlos Ersatz für mich, so viel sie will, und immer wieder Dario, dieses elende SchwanzgesichtEntschuldigungSignoraElena.«

»Scippa, pass auf, was du sagst. Du bist noch in der Probezeit.«

»Ich weiß, Signora, Entschuldigungaberwirklich! Diese Shampooniade, an der sie teilnimmt, ist schließlich nicht gerade nobelpreisträchtig. Shampoonieren muss sie! Soll sie doch gewinnen! Wenn sie tatsächlich aufstrebende Shampoonierin der Provinz Turin wird, sieht sie vermutlich selbst, was für ein Unsinn das ist!«

Die anwesenden Frauen probten vereint den Aufstand.

»Jetzt halt aber mal die Luft an.« Bianca schien äußerst empört zu sein. »Sie hat sich das als Ziel gesetzt. Für sie ist das so wichtig, wie es für Camelia wichtig ist, ›Ein Stern für Weihnachten‹ zu gewinnen.«

»Für mich ist es rein gar nicht wichtig, ›Ein Stern für Weihnachten‹ zu gewinnen!«, zwitscherte Camelia, und Andrea ging in den Garten zurück.

»Tinco hat wirklich keinen Grund, den Hochmütigen zu spielen. Außerdem«, fügte Emma hinzu, »hat Valentina Recht. Wenn es für sie ein wichtiger Moment ist, solltest du in ihrer Nähe sein.«

»Und ich? Es geht um meine Karriere.«

»Was für eine Karriere, Scippa? Du gehst mit ins Meridien, um die Zahl vollzumachen und den Laufburschen zu spielen, wenn die Mädels etwas brauchen.« Elena stand auf, immer noch Apfel und Messer in der Hand, und blickte finster um sich. »Schluss mit den Illusionen vom rosigen Leben! Macht euch wieder an die Arbeit, wir halten schließlich keine Versammlung der Anonymen Alkoholiker ab!«

Lucia nahm ihr den Apfel aus der Hand.

»Elena, leg dich hin, du hast Kopfschmerzen. Es stimmt gar nicht, Tinco. Wenn Emma dich ausgewählt hat, dann hat sie das getan, weil sie dir vertraut.«

Emma dachte nach.

»Und du?«, fragte sie Tinco. »Was möchtest du?«

»Bist du sicher?«, fragte sie wiederum, als sie mit Bianca Frühstückspause machte. »Wir müssen die Änderung nämlich spätestens heute mitteilen.«

»Hab ich doch schon gesagt. Für mich ist es okay.«

»Dann müssen wir es Signor Delacroix mitteilen.«

»Sag es doch Andrea.«

Darauf konnte Emma verzichten. »Seit ein paar Tagen ist er ziemlich komisch. Genau genommen ist er ätzend, seit seine Verlobte im Fernsehen versprochen hat, ihn zu heiraten.«

»Er hat es in den falschen Hals bekommen.«

»Klar, aber was habe ich damit zu tun?«

»Vielleicht ist ihm aufgegangen, dass du so etwas nie getan hättest.«

»Du sprichst schon wie die Stimme der Langeweile.«

»Nämlich?«

»Sie erzählt nur überflüssige Dinge, langweiliges, einfältiges Gerede.«

»Und was tust du dagegen?«

»Ich rufe nach dem Wal.«

Emma aß den Rest von ihrem Eis und machte sich auf die Suche nach ihrem Arbeitgeber, um ihm mitzuteilen, dass sich Camelia als zweiten Assistenten nicht Giuseppe Scippa, sondern Bianca Longhi ausgesucht habe.

Corrado war mit Andrea im Garten. Er trug ein flottes Hemd mit blauen Streifen, die seine Augenfarbe aufgriffen, und seine Haare schienen (oder taten es tatsächlich) soeben aus dem Silberbad zu kommen. Wie immer, wenn er seinem Leben einen bestimmten Dreh gegeben hatte, machte Corrado Delacroix sich keinerlei Sorgen mehr, sondern atmete in vollen Zügen den Fahrtwind ein. An die Ankunft dachte er nicht. Nachdem er einmal beschlossen hatte, Camelia zum Wettbewerb zu schicken und ihr die Trisciuoglio an die Seite zu stellen, schien er sie beide vergessen zu haben. Die Beharrlichkeit seines Sohns fand er daher lästig.

»Papa, ich glaube nicht, dass wir auch nur die geringste Chance haben, diesen Wettbewerb zu gewinnen, zumal dieses Mädchen es nicht schafft, Picchis Rezepte zu entschlüsseln. Ich denke, dass du wirklich mit denen von der City Bank reden solltest.«

»Du gehst mir auf die Nerven.«

»Möchtest du an DolciGraziosi verkaufen?«

Aus reiner Lust am Widerspruch erklärte Corrado, dass er genau das wolle.

»Im Prinzip könnte ich das tun. Ich könnte wieder von vorne anfangen und in den Langhe eine kleine Konditorei eröffnen.«

»Grandiose Idee. Dann eröffne ich eine in Paris.«

Corrado blickte ihn von der Seite her an.

»Du wirst diese Frau doch nicht heiraten, oder?«

»Klar heirate ich sie.«

»Na ja, für eine erste Ehe mag das angehen. Ich hätte mir etwas Besseres erhofft, aber es mag angehen. Wann stellst du sie mir vor?«

»Nach der Hochzeit.«

Das war ein harmloser Scherz, doch Corrado Delacroix ging darauf ein und betrat mit einem spöttischen Lachen das Haus. Vor seiner Bürotür stand die Trisciuoglio und versank in einer viel zu großen blauen Schürze.

»Wieso stehst du in einem Sack vor meiner Tür?«, fragte er.

»Signorina Picchi hat mir aus Versehen Orangencreme über den Leib geschüttet. Die Schürze gehört Lucia.«

»Solange du so nicht ins Café gehst …«

»Ich gehe nicht ins Café, Doktor Delacroix. Ich bin immer mit Camelia im Arbeitsraum.«

»Und?«

»Und was?«

»Wie findest du sie?«

»Nett.«

Sie schauten sich an. Delacroix seufzte.

»Was willst du?«

»Die Signorina hat ihre Meinung geändert. Sie möchte jetzt Bianca Longhi und nicht Giuseppe Scippa als zweiten Assistenten mitnehmen.«

»Wer, zum Teufel, ist Bianca Longhi?«

»Die Kellnerin. Die mit den roten Haaren.«

»Ah, die mit den Fotos.« Denn in Wahrheit entging Corrado Delacroix nur das, was er sich freiwillig entgehen ließ.

Camelia nutzte die Gelegenheit, dass alle beschäftigt waren, und ging in der Mittagspause zur Treppe an der Via Sommacampagna, einer Seitenstraße des Corso Fiume, und rief Schwester Gabriella an. Das war ihre beste Freundin im Kloster und außerdem eine große Expertin in Sachen Liebe, da sie eine außerklösterliche Leidenschaft mit einem Bruder aus der nahe gelegenen Abtei verband.

»Hallo? Schwester Gabri?«

»Camelia! Wie geht es dir? Schön, von dir zu hören!«

»Ganz meinerseits, Schwester. Ich freue mich sehr. Sie fehlen mir wahnsinnig.«

»Du fehlst uns auch, Gänschen. Wie geht es dir bei der Mama?«

»Gut. Nur dass sie mich zwingen will, an einem Wettbewerb teilzunehmen.«

»Ich weiß. Schwester Melissa hat uns alles erzählt. Aber das ist doch wunderschön, weil ...«

»Vergessen Sie es, Schwester Gabri. Ich muss Ihnen etwas Wichtiges erzählen. Ich habe mich verliebt.«

»Fantastisch! Gelobt sei Gott der Herr!«

»Sei er, sei er, aber es gibt ein Problem. Er ist der Freund meiner besten Freundin, oder zumindest fast. Jeden Moment könnten sie zusammenkommen, und dann wird es zu spät sein!«

»Es ist eine Sünde, seinen Freundinnen den Freund auszuspannen.«

»Aber Schwester Justine hat gesagt, dass ...«

»O Camelia. Schwester Justine! Du weißt doch selbst, was das für eine ist.«

»Aber ich liebe ihn wirklich. Er liebt mich vielleicht auch, obwohl er das nicht gesagt hat. Und er hat Emma geküsst, meine Freundin.«

»Nur geküsst?«

»Mmh.«

»Ja dann, vielleicht ... Ich weiß nicht, Kleine. Ich möchte dich nicht ermutigen, etwas Schlechtes zu tun. Liebt deine Freundin ihn sehr?«

»Ich denke schon. Keine Ahnung.«

»Klär das.«

»Was?«

»Finde es heraus. Frag sie, ob sie sehr an ihm hängt. Wenn sie nein sagt, offenbare dem jungen Mann unauffällig deine Gefühle.«

»Unauffällig?«

»Sende ihm eine anonyme SMS. Ich muss aufhören, Camelia. Jetzt ist das Magnificat.«

»Um diese Zeit?«

Camelia legte auf. Klär das, hatte Schwester Gabri gesagt. Klären tat wirklich not.

Während Emma an diesem Abend nach Cigliano fuhr, um sich mit Mario Mongilardi zu treffen, machte sich Bianca mit neuem Schwung an den *Mord im Observatorium*. Die Aquarelle hatte sie abgeschrieben. Als weiterer Beweis für den Extremismus, für den sie anfällig war, hatte sie beschlossen, nie wieder in ihrem Leben einen Pinsel anzurühren. Bevor sie den diebischen Doktor noch einmal aufsuchen würde, würde sie sich lieber wie eine christliche Jungfrau häuten lassen. Das hatte sie auch zu Emma gesagt, als sie ihr von der Begegnung im Molinette erzählt hatte.

»Übertreib mal nicht«, hatte Emma geantwortet. »Aber wenn du dich schon verlieben musst, kannst du dir dann nicht einen aussuchen, der nicht schon zwei Verlobte hat?«

»Das kommt noch hinzu. Und er ist mir sowieso unsympathisch. Vor allem aber möchte ich mich überhaupt nicht verlieben, nicht einmal in einen vollkommenen Engel aus dem Paradies.«

»Das wäre in gewisser Weise noch schlimmer.«

»Trotzdem ist es komisch.«

»Was?«

»Dass er nichts von sich hören lässt. Ich hätte gedacht, dass er mir auflauert. Dass er heute Abend hier hereinplatzt und blöde rumquatscht.«

Tatsächlich waren bereits mehr als 24 Stunden vergangen, und Ale hatte überhaupt nichts unternommen.

»Umso besser«, erklärte Bianca den Fischen.

Ihr iBook hatte sie mit in die Küche genommen, denn sie brauchte Gesellschaft – wenn man Audio und Video mal als Gesellschaft gelten lassen wollte. Sie schaltete es an und öffnete wahrhaft enthusiastisch die Datei *Mord im Observatorium*. Innerhalb eines Jahres würde sie den Roman beendet und veröffentlicht haben. Wenn sie vor ihrem 30. Lebensjahr Milliardärin werden wollte, musste sie sich ranhalten.

Sie hatte Pater Denza in einer delikaten Situation verlassen. Er hatte mittlerweile den Verdacht geschöpft, dass die Komtess Tortonese, die Mutter eines der Schüler des Königlichen Internats von Moncalieri, von der hervorragenden Köchin des Kollegs umgebracht worden war. Der bloße Gedanke erfüllte ihn mit unaussprechlicher Bestürzung, wie er soeben Peggy Fleming gestanden hatte.

»Welches Motiv könnte sie denn gehabt haben?«, fragte Peggy, die in ihrem apfelgrünen Kleidchen bezaubernd aussah.

»Ich habe keine Ahnung, meine Geliebte. Signora Pina ist eine Frau mit einem großen Herzen. Ihr Mann ist Hausmeister.«

»Das will nichts heißen. Auch die Frau eines Hausmeisters kann eine Mörderin sein. Was liegt denn gegen sie vor?«

»Auf dem Fernrohr, das der Tortonese auf den Schädel geknallt wurde, als sie das Sternbild des Orion beobachtet hat, befinden sich Fingerabdrücke der Pina. Den Rest hat man der Komtess mit einem Nudelholz gegeben, und zwischen ihren Fingern steckte ein Stückchen Lasagne-Teig. Außerdem konnte die Komtess, bevor sie gestorben ist, noch die Buchstaben PI auf den Boden schreiben, mit ihrem eigenen Blut.«

»Das ist eine Menge«, sagte Peggy überzeugt.

»Ich weiß. Aber der Punkt ist: warum?«

Alle drei schwiegen verblüfft. Weder Pater Denza noch Peggy Fleming noch Bianca hatten die leiseste Idee, warum Signora Pina die Komtess hätte töten sollen.

Daher schloss Bianca die Datei und checkte ihre E-Mails. Und da war sie.

Von: alecare@fastwebnet.it
An: biancastella@libero.it
Na, checkst du deine E-Mails? Ich wusste, dass du das früher oder später tun würdest. Was ich nicht erwartet hätte, ist, dass du zur Libertucci gehst. Ich hätte gedacht, dass du mit einer Motorsäge vor dem Krankenhaus auf mich wartest. Und bis jetzt begreife ich nicht, wieso du einfach gegangen bist, als du mich gesehen hast. Vielleicht war das aber auch besser so. Es sind schon zu viele Frauen in mich verliebt, und mein Interesse an dir ist ganz anderer Natur, eher väterlich, würde ich sagen. Wenn ich eines Tages eine Tochter habe, nenne ich sie vielleicht Biancastella, die Arme. Auf jeden Fall werde ich sie zu Disziplin erziehen, so wie ich es jetzt mit dir mache. Die Vagheit, die Nachlässigkeit reserviere ich mir für mein Liebesleben. Schau mich an: Was die Frauen angeht, lebe ich immer auf einem Hochseil, das zwischen zwei Bergen ausgespannt ist. Wenn es aber um orientierungslose Kinder oder um die Erforschung der Stammzellen aus der Nabelschnur geht, bin ich von einschüchternder Strenge. Deswegen habe ich dir die Aquarelle weggenommen. Vertrau mir. Früher oder später werde ich dir alles erklären. Bis dahin solltest du wie ein kleiner Nager Chaos anrichten und mich aus der Ferne lieben, denn aus der Nähe ist es ein großer Schlamassel. Ach ja, wie läuft es mit dem Kodex Artusi?

Von: biancastella@libero.it
An: alecare@fastwebnet.it
Ich sage dir nur eins und hoffe, es reicht. Die Aquarelle kannst du dir irgendwohin stecken, sie interessieren mich

nicht mehr. Solltest du es aber wagen, dich an irgendeinem Ort blicken zu lassen, wo ich mich auch aufhalte, und sei es nur aus Zufall, dann schnappe ich zu. Ich habe spitze Zähne. Bleib recht oft zuhause, das rate ich dir.

Diese Mail wurde nie beantwortet.

Cigliano war kein lebhaftes Städtchen. Es befand sich an der Autobahn zwischen Biella und Turin und war daher ein guter Treffpunkt für Turiner, die Leute aus Biella treffen wollten und umgekehrt. Darin erschöpfte sich seine Attraktivität allerdings auch schon. Abends um halb neun war alles geschlossen, dunkel und still. Emma parkte ihren Wagen vor dem örtlichen Schloss, stieg aus, um ein paar Schritte zu gehen und einen kleinen Schaufensterbummel zu machen, entdeckte aber, dass es gar keine Schaufenster gab.

Als sie über dieses merkwürdige Phänomen nachdachte, hielt der metallicfarbene Audi von Mario Mongilardi neben ihr.

»Netter Ort, nicht wahr?«, sagte er durch das Fenster.

»Lass ihn uns gemeinsam erkunden.«

»Sofort. Ich parke nur noch.«

Sie aßen in einer Trattoria, die vom grellen Licht, einem angeschalteten Fernseher und einem überdrehten Kind vor der absoluten Trostlosigkeit gerettet wurde. Ihre Gespräche waren die typischen Überbrückungsgespräche von Leuten, die sich trafen, um endgültig festzustellen, ob aus der Sache etwas wird, sich erst aber noch einem ausgedehnten Essensritual unterziehen mussten.

Schließlich verließen sie den Ort, um am Ufer des Lago di Viverone im Rosenduft spazieren zu gehen.

»Und du …«, begann Mario, unterbrach sich dann aber und küsste Emma. Die ließ sich verzückt in diesen Kuss fallen, bis ihr Handy zu klingeln begann. Sollte sie sich die Mühe machen und rangehen?

»Geh ran«, sagte Mario, der es nicht ertrug, wenn Anrufe nicht beantwortet wurden.

»Hallo?«

Es war Camelia, die unerklärlich dringend wissen wollte, ob Emma verliebt sei.

»Camelia! Was ist denn das für eine Frage?«

»Bitte. Für mich ist es wichtig, das zu wissen.«

»Aber ich weiß es doch selbst nicht. Eigentlich bin ich gerade ... Sagen wir mal so: Ich bin auf einem guten Weg.«

»Du bist also noch nicht angekommen?«

»O Gott, keine Ahnung. Richtig angekommen wohl noch nicht, aber ...«

»Okay, das reicht, danke. Tschüss. Bis morgen.«

Camelia legte in bester Stimmung auf und ging ins Wohnzimmer, wo ihre Mutter eine Folge von *Inspektorin Rosaria* anschaute. Die Polizistin hatte soeben entdeckt, dass der Bürgermeister von Lucera in Wirklichkeit ein Al-Kaida-Mann war, ein Araber, dem es seit Jahren erfolgreich gelungen war, als jemand aus der Region Foggia durchzugehen. Und nun? Was würde die blonde Rosaria nun tun?

»Mama! Ich habe vielleicht meine große Liebe gefunden!«

»Wo?«, fragte Noemi. Gott sei Dank war Werbepause.

»Das kann ich dir nicht sagen. Es ist noch nicht offiziell.«

Noemi wäre es lieber, wenn sich ihre Tochter nicht wie eine Bildunterschrift in *Eva Express* ausdrücken würde. Als sie das Mädchen aber so strahlend und zufrieden vor sich stehen sah, spürte sie einen Stich in den Eingeweiden.

»Dann hoffe ich, dass sich alles bestens entwickelt, mein Schatz«, sagte sie und strich ihrer Tochter trotz des Gels durch die Haare.

»Klar.« Camelia spürte die Nachgiebigkeit und setzte den Hebel an. »Wenn ich mich nur nicht gerade jetzt in diesem verdammten Hotel einschließen lassen müsste! Mama, muss ich denn wirklich an diesem Wettbewerb teilnehmen?«

Noemi seufzte. »Ja, das musst du. Es könnte dein ganzes Leben verändern.«

»Ich möchte mein Leben aber gar nicht verändern. Mir gefällt es so, wie es ist. Warum sollte ich es ändern?«

Tja, warum?, fragte sich Noemi. Zum ersten Mal, seit sie und Elena ihre Pläne geschmiedet hatten, fühlte sie sich schuldig. Für Camelia würde es nicht gerade eine berauschende Erkenntnis sein, dass sie die Tochter ihrer Tante war. Noch dazu einer Tante, die sie noch nie besonders sympathisch gefunden hatte. Aus einem plötzlichen Impuls heraus umarmte sie Camelia.

»Vielleicht wird sich auch gar nichts ändern. Und mach dir keine Sorgen. Wenn du nicht gewinnst, ist das auch egal.«

Glücklicherweise war Camelia abgelenkt. Sie hatte ihr Köpfchen auf die Schulter ihrer Mutter gelegt und auf dem Sofa die aufgeschlagene Seite im Sgaravatti-Katalog entdeckt.

»Mama! Schau mal!« Sie löste sich aus der Umarmung und zeigte auf die wunderschöne rosa Blessing. »Wenn ich heirate, möchte ich ein Kleid in dieser Farbe. Und auch in dieser Form. Was meinst du, kann man ein Hochzeitskleid in Form einer Rose machen?«

»Ich denke schon«, antwortete ihre Mutter vorsichtig und konzentrierte sich wieder auf das Drama aus Lucera, das sich auf dem Bildschirm abspielte. »Und jetzt geh und übe ein bisschen mit der Bain-Marie.«

»Unmöglich, Mama. Ich muss eine SMS schicken, von der vielleicht mein ganzes Schicksal abhängt.«

Die SMS erreichte Mario genau in dem Moment, als er und Emma eng umschlungen auf der Rückbank seines Audis saßen und darüber nachdachten, ob sie gleich miteinander schlafen oder eine der beiden Wohnungen aufsuchen oder das Ganze noch einmal verschieben sollten. Der Signalton von Marios Handy bestand leider in einem durchdringenden Pfeifen, das bei Emma einen nervösen Schock auslöste. Sie riss sich los und steckte in einer einzigen fließenden Bewegung ihr T-Shirt in die Hose.

»Emma. Tut mir leid. Bisschen laut, was?«

»Mein Herz ist in Aufruhr. Ich habe mein ganzes Leben im Rückspiegel gesehen. Schau bitte nach.«

Mario öffnete vorsichtig und las die SMS: »Hallo, der Moment ist gekommen, um dir zu sagen, dass ich dich liebe. Aber du wirst nie erfahren, wer ich bin.«

Über den kunstvollen Text hatte Camelia, die ihren Angebeteten neugierig machen wollte, ohne sich zu verraten, lange nachgedacht. Am nächsten Tag würde sie ihm noch eine SMS schicken und ein paar geheimnisvolle Hinweise streuen: »Mein Name ist der einer Blume, und es gibt auch eine Dame dieses Namens«, so etwas in der Art.

Dummerweise wurde die Anonymität größtenteils dadurch aufgehoben, dass der Absender als »Camelia« angegeben war.

Die *Küsse der heiligen All'Armagnac*

Elena war nicht die Frau, die lange niedergeschlagen war. Ihr Unterbewusstsein war tief wie ein Eiskübel, weiter ging es nicht hinab. Als sie daher ein paar Tage später den Grund berührte, schoss sie sofort wieder an die Oberfläche. Die Erste, die es erfuhr, war Lucia. Sie war bei ihr, weil sie einen Bingo-Abend mit ihrer Freundin Lella abgesagt hatte, um Elena ein wenig abzulenken und mit ihr ins Kino zu gehen.

Der Film *Jetzt knöpf ich mir die Cousine meiner Frau vor*, ein Film der Gebrüder Wachowski, hatte sie nervös gemacht.

»Warum hat sie den Tierarzt in die Luft fliegen lassen?«, fragte Lucia, als sie hinauswankten.

»Nicht doch, das war ein Flashback. In dieser Szene ist sie eigentlich erst neun, hast du das nicht gesehen?«

»Aha, und wieso hat sie mit neun den Tierarzt in die Luft fliegen lassen?«

»Das ist ein eingebildeter Flashback. Sie hat ihn nicht wirklich in die Luft fliegen lassen. Wir haben den Tierarzt hinterher doch noch gesehen, als er an die Boeing gefesselt war.«

»Ja, aber warum ...«

Elena brachte sie zum Schweigen. »Vergiss es. Das Wichtigste ist, dass dieser Film mich umgehauen hat, Lucia.«

»Stimmt, mich auch. Aber warum ...«

»Schsch. Er hat mich in einem positiven Sinne umgehauen, wie der Blitz in der Apokalypse. Schau mich an, ich bin eine neue Frau.«

Lucia sah sie an.

»Was ist denn neu an dir?«

»Die seelische Verfassung. Genug gelitten! Der Moment ist gekommen, die Flügel auszubreiten und ohne Fallschirm auf dem Jet der Hoffnung zu fliegen.«

»Ja aber, wenn du die Flügel ausbreitest ...«

»Unterbrich mich nicht und antworte: Wärst du bereit zu kündigen?«

»Nein«, sagte Lucia mit entwaffnender Ehrlichkeit.

»Klar bist du bereit. Du weißt es nicht, aber du bist bereit. Denn das Leben, meine Liebe, wartet mit Überraschungen auf, die das Leben selbst nicht kennt.«

»Ich will keine Überraschungen, Elena. Außerdem brauche ich das Geld.«

»Trotzdem machen wir heute Abend eine Kehrtwende! Es reicht! Ich sage auf Wiedersehen zu 30 Jahren Liebe, Leid und Unterordnung!«

»Glückwunsch!«, sagte eine ältere Dame, die stehen geblieben war, um zuzuhören. Elena und Lucia befanden sich in der Galleria del Cinema Romano, einem sehr schönen Gebäude, das die Piazza Castello mit der Piazza Carlo Alberto verband und den Stimmen ein deutliches Echo verlieh.

»Elena, sprich leiser. Wenn du sagst, es reicht, dann freut mich das. Aber sag es bitte leise.«

»Was denn, leise, leise. Dies ist ein wichtiger Moment in meinem Leben, der feuerglänzende Meilenstein auf dem Durchmarsch meines Ichs! Du musst wissen, dass ich in wenigen Tagen die Konditorei Delacroix verlasse und mich mit einem Gemetzel von meiner Vergangenheit verabschiede.«

»Was für ein Gemetzel?«, fragte Lucia ernsthaft beunruhigt.

»Paff! Fort! Ich reiße mir das Herz aus der brennenden Brust und befreie mich von meinem Joch.«

Das nun folgende Schweigen verdankte sich der Tatsache, dass Lucia die genaue Bedeutung dieses Satzes nicht erfasste.

»Ich werde das Ende des Wettbewerbs abwarten, dann verkünde ich, dass ich gehe und eine eigene Konditorei aufmache!«

Die Alte, die ihnen aus der Galerie hinaus gefolgt war, applaudierte wieder.

»Danke, Signora.«

»Aber Elena, wie willst du denn eine Konditorei aufmachen? Du kannst doch nicht einmal Tütenpudding kochen.«

»Stimmt. Aber ich habe Ausstrahlung, ich habe Stil, ich mache etwas her. Zwei, drei Backwaren bekommt jeder hin. Bei mir kauft man Charme, alles Süße ist Beiwerk. Und du wirst ja auch noch da sein.«

»Aber …«, antwortete Lucia äußerst zurückhaltend.

»Wenn sie nicht mitmacht, stehe ich bereit«, sagte Elenas ältere Gesinnungsgenossin und trat vor. Sie überreichte zitternd eine Visitenkarte, auf der geschrieben stand: Wanda und Wilma Lagossi, Diplomkauffrauen, Via Orbetello 176. »Ich bin Wanda«, stellte sie klar.

»Hallo. Ich bin Valeria Volatile und stehe auf dem Vorplatz vom Hotel Meridien. Neben mir warten die Zuschauer von Gambero Rosso, das Satellitenprogramm, das einem das Wasser im Munde zusammenlaufen lässt. Diese Leute hier werden exklusiv mitverfolgen können, wie die Teilnehmer des Wettbewerbs ›Ein Stern für Weihnachten‹ das Hotel betreten. Ein Mega-Event, das weltweit Beachtung findet. Und was für ein Event! Ein Mega-Event, liebe Zuschauer, das die Teilnahme fantastischer Menschen erleben wird, mega-fantastischer Menschen, könnte man sagen! Denn empfangen werden die zehn jungen Konditoren hier am Hoteleingang von Seiner Majestät, der Königin Paola von Belgien, die zu dieser Gelegenheit ein Swarovski-Kleid trägt. Von oben bis unten Swarovski! Und wer könnte besser als sie, die Königin eines Staates, in dem die Konditorenkunst ihre souveräne Herrschaft ausübt und in dem auch sie, die Königin Paola, eine souveräne Herrschaft ausübt, wer könnte besser als sie ein Ereignis von galaktischen Ausmaßen eröffnen? Und was für ein Event! Ein Mega-Event, das nur die Zuschauer von Gambero Rosso exklusiv miterleben dürfen! Wer wäre besser geeignet als sie? Wer?«

Die eindringliche Frage konnte gar nicht beantwortet werden, weil sich auf dem Vorplatz des Meridien nur Valeria Volatile und die Großleinwand befanden. Die vollkommen enthemmte Moderatorin redete also gleich weiter.

»Wie ihr seht, ist alles für unsere Direktübertragung bereit, die heute mit einem Tag Vorsprung beginnt. Ihr habt richtig gehört, denn wie ihr wisst, gehen die zehn Superhelden des Konditorenwesens erst morgen in Klausur. Wir konnten es aber nicht mehr aushalten! Und ihr könnt es auch nicht mehr aushalten! Deshalb warten wir in den nächsten 24 Stunden gemeinsam auf das Event und werden eine Reihe von vertiefenden Beiträgen hören. Mit dem ersten beginnen wir jetzt sofort! Es schien uns angemessen, euch zuerst die italienische Teilnehmerin vorzustellen, in die wir die Hoffnung setzen, dass sie dieses galaktische Mega-Event gewinnt. Und wir von Gambero Rosso sind exklusiv dabei! Daher überlasse ich das Wort jetzt der Meisterin, die unsere Kandidatin Camelia Picchi, das *golden girl* der italienischen Konditorenkunst, wie weichen Lehm geformt hat. Schwester Melissa!«

Mit einem triumphierenden Schrei zeigte Valeria auf die Großleinwand, auf der sofort eine sanftmütige Schwester vor dem Hintergrund des Klosters erschien.

»Dort ist sie! Schwester Melissa aus dem Kloster der Dornenschwestern vom durchbohrten Herzen im Chianti!«

Schwester Melissa war eine kräftige Nonne mittleren Alters und stand vor einem blühenden Schneeballstrauch. Hinter ihr sah man diskret in einer Ecke einen roten Ferrari parken. Lächelnd sagte sie in die Kamera: »An Camelias Ankunft hier bei uns erinnere ich mich, als wäre es erst gestern gewesen. Sie war eine zarte Rosenknospe, eine Freude für unser Kloster. Sofort begriff ich, dass es ihr vom Schicksal vorherbestimmt war, eine große Konditorin zu werden. So war es, denn der liebe Springinsfeld schlich immer um uns Nonnen herum, wenn wir in der Küche die *Kinderfingerchen*, *Marias Tränen* oder die *Seufzer des müden Jesus* buken, also all die Spezialitäten, die ihr schon kennt und die ihr über unsere Website www.dornenschwesternvomdurchbohrtenherzen.com beziehen könnt. Dort findet ihr auch unsere neueste Kreation, die *Küsse der heiligen All'Armagnac*: köstliche Pralinen, keusch, aber anregend. Was wollte ich sagen? Ach ja, die liebe Camelia ... Ich erinnere mich, als wäre es erst gestern gewesen, wie sie einen Holzlöffel in die Hand nahm und sagte: ›Den Eischnee schlage ich.‹ Was für ein Moment. Und dann habe ich sie hochgeh...«

Bevor Schwester Melissa »oben« sagen konnte, schaltete Andrea den Fernseher aus und beendete das gemeinschaftliche Fernsehvergnügen im Arbeitsraum der Konditorei.

»Das muss reichen«, sagte er. »Eine schöne Einführung war das, Camelia, aber jetzt sollten wir uns besser wieder an die Arbeit machen.«

»Es stimmt auch gar nicht, was sie gesagt hat«, erklärte Camelia. »Ich habe nie Eischnee geschlagen, wenn ich nicht unbedingt musste.«

»Das glaube ich sofort.« Andrea schaute sie an. Es war

der letzte Tag vor dem Wettbewerb. Da waren sie nun, Camelia, Emma und Bianca, geheimnisvolle, undurchschaubare Frauen, so schön wie unzuverlässig. An dieser Parade von blauen Augen, tiefschwarzen Augen und grünen Augen hing das Schicksal der Konditorei Delacroix, und er selbst konnte nichts tun. Lieber hätte er das Schicksal des Unternehmens den Gezeiten oder einer Lottoziehung oder dem Wind oder einer logarithmischen Reihe anvertraut, welcher Nichtkonstante der Natur auch immer – Hauptsache, nicht diesen fremden, faszinierenden Erscheinungsformen des Lebens. Da er aber von Geburt an mit Entschlossenheit und Mut gesegnet war, nahm er zwei Eier und zwei Schüsseln und hielt sie Camelia hin.

»Schlag die Eier auf und trenn das Eigelb vom Eiweiß.«

Das konnte Camelia, das hatte Emma ihr beigebracht. Man zerbrach das Ei mit einem kurzen, harten Schlag und kippte es sich in die Hand. Dann musste man das Eiweiß durch die Finger abtropfen lassen. Das war die einfachste und wirkungsvollste Methode, um das Eigelb herauszulösen, das sich sauber in die Handfläche schmiegte. Mühelos beförderte Camelia die beiden Eiweiße in die eine Schale und ließ die Eigelbe in die andere Schale gleiten. Geschafft.

Zhang und Zlatan, die in ihrer Funktion als Oberaufseher der letzten Verfeinerungen danebenstanden, waren zufrieden. Zlatan ließ sich sogar zu einem Zwinkern hinreißen.

Andrea beschränkte sich darauf, Camelia einen Schneebesen zu geben und auf die Schale mit den Eiweißen zu zeigen.

»Steifschlagen«, fügte er hinzu.

Emma knurrte leise vor sich hin. Bianca sah den Delacroix-Erben ungnädig an und fragte sich, warum sich Emma in den finsteren Mann so sehr verliebt hatte. Alle Anwesenden wussten, dass Camelia kein Eiweiß schlagen konnte.

Jeder hatte sie schon einmal dabei beobachtet, wie sie in dem Glibber herumhackte und schlaffen Schaum produzierte. Nur Emma konnte die unschöne Substanz in ein massives Gebirge verwandeln. Camelia begann, den Schneebesen zu malträtieren und besagte Auffassung zu bestätigen.

»Du siehst doch, dass ich das nicht kann. Emma dagegen macht super Eischnee, daher …«

»Nichts daher. Emma könnte in Ohnmacht fallen oder sich versehentlich die Pulsadern aufschneiden oder in einer rosa Wolke gen Himmel auffahren. Trotzdem musst du den Wettbewerb gewinnen.«

Alle schwiegen und stellten sich vor, wie Emma in einer rosa Wolke gen Himmel auffuhr. Nur Zhang stellte sich nichts vor, weil er nicht wusste, was »auffahren« bedeutete.

»Also«, sagte Andrea. »Du hast drei Minuten Zeit, um dieses Gewabbel in eine Wolke aus Schnee zu verwandeln.«

Camelia konnte in dieser Kraftprobe keinen Sinn erkennen. Als vernünftiges Kind stellte sie Schale und Schneebesen ab und verschränkte die Arme.

»Auch wenn ich drei Stunden Zeit hätte, würde ich es nicht schaffen.«

Andrea hatte sich in eine heikle Situation gebracht. Er handelte nach einem abstrakten Prinzip, von dessen Gültigkeit er überzeugt war, das aber für die drei Frauen vor ihm nicht nachvollziehbar zu sein schien. Trotzdem war es eine von ihnen, die nun die Situation rettete.

Bianca zog ein rot-weißes Buch aus ihrer Schürzentasche, schlug es auf und las laut vor: »A-priori-Urteile, die unmittelbar einleuchten, können Grundaussagen genannt werden. Grundaussagen sind intuitiv oder durch Explikation verständlich. Erstere erschließen sich durch Intuition und werden Axiome genannt. Letztere lassen sich nur mittels Begriffen ausdrücken und können Akroam genannt werden.«

Emma, Andrea, Camelia, Zlatan und Zhang sahen Bianca an und taten sonst nichts. Jerôme sah sie an und sagte: »In diesem Fall haben wir den Fall einer Grundaussage, die Signorina Picchi für ein Axiom hält und Andrea für ein Akroam.«

»Daher gilt Folgendes«, sagte Andrea erleichtert. »Wenn wir es nicht mit einem Axiom zu tun haben, können wir auf die Tatsache vertrauen, dass Camelia noch den ganzen Tag Zeit hat, um Eischnee schlagen zu lernen.«

Da er sich an diesem Punkt im Vorteil befand, erschien es ihm ratsam, den Arbeitsraum schleunigst zu verlassen. Schleunigst, aber nicht allein, denn Emma lief ihm hinterher und zog am Zipfel seiner Schürze.

»Andrea, lass es von mir aus ein Akroam sein, doch das ist ein Tropfen auf dem heißen Stein.«

»Was für ein Stein?«

»Der Stein oder vielmehr der ganze Berg von Dingen, die Camelia nicht kann. Willst du mehr davon hören? Sie kann nicht mit der Bain-Marie umgehen, sie kann nicht karamellisieren, sie kann nicht glasieren, sie weiß nicht, wie man Eigelb schaumig schlägt, sie kann nicht mit dem Spritzbeutel verzieren und sie kann keine Torte dekorieren. Sie kann nicht kandieren, sie kann nicht den Fischleim ausdrücken, sie kann nicht einmal ...«

»Danke. Ich habe verstanden. Aber das ändert nichts. Und wenn sie nur eine einzige Sache lernt, aber die lernt sie. Sie lernt, wie man Eiweiß zu steifem Schnee schlägt.«

»Nein, das lernt sie nicht. Sie wird den Nachmittag damit zubringen, die Eiweiße zu malträtieren, aber sie wird sie nicht steifschlagen. Und ich werde mir nicht versehentlich die Pulsadern aufschneiden und auch nicht in den Himmel auffahren. Trotzdem glaube ich, ehrlich gesagt, nicht, dass wir gewinnen.«

Schweigen.

»Das wollte ich nur gesagt haben.«

Andrea lächelte sie an. »Es reicht, wenn du sie unter die ersten drei bringst.«

Emma sah ihn ohne jede Bitterkeit an und sagte: »Ich denke, dass ich nach dem Wettbewerb kündige.«

Sie musste nicht sagen, wieso, denn das wusste Andrea. Schlimmer noch war, dass er Jasmine vom Flughafen abholen musste.

Die Telefonate zwischen Andrea und Jasmine nach der *Aldo-Baleno-Show* waren kompliziert gewesen, aber schließlich hatte man sich auf ein paar Dinge geeinigt: Sie würden so schnell wie möglich heiraten, und wenn Jasmine das nächste Mal nach Turin kommen würde, würde sie seinen Vater kennen lernen. Die Mama, die strenge Susanna, war zurzeit in Indien, um ein Waisenhaus zu besuchen.

Und siehe da, der erste Tag, an dem Jasmine nach Turin kommen konnte, war ausgerechnet der Tag vor dem Wettbewerb. Die harte Arbeit an *Die Stimme der Säule* war unterbrochen worden, Jasmine hatte sich mit Leidensmiene von Olyve, Giles und Marcello verabschiedet und den Flug nach Caselle genommen. Nun saß sie im Auto neben Andrea, dessen Gehirn sich zu 70 Prozent völlig normal verhielt und mit den restlichen 30 Prozent ständig wiederholte: ICH HABE JASMINE IM AUTO SITZEN UND BIN MIT IHR VERLOBT UND WERDE SIE DEMNÄCHST HEIRATEN, UND DAS ALLES IST NICHT NUR IN MEINEN GEDANKEN, SONDERN ES IST WIRKLICH. AXIOM NICHT AKROAM.

Jasmine dagegen konzentrierte ihre Gehirntätigkeit auf etwas, das ihr kurz vor dem Aufbruch zu Ohren gekommen war.

»Dein Vater ist charmant, vielleicht zu charmant. Möglicherweise werde ich am Ende ihn heiraten, das hat mir die Requisiteurin gesagt, Paolà.«

»Was will diese Paolà schon wissen?«

»Sie weiß, dass sie vor 15 Jahren mal eine Affäre mit ihm hatte.«

Andrea hielt vor dem Tor zum Haus seines Vaters und sah seine Angebetete mit einem gewissen Überdruss an.

»Wir werden sehr viel glücklicher miteinander sein, wenn du ein für alle Mal auf solche Gemeinplätze verzichtest. Der attraktive Schwiegervater ist einer der abgeschmacktesten.«

Jasmine zog einen Schmollmund, für den sie 15 Jahre zu alt war.

»Das Problem ist, dass es für dich gar keine Gemeinplätze sein können, weil du keine kennst. Du kennst überhaupt keine Plätze. Du bist *déraciné*.«

Während er sie noch anschaute und den Sinn ihrer Worte zu erfassen suchte und sie ihn noch anschaute und über einen neuen, heiß diskutierten Typ Schminke nachdachte, öffnete sich das Tor und Emma trat heraus. Bei Andreas und Jasmines Anblick versteinerte sie wie die Typen beim Anblick von Medusa.

Jasmine war glücklicherweise zu egozentrisch, um es zu bemerken, und schälte sich langsam aus dem Wagen ihres Verlobten.

»Emma? Was machst du denn hier?«

»Signor Delacroix wollte mir die letzten Empfehlungen für morgen mitgeben.«

»Will heißen?«

»Ich soll es auf keinen Fall mit der Vanille übertreiben. Und ich soll auf etwas aufbauen, das ich perfekt kann.«

Andrea sah sie wehmütig an. Sie stand im Begriff, aus seinem Leben und aus der Konditorei zu verschwinden. Atmosphäre und Empfindungen würde sie mitnehmen, ohne dass er es in irgendeiner Weise verhindern könnte. Allerdings könnte und sollte er ihr Jasmine vorstellen.

»Jasmine, darf ich dir Emma Trisciuoglio vorstellen. Sie arbeitet in der Konditorei Delacroix und ist eine ganz hervorragende Kollegin. Sie nimmt sogar …«

»Hallo«, schnitt Jasmine ihm lächelnd das Wort ab und trat durch das Tor.

»Hallo«, sagte Emma zu Jasmines Rücken. Dann warf sie Andrea einen Blick zu, ein kurzer und bestimmter Abschied.

Als sie nach Hause kam, waren die Aktivitäten in der Küche wie immer frei von gastronomischen Einflüssen. Dabei hatte die Stimme der Langeweile Emma schon auf der Straße mit Fragen der häuslichen Planung belämmert: »Heute Abend«, hatte sie gesagt, »mussst du auf jeden Fall ein schönesss Abendessen machen. Nahrhaft, sssehr nahrhaft und gesssund, sssehr gesssund. Und dann musssst du den Koffer packen und aufräumen, aufräumen, aufräumen. Vorbereiten und aufräumen. Und nicht vergessssen: Auch auf Felsssgestein kann eine Blume wachsen.« Was Emma wirklich nicht begriff, war die Vorliebe der Stimme der Langeweile für Gianni Morandi. Schwankend kam der Wal angeschwommen und verschluckte die Stimme im selben Moment, als Emma in die Küche trat und Bianca an dem mit Büchern vollgepackten Tisch sitzen und etwas in ein Heft schreiben sah. Audio und Video verharrten reglos vor der Kartoffelpflanze, die aus einem Glas direkt vor ihrem Becken hervorwucherte.

»Hallo. Mir ist eine Idee gekommen.« So begrüßte sie ihre Freundin, ohne auch nur den Kopf zu heben.

»Gut. Aber sollen wir nicht etwas kochen? Ab und zu wäre das doch ganz nett, oder?«

Bianca fuchtelte mit der Hand herum.

»Zeitverschwendung. Wir können ein paar Sachen essen, die da sind. Milch, Kekse. Hör zu. Wenn ich Picchis Heft entschlüssele, könnten wir es veröffentlichen, mit mir als Lektorin und Herausgeberin.« Sie zeigte auf das Heft mit dem Blümcheneinband, das mittlerweile zum festen Inventar ihrer Wohnung gehörte. In absolutem Vertrauen und unter Anerkennung der intellektuellen Überlegenheit ihrer Freundinnen hatte sich Camelia des Hefts entledigt. Immerhin hatte Emma ihren Abschluss über dieses Dingsbums von Rosetta gemacht.

»Du weißt schon«, fuhr Bianca fort. »Ich schreibe geistreiche Einleitungen und so weiter und bekomme die Rechte. Wenn sich, sage ich mal, dreihunderttausend Exemplare verkaufen, bin ich allerdings immer noch nicht Milliardärin.«

»Das ist Camelias Heft, da bist sowieso nicht du es, die Milliardärin wird. Was ist mit Pater Denza? *Mord im Observatorium*?«

»Signora Pina hat ein Alibi.«

»Wer?«

»Die Mörderin. Die, von der ich dachte, es sei die Mörderin. Aber sie hat ein Alibi. Keine Ahnung, wie ich da herauskommen soll.«

»Aber entschuldige mal. Du bist doch die Autorin und kannst entscheiden, wer ein Alibi hat und wer nicht.«

»So läuft das nicht im Roman. Die Macht des Autors ist begrenzt.«

Emma hörte schon nicht mehr zu. Sie telefonierte mit Speedy Pizza in der Via Pio V.

»Was willst du draufhaben?«

»Scharfe Salami. Wenn ich das Heft entschlüssele, kann Camelia doch wenigstens ein Minimum an Dankbarkeit zeigen, indem sie es mich veröffentlichen lässt. Sie könnte Milliardärin mit den Rezepten werden, und ich könnte

Milliardärin mit dem Buch mit den Rezepten werden. Was ist daran so schlimm?«

»Bist du denn drauf und dran, es zu entschlüsseln?«

»Nein, aber ich bin sicher, dass Artusi der Schlüssel ist. Wenn man den vorletzten Buchstaben der geraden Rezepte und den letzten Buchstaben der ungeraden Rezepte nimmt, dann ergibt sich ein sinnvoller Satz. Schau, aus ›mghnughihklspht‹ wird ›viehdiebemausen‹. ›Viehdiebe mausen.‹ Das ist ein sinnvoller Satz.«

Emma blieb mitten auf einer Fliese stehen und dachte, dass sie den Wettbewerb mit einer Idiotin und einer Verrückten bestreiten würde. Es blieb ihr nichts anderes übrig, als in ihr Zimmer zu gehen, sich auszuziehen und in Erwartung der Pizza Napoletana weite, bequeme Kleider anzuziehen.

Der Nachteil eines Mannes, der mit Liebesromanen aufgewachsen war, bestand darin, dass er eine Frau, die weite, bequeme Kleider trug, nur begrenzt begehrenswert fand. Der Nachteil einer Frau, die am nächsten Tag am Wettbewerb »Ein Stern für Weihnachten« teilnehmen würde, bestand darin, dass sie Überraschungsbesuche nur begrenzt erträglich fand. Als daher um neun Uhr an diesem Abend Mario Mongilardi im vierten Stock der Via Lombroso 22 auftauchte, waren beide enttäuscht. Er, weil er sie in weiter, bequemer Kleidung erleben musste, sie, weil sie ihn überhaupt erleben musste. Sie versteckten ihre Enttäuschung hinter einem Kuss, der sie teilweise besänftigte.

»Emma«, flüsterte er in ihre Haare und zog sie in den Vorraum. »Hast du auch ein Abendkleid?«

Kurz glaubte Emma, die Stimme der Langeweile gehört zu haben. Sie schaute sich nervös um und merkte dann, dass Mario gesprochen hatte.

»Was für ein Abendkleid?«

»Ein klassisches. Sexy, glänzend, so etwas.«

»Hab ich. Es glänzt nicht, aber es schwingt.«

»Eng anliegend?«

»Auch das. Hör mal, meine Pizza wird kalt. Möchtest du ein Stück?«

»Ich dachte, dass ich dich zum Essen ausführe. Im Abendkleid.«

»Nein, nein. Ich esse Pizza Napoletana, komm. Apropos Neapel. Magst du Frappole?«

»Frappole?«

»Ich kann welche machen«, sagte Emma mit mäßigem Stolz.

Mario folgte ihr in die Küche und sah mit leichtem Misstrauen Bianca dort sitzen. Er fand sie hübsch, aber sie hatte weder Hand noch Fuß.

»Hallo. Stück gefällig?«

»Mädels, offenbar ist der Moment für ein Geständnis gekommen: Ich mag keine Pizza.«

»Und Frappole?«

»Meine Liebe, vergiss das Zeug. Zieh dich hübsch an und geh mit mir aus. Dann bring mich wieder mit und bitte mich, hier zu schlafen. Morgen packe ich dir dann noch ein Picknickkörbchen und begleite dich zum Meridien, zum ersten Wettbewerbstag. Einverstanden?«

Schade, dass es nicht der richtige Abend war. Es war der Abend, an dem Emma Jasmine kennen gelernt hatte, das dürfen wir nicht vergessen.

Und so verließ Mario um zehn Uhr den vierten Stock der Via Lombroso 22 mit dem Gefühl, dass der Pfad der Eroberung zu seiner wahren Liebe noch ziemlich steil war.

Doktor Carella wusste nicht, dass es der Abend vor dem Wettbewerb war. Er wusste nicht einmal, dass es den Wettbewerb überhaupt gab und Bianca am nächsten Tag vom Meridien verschluckt und erst eine Woche später wieder ausgespuckt werden würde. Für ihn war es der Abend, an dem er mit Carla Lapplandkarten anschaute. Das Schöne an Lapplandkarten war, dass zwischen einem Ort und dem nächsten eine Menge Raum war und der Blick verweilen und sich verlieren konnte. Während er daher die neutrale Papierfläche zwischen Kautokeino und Alta überflog, gelang es Alessandro gleichzeitig, einen Plan für den Abend auszuarbeiten. Schließlich musste er ihn nur noch in die Tat umsetzen. Er wandte sich an Carla, die mit ihm auf die Lapplandkarten schaute, und sagte: »Ich bin dann mal weg.«

Elegant erhob er sich vom Sofa, ohne die Pfefferminzduftkerze umzuwerfen, und griff nach seiner Arzttasche, die in seiner Hand wie ein Bühnenrequisit wirkte.

Carla sah ihn ungläubig an.

»Du gehst? Wohin? Heute wolltest du hier schlafen, erinnerst du dich?«

Ale tat es furchtbar leid, aber er konnte nicht dort schlafen.

»Ich muss morgen früh die Analysen vom Rogbo zum Crifu bringen. Sie wollen sie vor sieben haben.«

»Crifu? Rogbo?«

»Das sind Labors. Es geht um die Analysen der dikromultiplen Evaricose eines allonphatischen Patienten. Das Crifu ist nur ein paar Schritte von meiner Wohnung entfernt, und die Proben sind sehr empfindlich, daher schlafe ich besser dort. Tut mir leid, Billy, aber ich muss wirklich gehen.«

Das gefiel Carla nicht besonders. Weder wollte sie Billy genannt werden, statt Geliebte oder Küken oder was es

Spielstand

Namen der Spieler								
1. Spiel								
2. Spiel								
3. Spiel								
4. Spiel								
5. Spiel								
6. Spiel								
plus 50 Punkte für jeden weiteren Kniffel								
Endsumme								

Kniffel®
Gewinnkarte

Name		H	R	A	A	H	R
		1.SPIEL	2.SPIEL	3.SPIEL	4.SPIEL	5.SPIEL	6.SPI
⚀⚀⚀	nur Einser zählen	2	2	4	1	2	2
⚁⚁⚁	nur Zweier zählen	2	6	4	4	8	6
⚂⚂⚂	nur Dreier zählen	[illegible]	3	3	6	9	9
⚃⚃⚃	nur Vierer zählen	12	16	12	12	/	8
⚄⚄⚄	nur Fünfer zählen	20	15	15	15	15	15
⚅⚅⚅	nur Sechser zählen	18	18	24	12	18	24
gesamt	→	63	63	62	50	52	64
Bonus bei 63 oder mehr	plus 35	35	35	/			35
gesamt oberer Teil	→	98	98	62	50	52	99
Dreierpasch	alle Augen zählen	21	24	18	21	28	13
Viererpasch	alle Augen zählen	21	26	/	/	24	9
Full-House	25 Punkte	25	25	25	25	25	25
Kleine Straße	30 Punkte	30	30	30	30	30	/
Große Straße	40 Punkte	40	40	/	40	40	40
Kniffel	50 Punkte	/	50	/	/	/	/
Chance	alle Augen zählen	13	19	21	25	19	22
gesamt unterer Teil	→	150	204	94	141	166	109
gesamt oberer Teil	→	98	98	62	50	52	99
Endsumme	→	248	302	156	191	218	208

sonst noch so an intimen Namen gab, noch wollte sie, dass Ale urplötzlich ausbüxste, nachdem er ihr hoch und heilig geschworen hatte, nichts mehr mit dieser Lorena zu haben. Carla war eine junge, schöne Frau, sie war klug, stark und gebildet, und so fragte sie, ohne mit der Wimper zu zucken: »Gehst du zu Lorena?« Ihr Tonfall war so gleichgültig, dass Ale glatt hätte hereinfallen können. Aber er hatte ein reines Gewissen und konnte daher vollkommen ernst antworten.

»Ich weiß nicht, von wem du sprichst. Diese Person habe ich sowohl aus meinem Leben als auch aus meinen Gedanken verbannt.«

Er küsste Carla und verschwand wie ein Fuchs aus der Falle.

Und als er verschwand, fühlte er sich saugut, so gut wie die blaue Fee bei Pinocchio, so gut wie die Stiefmutter von Aschenputtel. Er fühlte sich so gut, weil in seiner Tasche eine gute Sache steckte, die er unbedingt Bianca zeigen musste. Von so viel Gutem beflügelt, klingelte er ungefähr drei Stunden, nachdem Mario gegangen war, im vierten Stock der Via Lombroso 22.

»Wer ist da?«, fragte eine verwirrte Stimme.

»Hier ist Ale Carella. Bist du es, Emma? Ist Bianca da?«

»Ist sie, aber sie schläft.«

»Um diese Zeit? Es ist doch erst eins. Komm schon, mach auf.«

»Nein, bitte. Lass uns schlafen. Tschüss.«

Ale war verblüfft und enttäuscht. Gesunde, lebensfrohe Mädchen, die um eins schliefen. Verlobte, die ihn ernst nahmen. Krankenschwestern und ehemalige Geliebte, die ihn bedrohten. Er war von fragwürdigen weiblichen Figuren umgeben. Aber er drängelte nicht weiter, sondern setzte sich auf den Treppenabsatz und schrieb eine Nachricht. Die steckte er in einen Umschlag, den er in der Tasche fand, und schob ihn unter der Tür hindurch. Dann stieg er die Treppe hinunter und verschwand.

Das war wahrlich eine Nacht, um einen streunenden Hund aufzusammeln und mit zu sich nach Hause zu nehmen.

Drei Stunden bevor Ale an Emmas und Biancas Tür klingelte, und genau in dem Moment, als Mario zu fraglicher Tür hinaustrat, hatte Camelia ihre Koffer für den Wettbewerb gepackt. Gedankenlos hatte sie zwei Trolleys vollgestopft. Jetzt stand sie wie angewurzelt vor einem Heer von Döschen und Tuben, die in keines ihrer Kosmetikköfferchen hineinpassen würden.

»Woher hast du nur all dieses Zeug? Mit 23?«, fragte Noemi, die immer nur Nivea benutzt hatte, klassisch und mild. Andere Mittelchen kamen ihr nicht ins Haus.

»Es ist gar nicht so viel, Mami. Ich habe nur die Basisprodukte, die mir Schwester Amelia empfohlen hat, du weißt doch, die Schwester, die vorher bei l'Oréal gearbeitet hat. Dann habe ich noch die paar Sachen, die ich hier gekauft habe. Heutzutage ist die Epidermis schweren Belastungen durch Umwelteinflüsse ausgesetzt.«

Noemi schaute sie freudig überrascht an.

»Ich fasse es nicht, dass du das Wort ›Epidermis‹ aussprechen kannst.«

Camelia schüttelte den Kopf: »Ach, Mami! Ich könnte eine Menge Dinge, wenn du nicht so fixiert darauf wärst, dass ich an dem blöden Wettbewerb teilnehme! Ich könnte sogar das neue Frisurengesicht von Voilà werden! Morgen werden die Probefotos gemacht. Es wäre immer noch möglich, daran teilzunehmen.«

»Was soll das denn sein, ein Frisurengesicht?«

»Voilà, Shampoo und Balsam mit Liftingeffekt! Das Gesicht, das ihre Ikone werden soll! Die Ikone der mit Voilà gepflegten Haare! Weißt du, dass die Voilà-Frau vom letzten Jahr jetzt *Sonntags auf dem Land* moderiert? Auf Italia Uno.«

»Spinn nicht rum und mach deine Sachen fertig. Ich koche dir eine heiße Schokolade, und dann ab ins Bett.«

Aber das Schicksal wollte es anders, denn während Camelia grummelnd Cremes und Lotionen in einen Rucksack zu stopfen versuchte, klingelte jemand wohlerzogen an der Tür. Ein kurzes, diskretes, doch deutlich vernehmbares Klingeln, beherrscht, aber ohne jede Unsicherheit. Nur ein Mann konnte so klingeln.

»Das muss Mario sein«, zwitscherte Camelia und stürzte zur Tür.

»Wer?«

»Ein Freund von mir!«

Mario hatte durchaus gezögert, bevor er sich zu Camelia aufgemacht hatte. Die Tatsache, dass der Pfad der Eroberung zu seiner wahren Liebe noch ziemlich steil war, berechtigte ihn nicht zu diesem drastischen Umweg. Daher hatte er, als er mit gespielter Unbekümmertheit in der Viale Catone geparkt hatte, Ada angerufen. Die hatte gerade *Inspektorin Rosaria* angeschaut und war nicht erpicht darauf gewesen, sich lang und breit mit der Sache zu beschäftigen.

»Du hast Glück, gerade läuft Werbung. Dir bleiben drei Minuten.«

»Okay. Ein wenig Einfühlungsvermögen könnte trotzdem nicht schaden. Was rätst du mir? Emma hat mich praktisch rausgeworfen. Soll ich bei Camelia vorbeischauen?«

»Wenn du glaubst, dass es deine Trauer wegen Emma anheizen kann.«

»Klar wird es sie anheizen, es wird sie ganz gewiss anheizen. Soll ich also vorbeischauen?«

»Schau vorbei. Tschüss.«

Ada legte wieder auf, weil sie sah, dass Inspektorin Rosaria ein Camorra-Nest betrat. Mario sog die weiche, frische Nachtluft ein und betätigte in seiner unnachahmlichen Art die Klingel der Familie Picchi. Er stellte sich darauf ein, in Camelias Gegenwart Emmas Abwesenheit umso schärfer zu empfinden.

Nicht vorbereitet war er auf Noemi, die in einem alten Sweatshirt Cornflakes aß und sich schnell in ihr Zimmer zurückzog, nachdem sie herausgefunden hatte, dass Mario tatsächlich der Sohn ihrer gelegentlichen Kundin Gräfin Maffei in Mongilardi war. Erst kürzlich hatte sie ihr einen äußerst seltenen Ginko verkauft.

Als sie allein waren, schauten sich Mario und Camelia ein wenig nervös an.

»Und Emma?«, fragte sie.

»Ich war gerade bei ihr. Sie war müde.«

Pause.

»Camelia. Ich habe vor ein paar Tagen eine merkwürdige SMS bekommen.«

Camelia bemühte sich um eine gleichgültige Miene.

»Ach? Tja, so etwas bekomme ich auch ständig. Hat man dir ein Darlehen von 3000 Euro angeboten?«

»Nein. Dort stand, dass mich jemand liebt.«

»Aha. Wie nett. Und … weißt du, von wem sie war?«

»Leider war sie anonym.«

»Mmh.«

»Allerdings weiß ich, von wem ich sie gerne bekommen hätte.«

»Aha. Sieh da. Hör mal, könnte ich deiner Meinung nach das neue Frisurengesicht von Voilà sein?«

»Wenn du mich fragst, könntest du das Gesicht von allem Möglichen sein.«

Überwältigt von einem Gefühl, dass er mit brennender

Leidenschaft verwechselte, riss Mario Camelia an sich und küsste sie lange und ohne jede Unterbrechung. Sie ließ sich darauf ein, schob ihn dann aber weg und sagte: »Entschuldige, doch das geht nicht! Wir müssen unserer Liebe entsagen! Du bist Emmas Freund!«

»Ja klar ... eigentlich ... Es ist nicht so sehr ein Problem der Liebe als ... Camelia, komm her.«

Es gibt Momente im Leben, in denen unser Wesen hervorspringt und uns überrascht. Camelias Wesen war in einem Kloster groß geworden, und Heerscharen von Schwestern hatten es – zumeist guten Glaubens – geformt. Daher zogen jetzt vor ihrem inneren Auge nicht die süßen, trügerischen Versprechungen der Liebe vorbei, sondern eine Unmenge heiliger Frauen, die alle im Namen der Keuschheit auf verschiedenste Weise durchbohrt und gefoltert worden waren. Heilige, die niemals und aus keinem erdenklichen Grund den Freund einer ihrer heiligen Freundinnen geküsst hätten. Konnte Camelia sich vorstellen, dass sich die heilige Barbara an den Freund der heiligen Luzie herangemacht hätte? Nein, nein und nochmals nein.

»Ich kann das nicht, Mario. Ja, ich gebe zu, die SMS kam von mir. Aber jetzt wird mir klar, dass es ein Fehler war. Ich muss dir entsagen und mich auf dem Altar der Freundschaft opfern, auch weil morgen der Wettbewerb beginnt. Wie soll ich Emma dabei zuschauen, wie sie etwas Großartiges zaubert, um mir zum Sieg zu verhelfen, wenn ich selbst meinen sündigen Gefühlen für dich nachgegeben habe?«

Die Begründung war hieb- und stichfest, und Mario wusste nichts zu erwidern. Er musste sich zum zweiten Mal innerhalb einer halben Stunde mit Anstand zurückziehen. Aber nicht das war es, was ihn beunruhigte. Er merkte vielmehr, dass seine Trauer wegen Emma, nachdem er Camelia geküsst hatte, in den letzten Zügen lag.

Was tat Elena Belmonte in tiefer Nacht allein in der Via Monferrato vor geschlossenen Rollläden? Ganz einfach: Sie war dem Schicksal begegnet. Wie eine zufällig geschwungene Faust trifft uns das Schicksal hinterrücks, denn Elena hatte an diesem Abend sicher nicht die Absicht gehabt, ihr Leben auf den Kopf zu stellen. Sie war zu einer Freundin gegangen, einer gewissen Ludovica, die einmal im Monat einen Canasta-Abend organisierte. In diesem Spiel war Elena äußerst gut. Auch an diesem Abend hatten sie und die Glückliche, mit der sie zusammen gespielt hatte, gewonnen, und Ludovica hatte leider beschlossen, Elena nicht mehr einzuladen. Die wusste nichts davon und fuhr mit ein paar zusätzlichen Euros und einer – wie ihre Pilates-Lehrerin gesagt hätte – dem Karma weit geöffneten Seele nach Hause zurück. Seit dem denkwürdigen Wachowski-Beben war Elena fieberhaft auf der Suche nach etwas, das es ihr erlauben würde, Corrado und die Konditorei zum Teufel zu jagen. In diesem Zustand entdeckte sie das gelbe Schild an den Rollläden von Rosaschero, einem anständigen, wenngleich bescheidenen Laden, der die Bewohner des Viertels einige Jahrzehnte lang mit Gebäck versorgt hatte. Von einer blitzartigen Eingebung getroffen, hielt sie an und stieg aus. Ja, es war tatsächlich ein Verkaufsschild. Alles war zu verkaufen, die Lizenz, die Räume, alles. Elena blieb wie angewurzelt stehen. Vor ihren Augen spulten sich plötzlich lebhafte Bilder ab: Statt Panificio Rosaschero war dort Elena's Tea Room, ein Teesalon mit Blümchentapete, Blümchensesseln, Korbtischen, Engelchen an den Wänden, nein, Elfen an den Wänden … Elfen, Engelchen und Lämpchen. Und Spitze, jede Menge Spitze, wo man nur hinschaute. Dann Kletterpflanzen draußen und Kletterpflanzen drinnen – sollte es überhaupt Grünzeug geben, das drinnen wächst. Kurz und gut, ein echter englischer Teesalon wie in den englischen Filmen, Miss Marple ins Alpenvorland verpflanzt! Eine Goldgrube! Große berufliche Erfüllung!

Elena stieg mit klopfendem Herzen wieder in ihren Wagen. Als sie, immer noch hingerissen von ihrem neuen Lebensstil, zuhause ankam, fragte sie sich, wie sie jemals in dieser Wohnung hatte wohnen können. Sie nahm einen Müllsack und warf sämtliche Designobjekte hinein.

Nachdem sie Ale weggeschickt hatte, hätte Emma wieder ins Bett gehen können, aber der Schlaf schien sich verabschiedet zu haben. Der Wettbewerb, Andrea, Jasmine, ein leichtes Bedauern, dass sie den attraktiven Mario allzu übereilt abserviert hatte, all das meldete sich jetzt zu Wort. Um nicht ins Bett zurückkehren und sich zwischen den Kissen herumwälzen zu müssen, ging sie in die Küche und nahm das Heft von Ermanno Picchi und ihr Exemplar des Artusi, das Bianca auf dem Küchentisch zurückgelassen hatte. Kein Versuch hatte zu einem Ergebnis geführt. Das Geheimnis des Hefts blieb undurchdringlich. Trotzdem zögerte Emma, die Idee aufzugeben, dass es sich bei Pellegrino um Artusi handelte. Während sie ihr Exemplar des berühmten Buchs betrachtete und daran dachte, wie sie es gekauft hatte, und als sie all die Bücher sah, mit denen Bianca die Wohnung überschwemmte, blitzte plötzlich die einfache und offensichtliche Lösung des wohlgehüteten Geheimnisses in ihr auf.

Ingwer, Mandeln und Kaffee

An dem zentralen und, wenn man es genau nimmt, auch einzigen Platz von Valle San Nicolao lagen zwei Geschäfte: das Alfonsina's und der Tabakladen. Das Alfonsina's dominierte den Platz durch seine leicht erhöhte Position, während der Tabakladen seitlich lag und sich mit einer gelassenen Anspielung auf die Gefahren des Rauchens genau an der Straße zum Friedhof niedergelassen hatte. Das Alfonsina's verkaufte Lebensmittel und alles, was sich in die überschüssigen Leerräume stopfen ließ, darunter vor allem die braunen Seidenstrumpfhosen, die von den Damen des Orts bevorzugt wurden. Der Tabakladen verkaufte Zeitungen, Zigaretten, Shampoo, Kerzen, Hefte, Karten für den Überlandbus und sonstige Dinge des alltäglichen Bedarfs. Außer sonntags ging Rita Trisciuoglio, geborene Ceschino, an jedem Tag des Jahres sowohl zu Alfonsina's als auch zu Maria Grazia, der Tabakverkäuferin. Alfonsina war schon vor vielen Jahren gestorben und hatte das Geschäft ihren Nachfahren überlassen, aber ihr Name würde immer lebendig bleiben. Maria Grazia dagegen war putzmunter und nutzte das am liebsten, um im Hinterzimmer fernzusehen. Der gigantische LCD-Bildschirm war keine Verrücktheit von ihr, sondern eine hart erkämpfte Eroberung: Frucht von abertausenden von Treuepunkten, die sie im Zuge von abertausenden von Einkäufen im Coop von Biella gesammelt hatte. Und so war Maria Grazia nicht nur auf dem Laufenden über das, was in der Welt passierte, sondern durfte dieses Privileg auch noch im Großformat und in den brillanten Farben ihrer Prämie genießen. An diesem Tag begrüßte sie Rita mit einer schrillen Eröffnung.

»Hallo! Hast du deine Tochter im Fernsehen gesehen? Sie war auf TG3!«

»Ja, ich weiß.« Rita Ceschino seufzte, weil sie dieses Kreuz tragen musste. »Ich habe sie gesehen. Mach lieber nicht so einen Wirbel darum. Je weniger ich weiß, desto glücklicher bin ich. Wenn ich daran denke, dass sie Lehrerin sein könnte! Gib mir zwei Pakete grobes Salz.«

»Und ihr Vater?«, fragte Maria Grazia.

»Ach, ihr Vater.« Rita zuckte mit den Schultern. »Der ist hochzufrieden, dabei ist es wirklich kein Sechser im Lotto. Du weißt doch, wie diese Neapolitaner sind.« Rita schüttelte langsam den Kopf und kaufte *Tuttosport* für ihren Ehemann und *Intimità* für sich selbst.

»Worum geht es denn überhaupt? Ist das ein Kochwettbewerb?«

»Irgendetwas in der Art. Aber sie nimmt nicht einmal richtig teil. Das macht die andere. Sie ist nur Assistentin. Keine Ahnung, warum man sie überhaupt gezeigt hat«, jammerte Rita und legte eine Packung ihrer geliebten Lakritze zu den Einkäufen.

Auch Corrado Delacroix hatte den Einzug der Wettbewerbsteilnehmer ins Meridien mitverfolgt, aber nicht in der verknappten Version von TG3, sondern in der permanenten Direktübertragung von Gambero Rosso, wo man mit Valeria Volatile verbunden war. Er hatte die Drillinge gesehen, die Mart Kalev geschickt hatte, und einen Engländer, der wie ein Schlagzeuger aussah und zwei Assistenten mitgebracht hatte, die wie ein Bassist und ein Gitarrist aussahen, allesamt von Tim Curry ins Rennen geschickt. Es folgten Tortelliers kleine Japanerinnen, der hünenhafte Algerier, der Jean Michel Langardon repräsentierte, die portugiesischen Konditorinnen, die Schweizer Konditoren, die dänischen Köchinnen, alle mit blonden Zöpfen, zwei Isländer oder Isländerinnen, die so klein waren, dass man ihr Geschlecht nicht erkennen konnte, dann ein Grüppchen Russen, die etwas von Schwänen hatten. Schließlich kamen seine drei Feen, die blonde, die braune und die rote, dieses wackelige Geländer, das die Konditorei Delacroix vom Abgrund der DolciGraziosi trennte. Lächelnd betrachtete er sie und fühlte sich schon weit von dem, was er zu verlieren drohte, entfernt, als Vittoria an seiner blauen Jacke zupfte. Er drehte sich um und sah, dass sie ein finsteres Gesicht machte.

»Was ist?«

»Corrado. Ich habe ein bisschen nachgedacht. Und ich weiß nicht, was ich tun soll.«

»Was heißt hier nachgedacht?«, fragte er alarmiert. Es war normal, dass Vittoria dachte, doch es war nicht normal, dass sie sich dessen bewusst war.

»Es geht um Andrea. Aber ich weiß nicht, ob ich es ihm sagen soll. Er könnte sauer werden. Allerdings könnte er auch sauer werden, wenn ich es ihm nicht sage und er das hinterher herausfindet. Worüber wäre er deiner Meinung nach mehr sauer?«

»Um was geht es denn, das du ihm sagen oder nicht sagen möchtest?«

»Jasmine hat Gruppensex. Immer, nicht nur ab und zu. Normalerweise macht sie es mit ihrem Friseur Olyve und mit allen, die sonst noch in der Nähe sind. Ich weiß nicht, ob Andrea das gefallen würde.«

»Wer sagt das?«

»Titti. Du weißt doch, Teresa Topazi, meine Freundin. Ich weiß das, weil sie auch mal mitgemacht hat.«

»Aha.« Corrado dachte an Jasmine und wie sie am vergangenen Abend auf ihn gewirkt hatte. Hübsch, aber schon ein bisschen hart, ein bisschen verbraucht.

»Verstehst du, Corrado?«, beharrte Vittoria. »Ich weiß es einfach nicht. Was meinst du? Ist es deiner Meinung nach etwas, das Andrea in Ordnung findet, oder ist es eher etwas, das ihm ... mhm ... wehtut, wenn er es herausfindet?«

Es tut ihm weh, schien Corrado die richtige Antwort zu sein. Wir sind Turiner Konditoren, dachte er. Eine andere Kultur. Aufgeklärt, neugierig, aber auch von einem Lebensstil geprägt, in dem Gruppensex bestenfalls am Rande zu seinem Recht kommt. In Andreas Fall vielleicht nicht einmal am Rande, bedachte man die Gene seiner Mutter.

»Mach dir keine Sorgen«, sagte er zu Vittoria. »Vielleicht hat sie es ihm ja längst gesagt und wird bald damit aufhören – jetzt, da sie mit ihm zusammen ist.«

»Und wenn nicht?«

»Wenn nicht, dann lassen sie sich halt scheiden. Heute lassen sich viele Leute scheiden.«

Vittoria nickte. Aber in ihrem sanften, monochromen Hirn regte sich etwas. Sie mochte Andrea, und die Idee, dass er heiratete und ständig das Damoklesschwert der Scheidung über seinem Kopf hängen hatte, gefiel ihr nicht.

Bianca, leidenschaftliche Leserin und fanatischer Harry-Potter-Fan, schaute hoch und erwartete fast, dass die Saaldecke im Hotel Meridien meteorologisch so sensibel war wie die von Hogwarts. Die hier versammelten jungen Konditoren schienen allesamt Zauberer und Hexen zu sein, so unterschiedlich waren sie, so konzentriert, so exotisch gekleidet. Von Tweed bis Manga war alles dabei. Am Saalende saßen auf einer Art Thron Königin Paola von Belgien, der Bischof von Nôtre Dame, der deutsche Kanzler und der

Senior der Spitzenkonditoren und Präsident der ACME, Georges Saint-Honoré, ein Abkömmling des Erfinders der gleichnamigen Torte. Sie glitzerten gefährlich wie Eingeweihte der magischen Künste. Aber die Decke war schlicht, und das galt auch für den Rest der Eröffnungszeremonie, die Begrüßungen, die Anweisungen und so weiter. Dann kam allerdings der Moment, in dem Königin Paola sich in einem Schwall von Swarovski-Geglitzer erhob und den weißen Umschlag mit dem Zettel, auf dem die Pflichtzutaten notiert waren, hochhielt. Die Königin räusperte sich, näherte sich dem Mikrofon, öffnete den Umschlag, sagte ein paar Worte auf Französisch, auf Italienisch, auf Englisch, auf Deutsch, dann räusperte sie sich noch einmal und erklärte laut und deutlich: »Ginger, almonds and coffee. Gingembre, amandes et café. Zenzero, mandorle e caffè. Ingwer, Mandeln und Kaffee.«

Im Saal erhob sich ein wirres Gemurmel: leicht, schwer, banal, dämlich, ich hätte Schlimmeres erwartet, ich hätte Besseres erwartet, ich dächte, sie hätten sich längst ausgetobt, aber jede Kreation kann ja, ah, aber Eis, o nein, ich brauche Mandeln nur anschauen, und schon verschließen sich meine Geschmacksknospen, pfff, schon mal gemacht, ich hab's, aber damit kannst du, schon wieder Kaffee, das hatten sie doch erst vor acht Jahren, und so weiter und so fort.

Bianca sah Emma an und versuchte, in ihrem Gesicht das Erstaunen zu erkennen, dass ihr soeben ihre absoluten Lieblingszutaten mitgeteilt worden waren, jene, für die sie schon mindestens fünf sensationelle Ideen im Kopf hatte. Tatsächlich erkannte sie in diesem Gesicht überhaupt nichts. Emma wirkte vollkommen neutral.

»Und? Wie findest du das?«, fragte Bianca.

Emma holte tief Luft und sagte: »Ich hasse Ingwer.«

»Entschuldigung, aber …«, sagte Camelia unsicher.

Emma sah sie resigniert an: »Ja?«

»Was genau ist Ingwer? Ist das nicht das, was man über Sushi streut?«

Mit diesen Worten begann für Camelia und ihre Assistentinnen der Wettbewerb »Ein Stern für Weihnachten«.

Erst als sie sich viel später in ihrer Suite befanden, schon ihre Schlafanzüge anhatten und den wunderbaren Inhalt der Minibar erkundeten, erinnerte sich Emma an den weißen Umschlag, den sie morgens auf dem Fußboden am Eingang gefunden hatte. Sie reichte ihn Bianca.

»Der ist für dich.«

Tatsächlich, dort stand: »Für Bianca.«

»Den hat Ale heute Nacht hinterlassen. Er war um eins da. Ich habe den Brief in meine Tasche gesteckt, ihn dann aber völlig vergessen.«

Bianca nahm den Umschlag, sah ihn an und steckte ihn ungeöffnet zwischen die Seiten von *Nicholas Nickleby*, den sie in der Hoffnung mitgebracht hatte, ab und zu ein wenig lesen zu können.

»Willst du ihn nicht aufmachen?«, fragte Camelia. »Vielleicht ist es eine Liebeserklärung.«

Bianca warf ihr einen starren Blick zu, wie man ihn sonst nur von Audio und Video kannte.

»Diese Person interessiert mich nicht.«

»Umso besser. Das ist sicher nicht der richtige Zeitpunkt, um verliebt zu sein«, sagte Emma.

Camelia nickte traurig. »Das ist wahr. Ich für meinen Teil habe der Liebe entsagt.«

»Ach ja? Seit wann?«, fragte Bianca, die sich für diese Möglichkeit interessierte.

»Seit gestern. Ich habe verstanden, dass ich mein Glück nicht auf den Schmerz anderer gründen kann.«

»Was redest du denn da?«

»Ich sage nur, was Schwester Albertina immer sagt. Wenn die Schwester Oberin ihr nachschreit, dass sie nichts zu Wege bringt und besser diesen Typen aus Rimini geheiratet hätte, erwidert Schwester Albertina immer: ›Man kann sein Glück nicht auf den Schmerz anderer gründen.‹ Der Typ aus Rimini war nämlich mit ihrer Lehrerin verheiratet.«

»Halt, stopp«, sagte Bianca. »Wir wollen nicht unter vollen Segeln in den Hafen von *Beautiful* einlaufen. Wir müssen schlafen, denn morgen beginnt die Arbeit. Hast du schon eine Idee, Emma?«

»Null«, antwortete die ernst und wickelte ein Bacio Perugino aus dem Papier. Warum konnte sie nicht etwas so Einfaches und Perfektes erfinden?

Drei Tage und etliche Experimente später hatte sich das Delacroix-Team nicht einen Millimeter an etwas Verdauliches mit den Inhaltsstoffen Ingwer, Mandeln und Kaffee herangetastet. Auf den neun anderen perfekt ausgestatteten Inseln, die man den Konkurrenten zugewiesen hatte, waren vielversprechende Aktivitäten im Gange. Ingwer, Mandeln und Kaffee setzten in den gleichgültigen Hallen des Meridien zu wahren Höhenflügen an und fanden sich zu den verführerischsten Kombinationen zusammen. Tim Currys Rocker arbeiteten an einem Ingwergelee mit Marzipankruste und Kaffeeglasur. Amalia De Cruzeiro und Teresa Singueras, die ungestümen portugiesischen Konditorinnen, rührten in herrlich duftenden Eiskreationen herum, und der Algerier, der im Namen Langardons angetreten war, formte Kügelchen aus Karamelltropfen und schuf erlesene Girlanden daraus. Tortelliers kleine Japanerinnen kicherten vor sich hin, entwarfen winzige geometrische Formen und schlossen sie in kristalline Blasen ein. Emma rieb unterdessen Schokolade und zerstampfte Mandeln, schmiss alles weg, kaute auf Ingwer herum, spuckte ihn aus, roch am Kaffee und unterdrückte einen Brechreiz. Nichts zu machen. Von Camelia und Bianca war keinerlei Hilfe zu erwarten. Seit Camelia beschlossen hatte, der Liebe zu entsagen, hatte sie entdeckt, dass die Liebe das Einzige war, was sie auf der Welt interessierte. Tausend-, wenn nicht gar zweitausendmal am Tag erzählte sie ihren Gefährtinnen, dass sie, wollte man sie als Assistentin nach San Remo holen, das Angebot zwar annehmen würde – klar! –, dass sie es aber nicht mehr aus vollem Herzen täte. Sie habe mittlerweile kapiert, dass es ihre wahre Bestimmung sei, eine reiche Hausfrau zu werden.

»Vielleicht könnte ich einen Hausfrauenkalender entwerfen«, sagte sie zu Bianca, während sie gemeinsam Emma dabei beobachteten, wie sie am Kaffee roch und Mandeln enthülste.

»Mmh.« Bianca wühlte in ihrem Gedächtnis nach sämtlichen Süßwaren, von denen sie in ihrem Leben gelesen hatte. Durch eine Art geistiger Blockade kam ihr aber nur eine einzige in den Sinn, und das waren die *lumps of delight*, die Edwin Drood und Rosa gegessen hatten, bevor die Dinge eine finstere Wende nahmen.

»Glaubst du, daraus ließe sich etwas machen?«, fragte sie Emma. »Sie bestehen aus Honig, Stärke und Puderzucker. Du könntest stattdessen Kaffee, Mandeln und Puder-Ingwer nehmen.«

Emma warf Schokoladenpampe weg und säuberte penibel die Marmorplatte.

»Puder-Ingwer gibt es nicht.«

»Du kannst ihn erfinden. Das könnte der entscheidende Schritt zum Sieg sein.«

»Es gibt auch keinen entscheidenden Schritt zum Sieg. Ich bin leider dem Niveau des Wettbewerbs nicht gewachsen.

Ich habe keine Idee, ich habe keine Grundfertigkeiten, ich habe weder die Ausbildung noch die Fantasie.«

Camelia seufzte. »Wenn wir nur Großvaters Heft entschlüsseln könnten. Ich wette, dort würden wir ein geeignetes Rezept finden.«

»Kein Problem«, antwortete Emma und spaltete eine Mandel. »Ich weiß jetzt, wie man es macht. Mir fehlt nur noch eine Information: Hat dir dein Großvater außer dem Heft noch etwas anderes hinterlassen?«

»Ja, eine große Kiste. Und in der Kiste sind ein Messbuch, ein anderes, braun eingebundenes Buch – keine Ahnung, was das ist – und ein Holzsieb. Außerdem, warte mal … ein Theatermodell, ein Honigtopf mit Etikett in deutscher Sprache und ein Haufen Karten, glaube ich.«

»Wo ist diese Kiste?«

»Bei meiner Mutter. In meiner Dachkammer.«

»Sobald wir hier herauskommen, kannst du sie holen. Wenn es stimmt, was ich denke, kann ich dir alle Rezepte übersetzen, und dann wirst du die berühmteste Chefkonditorin der Welt.«

»Kein Bedarf«, erklärte Camelia betrübt. »Ich möchte mich zwischen meinen eigenen vier Wänden verwirklichen und meine Familie umsorgen.«

»Wann?«, erkundigte sich Bianca.

»Nie. Der Mann, den ich liebe, kann nicht der meine werden.«

Das war ein Gefühlszustand, den die drei Frauen in gewisser Weise gemeinsam hatten, und so senkte sich Schweigen herab.

»Es wäre allerdings besser«, sagte Bianca, die sich als Erste wieder fing, »wenn wir das Heft sofort übersetzen könnten. Zumindest, wenn du den Wettbewerb gewinnen willst.«

»Nein. Wenn es darum ginge, ein Rezept von Ermanno

Picchi nachzumachen, hätten wir auch Cleopatra Farina ins Rennen schicken können.«

Emma raspelte heftig Ingwer auf die gemahlenen Mandeln und trug das perfekte 19.-Jahrhundert-Gesicht zur Schau. Bianca und Camelia, die keineswegs beeindruckt waren, wechselten einen Blick und verständigten sich darüber, dass man es mit der Moral in dieser Geschichte nicht allzu eng sehen sollte.

Moralische Skrupel zu überwinden war aber nicht alles. Die eigentlichen Hindernisse waren physischer Natur. Tatsächlich hatte man alle möglichen Vorsichtsmaßnahmen ergriffen, um den Kontakt zwischen den Konkurrenten und der Außenwelt zu verhindern. Handys waren verschwunden, Computer verboten, Hinausgehen war unmöglich, Hereinkommen nicht gestattet. Die Konditoren waren von der Außenwelt abgeschnitten, und es bestand keinerlei Möglichkeit, sich große Krimskramskisten kommen zu lassen.

Emma störte das nicht. Sie folgte verbissen ihren konfusen Geistesblitzen, in deren Zentrum ein einfaches, unhintergehbares Wissen stand: Sie hasste die Vorstellung von Süßspeisen mit Ingwer, also konnte sie so etwas nicht machen.

Bianca dagegen betrachtete die Marmortischplatte mit dem stechenden Blick einer Frau, die einen Plan ausheckt. Dazu brauchte sie allerdings noch eine Information.

»Emma? Ich frage nur aus reiner Neugierde, aber könntest du mir sagen, was dich aus Camelias Kiste besonders interessiert?«

Emma sah sie an.

»Ich möchte nicht, dass du dich mit irgendwelchen gefährlichen Gedanken trägst.«

»Sollte ich mich mit irgendwelchen Gedanken tragen, könnte ich sie sowieso nicht in die Tat umsetzen.«

»Okay, dann kann ich dir ja sagen, dass es um das Buch geht.«

»Welches? Das Messbuch oder das andere?«

»Rat mal.«

»Wie soll ich das denn wissen?«

»Du könntest darauf kommen.«

»Aha, ich verstehe. Das ist wie Ellery Queens Herausforderung an den Leser: An diesem Punkt kenne ich die entscheidenden Tatsachen blablabla, um zu verstehen, dass blablabla.«

»Genau.«

Bianca konzentrierte sich und dachte an alles, worüber sie geredet hatten, an alle Versuche und Hypothesen. Das einzige Ergebnis war, dass sie furchtbar müde wurde. Ihr Bauch schien den Körper zu verlassen, untrügliches Zeichen dafür, dass sie einschlief. Sie schüttelte sich. Es war unnütz, sich zu zwingen. Diese Art systematischer Analyse war nichts für sie. Sie musste vielmehr zu ihrem Plan zurückkehren, der ihr mit teuflischer Gewissheit vor Augen stand. Er hatte einen Namen, einen Nachnamen und einen Spitznamen: Giuseppe Scippa, genannt Tinco, der fröhliche Lehrling aus der Via Mezzaluna.

»Und die drei Finalisten sind: Sara Nardoni, Manuela De Santis und Valentina Riso. Die drei Wettbewerbsteilnehmerinnen werden gebeten, auf die Bühne zu kommen.«

Valentina stieß einen unmenschlichen Schrei aus, umarmte Tinco und fügte ihm immense Schmerzen zu, weil sie ihm sein eigenes Kruzifix-Piercing ins linke Ohr rammte. Tinco ertrug den Schmerz geduldig und hielt ihr schnell die Hand hin: »Gimme five! Mann, das ist ja schon fast beängstigend.«

»Siehst du? Was sagst du dazu! Von zehn Leuten komme ausgerechnet ich ins Finale. Ich bin super, ich bin eine Legende!«

Vale hatte sich mit tadellosem Shampooauftrag, hochpflegewirksamen Kurpackungen und fantastischen Fönwellen durch die Tücken des Wettbewerbs »Aufstrebende ShampooniererInnen der Provinz Turin« gekämpft, und nun war sie bereit, das äußerst anspruchsvolle Finale anzugehen. Drei Mähnen, denen im gesamten Piemont in der Kategorie »lange, rebellische, verknotete und nie gekämmte Haartracht« entschieden der erste Platz zukam, mussten shampooniert, gefärbt, mit Lotionen behandelt und sonstigen Prozeduren unterzogen werden. Die Wettbewerbsorganisatoren hatten keine Mühen gescheut und die drei Damen aus ganz verschiedenen Gegenden kommen lassen: Maria Pia Cordero aus Fossano, Antonietta Laganà aus Ovada und Alice Benelli aus Verbania. Jede von ihnen hatte Haare, die mehr als einen Meter lang und nie irgendeinem äußeren Eingriff unterzogen worden waren. Valentina bekam es mit dem Mädchen aus Verbania zu tun, einem strohfarbenen Knotengewirr. Aber sie würde es schaffen, sie würde gewinnen, wenn Tinco ihr weiterhin seine leidenschaftliche Unterstützung angedeihen ließ.

Tinco war bereit. Allerdings wusste er nicht, dass er schon in Kürze vor einer sehr schwierigen Entscheidung stehen würde.

Als 62 Stunden vergangen waren, ohne dass Bianca irgendwie auf seinen Brief reagiert hätte, begann Alessandro, seinen Koffer für Lappland zu packen. Carla hatte eine Menge interessanter Informationen über den Frühling in Lappland und seine begrenzten Reize zusammengetragen, und Ale wusste, dass ihn leuchtende Flechten und hochträchtige Polartiere erwarteten. Trotzdem war er ein wenig traurig.

Nicht wegen Bianca, sagte er sich und holte einen Pullover, den seine Mama ihm gestrickt hatte. Ob sie mir nun antwortet oder nicht, ist doch egal, schließlich ist es ihre Sache. Wenn sie sich entscheidet, das Angebot anzunehmen, gut. Ansonsten soll sie weiter bedienen, kein Problem. Ich habe ganz bestimmt nicht vor, ihretwegen mein Leben umzukrempeln, zumal ich mich soeben erst entschieden habe, mich um Carla zu bemühen. Man kann sich nicht um eine Frau bemühen und sich im nächsten Moment einer anderen vor die Füße werfen und ihr sagen, dass man sie über alles liebt, sein Leben mit ihr teilen will, lauter solches Zeug. Einer Frau zumal, die in einen Priester aus dem 19. Jahrhundert verliebt ist. Letztlich ist es sogar besser, dass sie nicht geantwortet hat, so können wir die Sache vergessen, und tschüss.

Am Ende dieses Gedankengangs angekommen, nahm Ale den Koffer, kippte den gesamten Inhalt auf den Boden und ging ins Krankenhaus, um sich von seiner Chefin zu verabschieden.

Eine halbe Stunde später schaute ihm Doktor Libertucci mit einer gewissen Kälte in die Augen. Sie war morgens beim Friseur gewesen, viele Löckchen kringelten sich um ihren Kopf, doch das war nicht der eigentliche Grund, warum sie wie ein Schaf aussah.

»Wir haben uns schon verabschiedet, Carella. Du hast mit gewohnter Lässigkeit deinen Kopf durchgesetzt und dir im ungünstigsten Moment Urlaub genommen. Was willst du jetzt noch? Einen Abschiedskuss?«

»Das würde ich mir nie erlauben, Chef. Hör mal, erinnerst du dich an das Mädchen?«

Wenn sie hätte fragen müssen, welches Mädchen er meint, wäre Daniela Libertucci nicht in ihrem Alter schon Chefärztin geworden. Daher nickte sie bloß.

»Ich erinnere mich an die junge Frau. Aber das ist nicht die, mit der du nach Lappland fährst, nicht wahr?«

»Stimmt. Ich wollte dich trotzdem nach deiner Meinung fragen.«

Die Ärztin unterdrückte ein Schnaufen.

»Was willst du von mir? Ich habe es dir doch schon gesagt – falsche Zeit für Urlaub, falsche Frau. Aber stürz dich ruhig in den Schlamassel, das Leben dauert schließlich 200 Jahre, und Gelegenheiten gibt es haufenweise.«

»Ich habe ihr einen Brief geschrieben, aber sie hat nicht einmal reagiert. Tschüss also, und grüß mir die Schwestern.«

»Sie kann gar nicht reagieren, weil sie an einem Wettbewerb teilnimmt. Gestern Abend habe ich sie auf Sky gesehen, in einer Übertragung von einem Konditorenwettbewerb. Sie war mit zwei anderen Frauen dabei, Trockenfrüchte kleinzuschnipseln. Der Kommentator hat gesagt, dass sie keinerlei Kontakt zur Außenwelt haben. Ich sehe also keine Möglichkeit, wie sie dir antworten sollte.«

»Wo?«

»Hotel Meridien im Lingotto. Viel Spaß in Lappland, Carella. Ich hab zu tun.«

In der Konditorei Delacroix herrschte dicke Luft. Während der ersten Tage hatte die Direktübertragung von Gambero Rosso alle Interessierten von der bevorstehenden Katastrophe unterrichtet, und Ugo Graziosi von DolciGraziosi leckte sich schon die Lippen in Erwartung des schmackhaften Brockens. Dieser unerträglich anmaßende Corrado Delacroix würde ihm die Konditorei überlassen müssen, und er selbst würde sie in eine elegante Hülle mittelmäßiger Produkte verwandeln. Die Mädels von Delacroix hatte er sehr genau beobachtet, sie werkelten unproduktiv herum, während die anderen Teilnehmer Meisterwerke kreierten. Alle hatten das gesehen, auch Corrado, der Barmann Manlio, Cleopatra Farina und sogar Tinco, wenn er nicht gerade Valentina beim Shampoonieren assistierte.

Auch Andrea hatte die Frauen auf dem Bildschirm im Arbeitsraum gesehen, während Jasmine im Bett lag und schlief. In den Tagen ihres Zusammenlebens hatte Andrea entdeckt, dass Jasmine die meiste Zeit ihres Lebens schlief, manchmal chemische Mittelchen einwarf oder aber mit Perücke und dunkler Sonnenbrille durch Turin lief und nach einem Hochzeitskleid suchte.

»Ich möchte es hier in deiner Stadt kaufen!«, hatte sie überschwänglich verkündet. »Nicht in Mailand oder Rom. Wenn du bedenkst, dass Turin mich in einer Weise traurig macht wie sonst nur der Anblick von Fledermäusen, solltest du zugeben, dass ich dich sehr lieben muss.«

»Das ist nett. Ich würde mich allerdings noch mehr freuen, wenn du nicht so viele Pillen einnehmen würdest.«

»Im Moment mache ich das doch kaum! Weniger als kaum! Nur hin und wieder ein paar, um arbeiten zu können. Ist das okay, mein Geliebter?«

Schwer, nein zu sagen, aber für Andrea war »weniger als kaum« nicht genug. Sein Vater hatte Recht: Susannas anständige Gene hatten die experimentierfreudigen von Corrado erfolgreich verdrängt. Andrea war vereinnahmend und merkte nicht einmal, dass er die feste Absicht hatte, Jasmine in eine andere Frau zu verwandeln. Keine Pillen mehr, keine Faulheit, keine Trinkerei, keine verworrenen Ideen, keine verschmierte Schminke. Sie würde eine gesunde, ausgeglichene und glückliche Person werden.

»O nein, das ist keineswegs möglich, *chéri*. Ich würde mindestens 20 Kilo zunehmen«, hatte Jasmine entsprechende Anspielungen vernünftig kommentiert. Tatsächlich hatte sie nicht mit all diesem guten Willen gerechnet, als sie sich verlobt hatte. Dennoch war sie erfahren genug, um zu wissen, dass Gewohnheiten immer über gute Vorsätze siegten und von einem geordneten Leben schon bald nicht mehr die Rede sein würde.

Also stopfte sie sich mit Pillen voll, schlief und suchte nach einem Brautkleid, während Andrea im Fernsehen Emmas Pleite mitverfolgte. Da war sie, seine Emma, leblos wie eine verstaubte Maus, und hantierte leidenschaftslos auf der Arbeitsplatte herum. Sein Herz zog sich zusammen, wenn er sie sah, denn seit man die Pflichtzutaten verkündet hatte, wusste er, dass sie es nicht schaffen konnte. Emma konnte Ingwer nicht ausstehen. Es gab natürlich eine Lösung, eine ziemlich einfache sogar, doch Andrea fragte sich, wie lange es dauern würde, bis sie darauf kam. Er wusste, dass er für diese Blindheit verantwortlich war. Obwohl er ein Mann war, ahnte er, dass der Wettbewerb in der Zeit ihres Zusammenseins – in diesen drei perfekten Tagen – anders verlaufen wäre und dass ihr Geist und ihre Hände umwerfende Kreationen geschaffen hätten. Stattdessen musste er nun zusammen mit Zlatan, Zhang und Jerôme diesem herzzerreißenden Schauspiel beiwohnen.

»Wo xi Emma hao yun qi wo bu xi huan Clemelolle«, kommentierte Zhang und schüttelte den Kopf.

»Eine unglückliche Frau kann nicht kochen«, verkündete Zlatan. »So sagt man bei uns daheim.«

»Was soll das heißen? Hätte ich bei ihr bleiben sollen, damit sie den Wettbewerb gewinnt?«, protestierte Andrea schwach.

»Genau das. Du hättest sie erst hinterher verlassen sollen. Was dir fehlt, Andrea, ist die Fähigkeit deines Vaters, Frauengeschichten aus den Belangen der Konditorei herauszuhalten.«

Andrea würdigte Jerôme keiner Antwort. Er schaute Emma

zu und verfluchte die Undurchlässigkeit des Bildschirms, die ihn daran hinderte, einen Arm in den Fernseher zu strecken und Emma die Haare von den Augen zu streichen. Mit einer solchen Strubbelfrisur würde sie nie auf die richtige Idee kommen. Die Idee war dort, in einem Winkel ihres Geistes, dessen war er sich sicher. Sie musste sie nur finden.

Auch im Hause Mongilardi hatte man den Fernseher auf Gambero Rosso eingestellt. Als Mario aus Mailand kam, saßen sein Vater und Vito Trisciuoglio wie angewurzelt auf dem Sofa. Da Letzterer keine Satellitenschüssel besaß, profitierte er von der Ausstattung des Notars, der sich schnell für den Wettbewerb begeistert hatte. Vito vertraute seiner Tochter blind und teilte nicht das allgemeine Unbehagen über Emmas Leistung.

»Alles Taktik«, erklärte er dem Notar. »Seien Sie nur zuversichtlich, Doktor. Emma möchte nicht zu erkennen geben, was sie im Sinn hat. Meine Tochter ist schlau.«

»Mag sein, aber der Wettbewerb endet in zwei Tagen, und sie hat noch nichts zu Wege gebracht.«

»Sie wird etwas zu Wege bringen, und wenn sie etwas zu Wege bringt, lässt sie alle anderen weit hinter sich. Darf ich Ihnen noch etwas zu trinken bringen?«

Der Notar war nicht wirklich überzeugt, während Mario, der sich mit einer Bierdose in der Hand zu ihnen gesellt hatte, Vitos Optimismus teilte.

»Sie werden es schaffen, Papa. Du wirst schon sehen.«

»Was heißt hier ›sie werden es schaffen‹!«, empörte sich Vito. »Bei allem Respekt, Mario, aber es muss heißen ›sie wird es schaffen‹. Die anderen beiden sind Ballast! Sehen Sie etwas von ihnen? Die rühren keinen Finger, diese dummen Trinen.«

Mario konnte dem nicht beipflichten. Wenn man von

Bianca einmal absah, die tatsächlich nichts Nennenswertes tat, schien ihm Camelia doch einen beachtlichen Beitrag zu leisten. Sie war so hübsch mit ihrer weißen Schürze.

»Mir scheint aber, dass sie gut zusammenarbeiten.«

»Ist das zu glauben? Schauen Sie sich doch die Blonde an, die guckt aus der Wäsche wie eine gekochte Schnepfe.«

Mario schwieg. Er war ein intelligenter Mann und konnte nicht leugnen, dass Camelia mit dem sanften, starren Blick ihrer blauen Augen etwas von einer Schnepfe hatte. Aber warum nicht? Schöne, meerblaue Augen, dachte er, sicher besser als die grünen, beunruhigenden Augen dieser anderen Frau. Was die tiefgründigen, geheimnisvollen Augen von Emma anging, so war das eine andere Geschichte. Das waren die Augen, die er zu heiraten beschlossen hatte, auch wenn er sich im Moment nicht mehr erinnern konnte, warum.

Elena und Noemi sahen sich den Wettbewerb ebenfalls an, aber ihre Reaktion war ungewöhnlich, sie waren regelrecht aus dem Häuschen. Um Elena zu zitieren: Das Leben ist wie eine Welle, die alle Luftmatratzen mit sich reißt. In der Folge der jüngsten Wachowski-Ereignisse entwickelte sich das Leben der blonden Saalchefin an allen Ecken und Enden weiter. Sie hatte für den Laden in der Via Monferrato eine Anzahlung geleistet, hatte mit einem Ausstatter gesprochen, der ihr das Lokal im Retrostil einrichten würde, und sah nun keinerlei Grund mehr, Camelia zu sagen, dass sie ihre und Corrados Tochter war.

»Aber wir machen es doch für sie«, widersprach Noemi. »Damit sie bessere Chancen bekommt.«

»Was denn für Chancen? Die Möglichkeit herauszufinden, dass ihre Mutter sie verlassen hat und ihr Vater ein Bastard ist?«

»Er ist kein Bastard«, protestierte Noemi. Sie mochte es nicht, wenn man über einen Mann herzog, der mit dem bloßen Auge 30 verschiedene Jasmin-Arten unterscheiden konnte. »Er wusste schließlich nicht, dass er eine Tochter hat. Er hat ein reines Herz.«

»Das ist wirklich das Letzte, was mich jetzt interessiert. Ich werde ihn mit einem Schwamm aus meinem Leben fortwischen wie eine Schrift von der Tafel der Erinnerungen. *Finem justificat Mittel*, meine Liebe. Und Camelia werden wir gar nichts erzählen. Sie ist deine Tochter, und sie wird deine Tochter bleiben. Ich muss noch meine Wohnung renovieren, da werde ich wohl kaum Zeit für emotionale Verwicklungen haben.«

»Aber wenn sie gewinnt, wird Corrado es ihr sagen.«

»Dass ich nicht lache. Hast du sie nicht gesehen? Die Trisciuoglio ist ein Bluff. Corrado hat nicht einmal mehr einen Riecher für gute Konditoren. Sie gewinnen nie und nimmer.«

Biancas Plan war einfach. Sie wollte Tinco zu Camelia nach Hause schicken, damit er die beiden Bücher aus der Kiste holte, und ihm die Entscheidung überlassen, wie er sie ins Meridien schmuggelte. Am Erfolg hatte sie keinerlei Zweifel, denn ein Junge aus der Punkgeneration, der es schaffte, in diesem Nest von schrägen Vögeln in der Via Mezzaluna zu überleben, musste über Fähigkeiten verfügen, die gewöhnlichen Menschen fremd waren. Aber wie sollte sie zu Tinco Kontakt aufnehmen? In der Nacht von Mittwoch auf Donnerstag wachte sie um drei Uhr auf, weil diese Frage wie eine Axt in ihren Frontallappen eingedrungen war. Um die Angst zu bekämpfen, beschloss sie, auf die Erkenntnisse der Homöopathie zurückzugreifen und zu einer stärkeren Angst Zuflucht zu suchen. Sie machte das Licht an, nahm *Nicholas Nickleby*, der neben dem Bett auf dem Boden lag, zog dann den geschlossenen Briefumschlag zwischen den Seiten hervor, öffnete ihn und las:

»Hallo, biancastella. Ich werde verreisen, ich fahre mit Carla nach Lappland. Unter anderem werde ich dort oben versuchen, alles aus dem Kopf zu bekommen, was dich betrifft. Ich habe dir doch gesagt, dass ich mich in dich verliebt habe? Oder habe ich es dir nicht gesagt? Egal, es bleibt sich gleich, also verschwinde ich. Mein Liebesleben und all diesen Schlamassel habe ich satt, kannst du das verstehen? Ich konzentriere mich auf Carla und werde sonst niemanden mehr anschauen. Das ist es aber gar nicht, was ich dir sagen wollte. Ich habe deine Aquarelle verkauft. 1000 Euro wollen sie dir zahlen. Du musst dich mit dem Verlag Luce sull'Acqua in Verbindung setzen – edle Bücher für anspruchsvolle Kinder. Mit deinen Aquarellen wollen sie eine Geschichte bebildern, keine Ahnung. Meine Schwester Carlotta arbeitet dort, sie wird dir alles erklären. Entscheide selbst. Wenn du dich in etwas hineinknien willst, das du gut kannst, bestens. Wenn du lieber weiterhin deine Zeit vertrödelst, perfekt.

In all meiner nutzlosen Liebe,

Alex.«

Während Bianca den Brief las, irrte Alessandro um das Meridien herum und versuchte, irgendwie hineinzukommen. Das konnte nicht unmöglich sein, in Italien war nichts unmöglich – man musste nur den richtigen Cousin haben, und schon war man überall drin. Außerdem war er Arzt und hatte einen Arztkoffer dabei, da musste sich nur jemand schlecht fühlen. Irgendwann kam er an eine dunkle, verlassene Stelle zwischen dem Parkplatz und dem Müllbereich. Mülltonnen und Müllsäcke waren wohlsortiert, stanken aber trotzdem. Plötzlich öffnete sich eine Tür, und ein zierliches Mädchen schleppte einen riesigen schwarzen Sack heraus. Die geöffnete Tür gab den Blick auf eine Art Nebenküche frei. Ale konzentrierte sich, denn jetzt musste er brillieren, und ging ruhig auf das Mädchen zu. Er adaptierte den Gang eines jungen Kirchenmannes, der eines Tages Erzbischof oder vielleicht sogar Papst werden würde und zwar nicht flog, aber doch schwebte, ohne wirklich den Boden zu berühren. Vor einem derart Einherschreitenden konnte man gar keine Angst haben. Wie in Trance sah ihn die 17-jährige Marzia Spaccesi näher kommen, eine Art Maria bei der Erscheinung des Erzengels Gabriel.

»Hallo. Entschuldigen Sie bitte. Ist dies das Hotel Meridien?«

Das war die richtige Frage, weil sie das Interesse auf etwas anderes lenkte. Dieser Mann, der hier um drei Uhr morgens auf sie zukam, wollte sie nicht ausrauben oder vergewaltigen, er wollte schlicht eine Information. Marzia antwortete also, und Ale brauchte keine acht Minuten, um sie davon zu überzeugen, dass sie ihm helfen sollte.

Eine Viertelstunde später klopfte er an die Tür der Croma-Suite, wo die Mannschaft der Konditorei Delacroix untergebracht war. Bianca war noch wach. Als sie Alessandro hereinkommen sah, wich sämtliches Blut aus ihrem Körper.

»Was machst du denn hier?«

»Ich wollte nur wissen, ob du meinen Brief bekommen hast. Aber wie ich sehe, hast du ihn sogar in der Hand.«

»Emma hat ihn mir gerade erst gegeben.«

»Wie unaufmerksam.«

»Verschwinde. Wenn sie dich schnappen, werden wir disqualifiziert.«

»Gern. Brauchst du etwas?«

»Und du?«

»Offensichtlich schon.«

»Liebes Tagebuch, auch wenn es mitten in der Nacht ist und ich eigentlich schlafen sollte, weil ich sonst VK bekomme – verfrühte Krähenfüße –, muss ich dir unbedingt eine romantische Geschichte erzählen. Sie hat sich diese Nacht ereignet, als wären auch wir Teil einer Folge von *Amore e Basta*. Vorhin bin ich aufgewacht, weil ich komische Schreie in unserer Suite gehört habe. Im Salon stehen nur weiße Ledersofas, der letzte Schrei, und als ich die Tür aufgemacht habe, sah ich, wie Bianca jemanden küsste! Es war aber keiner von hier, der fantastische algerische Koch etwa, an den ich mich sofort herangemacht hätte, wenn ich nicht in du weißt schon wen verliebt wäre. Nein, es war dieser Arzt mit dem Pferdeschwanz, der ihr schon ewig hinterherrennt, obwohl er mit ein paar anderen verlobt ist. O Tagebuch, es war schrecklich, zu sehen, wie zwei sich küssen, und nicht selbst dabei zu sein! Gott sei Dank haben sie sofort aufgehört, und Bianca hat ihn fortgescheucht. Allerdings hat sie ihm erst einen Zettel mit einer Nachricht für Tinco gegeben. Sie hat gesagt, wir hätten echt Glück, dass Ale (der blonde Typ) gekommen sei und dass wir nun vielleicht den Wettbewerb gewinnen könnten. Als er weg war, habe ich sie gefragt, ob sie nun mit ihm zusammen sei, und sie hat nein gesagt. Angeblich weiß sie schon, wie sie es anstellt, ihn nach dem Verlassen des Hotels nicht mehr sehen zu müssen. Gut, jetzt schlafe ich mal, sonst bekomme ich Haarspliss. Auch wenn man der Liebe entsagt hat, ist das kein Grund, sich zu vernachlässigen, oder, liebes Tagebuch?«

Die Cremerolle von Tante Margherita

Donnerstagmorgen wurde Emma von der Stimme der Langeweile geweckt. Die hatte sich im Hotel Meridien mittlerweile eingelebt und ließ wieder von sich hören.

»He. Es ist schon Donnerstag. Passs auf, Sssssamsstag mussst du etwas vorzuweisssen haben. Du hassst dich diessser Verantwortung gestellt, du bissst eine erwachsssene Perssson, kein Mädchen. Losss, du darfssst dich nicht ablenken lasssen. Übernimm Verantwortung. Du bissst nicht sssechs Jahre alt, sssieben …«

»Wal!!!«, brüllte Emma und sprang mit dem Hintern aufs Bett.

»Nutzlosss. Diesssmal hilft dir das nichtsss. Losss, mach dich an die Arbeit. Irgendetwasss …«

Auf dem Weg zur Dusche beschloss Emma, Bianca zu fragen, wie man die Stimme der Langeweile abmurksen könne. Im Grunde wusste sie allerdings, dass die verhasste Schlange Recht hatte und sie tatsächlich Samstag irgendetwas vorweisen musste. Sie schloss die Augen und ließ sich von den lasziven Strahlen der Hoteldusche umfangen. Plötzlich stieg zwischen den Dämpfen die Cremerolle von Tante Margherita auf. Costanza hatte ihr davon erzählt, die Mama des Mädchens, für das Emma manchmal den Babysitter gespielt hatte. Soweit sie sich erinnern konnte, handelte es sich um eine Biskuitrolle mit Vanillecremefüllung. Wenn ich den Teig nun mit Ingwer verfeinern, die Vanillecreme durch Mokkabuttercreme ersetzen und das Ganze mit einer Schicht

Marzipan umhüllen würde? Dann bekäme man ein schweres sizilianisches oder österreichisches Gebäck, das man in Designer-Blechdosen verpacken und im Internet verkaufen könnte. Mit so einem Zeug kann man keinen Blumentopf gewinnen, aber ich bin fein heraus. Ich wahre mein Gesicht, und da ich sowieso kündige, muss ich mir auch wegen der Konditorei Delacroix keinen Kopf mehr machen.

Emma verließ die Dusche, traf im Salon auf Bianca und Camelia und merkte gar nicht, dass Bianca bleich war wie ein Vampir.

»Mädels, heute beginnt die eigentliche Arbeit. Was sagt ihr dazu?«

Bianca hatte Ale Tincos Adresse gegeben, und so klingelte Doktor Carella am Tag nach seinem regelwidrigen Besuch im Meridien bei den Scippas in der Via Mezzaluna. Zwei Mädchen im Alter von ungefähr zehn Jahren öffneten ihm, und wenn nicht die eine Lockenwickler und die andere Lippenstift getragen hätte, wären sie ununterscheidbar gewesen.

»Hallo. Ich bin Alessandro. Wer seid ihr?«

»Giovanna! Paola!«, brüllten sie in perfektem Unisono.

»Aha. Und wohnt hier auch ein gewisser Tinco?«

»Giuseppe! Für dich«, brüllten sie noch lauter, dann verschwanden sie. Eine der beiden – die mit den Lockenwicklern – kehrte zurück und verkündete in weiterhin übertriebener Lautstärke: »Du bist ein Mythos.«

Tinco und Alessandro waren sich bereits in der Konditorei begegnet und erkannten sich sofort wieder.

»Hallo. Ich habe eine Nachricht von Bianca«, sagte Ale ohne Umschweife und gab ihm ein Stück kariertes Papier. Tinco entfaltete es, las und kniff die Augen zusammen.

»Dumme Sache! Morgen ist Vales Finale, sie bringt mich um.«

Ale zeigte auf das Zimmer hinter ihm.

»Wenn ich hereinkommen darf, können wir darüber sprechen.«

»Das ist nicht möglich!«, schrie Elena vor dem Kleiderschrank ihrer Schwester. »Ich kann nicht die gleiche Größe haben!«

»Warum nicht? Wir sehen doch mehr oder weniger gleich aus, oder?«

»Gleich? Du bist zwei Jahre älter als ich. Außerdem mache ich Diät und Pilates, trinke zwei Liter Wasser am Tag und esse seit 2003 keine Nudeln mehr, während du dich mit Würstchen und Bratkartoffeln vollstopfst, keinerlei Sport treibst und dich nicht im Geringsten um dein Äußeres kümmerst. Es ist nicht möglich, dass wir dieselbe Größe haben.«

Elena konnte sich nicht damit abfinden. Seit drei Tagen lebte sie im Haus ihrer Schwester und wartete darauf, dass der fleißige Retro-Look-Experte ihre Wohnung komplett im Stil der Brönte-Schwestern renoviert haben würde. An diesem Morgen hatte sie Noemis Kleiderschrank geöffnet, um zu schauen, ob sich dort vielleicht eine Strickjacke fand, die sie statt ihrer blauen, die sie daheim vergessen hatte, anziehen könnte. Natürlich gab es nichts dergleichen, sondern nur eine Reihe der immergleichen Overalls, Jeans, Shetlandpullover und Schottenhemden. Wahre Scheußlichkeiten, aber alles Scheußlichkeiten in Größe 40. Ihrer Größe! Der Größe, die sie nur unter erheblichen Anstrengungen hielt und derer sich Noemi nicht einmal bewusst war.

»Dann haben wir eben dieselbe Größe. Beruhige dich.«

»Aber entschuldige bitte, wie ist das möglich? Gestern Abend hast du einen halben Liter Zabaione verputzt.«

»Was soll ich machen? Das wird mit der Baumschule zu tun haben. Die Buddelei verschlingt offensichtlich eine Menge Energie. Statt zu jammern, solltest du dir lieber einen Pullover überziehen und kommen, denn jetzt beginnt die Übertragung.«

Elena griff mit finsterer Miene zu einem rostroten Pullover und störte sich nicht daran, dass er unschön vom Blaugrün ihres Kleides abstach. Plötzlich hatte nichts mehr Sinn, ganz besonders das frugale Frühstück nicht, das Noemi ihr hingestellt hatte: ein Apfel, ein Becher fettarmer Joghurt, ein Zwieback. Noemi selbst schmierte sich Marmelade auf ein reichlich gebuttertes Toastbrot. Dazu gab es Milchkaffee und eine beeindruckende Menge an Mürbeteigplätzchen. Nein, da stimmte etwas nicht. Elena schnappte sich trotzig das Brot, schnitt sich eine Scheibe ab und schmierte Marmelade darauf. Seit der Wettbewerb angefangen hatte, schalteten Noemi und sie jeden Morgen vor der Arbeit und jeden Abend nach der Rückkehr Gambero Rosso ein und hofften inständig auf eine Niederlage der Mädels von Delacroix.

Leider waren Tinco und Ale nicht auf dem Laufenden und gingen davon aus, in den beiden Frauen mächtige Verbündete zu haben. Sie schmiedeten einen Plan, der von vornherein zum Scheitern verurteilt war.

»Ich kann mich mit dieser Angelegenheit nicht befassen«, sagte Tinco im selben Moment, als ein paar Kilometer weiter westlich Elena und Noemi den Fernseher anschalteten. »Morgen früh geht meine Freundin Valentina ins Finale des Wettbewerbs ›Aufstrebende ShampooniererInnen der Provinz Turin‹, und da muss ich hin. Wenn sie mich nicht im Publikum sieht, flippt sie aus und kriegt nichts mehr gebacken.«

»Wenn du Bianca nicht bringst, was sie braucht, dann verlieren sie den Wettbewerb, und die Konditorei wird an einen Typen verkauft, der sich einen Dreck ums Personal schert. Ihr werdet alle gefeuert, du, sie, Frau Mehl und dieser schwindsüchtige Typ hinter der Theke. Vielleicht behalten sie die Konditoren, aber euch Hilfspersonal bestimmt nicht.«

Zu einem anderen Zeitpunkt hätte es Tinco sicher angenervt, von diesem geschniegelten, glatt rasierten Affen »Hilfspersonal« genannt zu werden. Im Moment hatte er jedoch wichtigere Probleme. Persönliche Interessen und Freundschaft zogen in die eine Richtung, die Liebe zog in die andere.

»Mist. Ich weiß nicht, was ich tun soll.«

»Ich könnte selbst hingehen, aber die Mutter und die Tante dieses Mädchens kennen mich nicht. Du dagegen stehst mit ihnen auf gutem Fuß, nicht wahr?«

»Schwachsinn. Signora Elena hasst mich.«

»Aber sie weiß, dass ihr auf derselben Seite steht. Wenn du ihr Biancas Brief zeigst, wird sie es schon verstehen. Außerdem musst du dich beeilen. Wir haben bereits Donnerstag. Samstag müssen sie etwas vorzuweisen haben, und Emma scheint wirklich neben der Spur zu sein.«

»Nun mach mal langsam. Emma weiß, was sie tut.«

»Diesmal nicht.«

Tinco schüttelte den Kopf. »Vale bringt mich um«, sagte er wieder, und man sah, dass er das wirklich glaubte.

»Rede mit ihr.«

»Reden?« Es war offensichtlich, dass die verbale Kommunikation in Tincos Überlegungen eine untergeordnete Rolle spielte. Mit Valentina zu reden war Zeitverschwendung. Die Dinge würden in ihrem Gehirn kreisen, ohne Spuren zu hinterlassen, und dann würde sie alles blitzschnell ausplaudern.

»Versuch es. Erklär ihr, dass du hinmusst. Dann könntest du sie mit einer kleinen Maßnahme überraschen.«

»Die da wäre?«

Alessandro erklärte es ihm.

So war der Plan angelaufen, um an einem mehr als unvorhergesehenen Hindernis sofort wieder zu scheitern. Als Tinco bei den Picchis klingelte, öffnete Noemi und musterte ihn desinteressiert.

»Wer bist du denn?«, fragte sie.

»Ich arbeite in der Konditorei. Signora Elena kennt mich.«

Elena wurde herbeigerufen, bestätigte die Aussage und schaute Tinco mit noch größerem Desinteresse an. Er hatte ihr noch nie gefallen, und das wurde jetzt, da sie ihren – vorerst – leisen Krieg gegen Delacroix begonnen hatte, nicht besser.

»Guten Tag, Signora Belmonte. Signorina Camelia braucht etwas, das sich bei Ihnen in der Dachkammer befindet. Es handelt sich um eine Kiste mit Zeug, die ihr Großvater ihr vermacht hat. In der Kiste sind zwei Bücher, die sie unbedingt haben will.«

Die beiden Harpyien schauten sich an, und Tinco lief ein Schauer über den Rücken. Sie reagierten nicht auf die erwünschte Weise.

»Unbedingt haben will wofür?«

»Für den Wettbewerb. Sie haben es geschafft, mir eine Nachricht zukommen zu lassen. Bislang ist die Sache ziemlich schlecht gelaufen, aber mithilfe der Bücher könnten sie gewinnen.«

Tinco gab Elena Biancas Zettel.

Elena las und sagte zu ihrer Schwester: »Sie können das Heft deines Schwiegervaters entschlüsseln.«

»Ah!«, sagte Noemi. »Das könnte nützlich sein!«

»In der Tat«, bestätigte ihre Schwester. »Aber für uns, nicht für sie. Tut mir leid, Scippa«, fügte sie hinzu und sah

Tinco an. »Wir werden ganz bestimmt keine Bücher herausrücken. Danke für deinen Besuch.« Dann schlug sie ihm die Tür vor der Nase zu.

Giuseppe Scippa, genannt Tinco, hatte mit Corrado Delacroix etwas gemeinsam: Wenn er erst einmal eine Idee verfolgte, und mochte er anfangs noch so skeptisch gewesen sein, dann hielt er mit äußerster Konsequenz daran fest. Er hatte entschieden, sein privates Glück und auch sein physisches Überleben zu riskieren und Bianca die fraglichen Bücher zu bringen. Diesen Plan würde er keineswegs aufgeben, nur weil die beiden Nebelkrähen sie nicht herausrücken wollten. Er würde sich Zutritt zu diesem Haus verschaffen, die Kiste suchen, die Bücher herausnehmen und dann einen Weg finden, sie den Mädels zu bringen. Als er durch das Tor trat, achtete er daher sorgfältig darauf, dass es nicht ins Schloss fiel. Er ging davon aus, dass sich die Belmonte und ihre Schwester sofort nach seinem Verschwinden vor dem Fernseher vergraben würden.

Ale wartete mit ausgeschaltetem Handy im Wagen. Schon 15 unbeantwortete Anrufe hatte er von Carla bekommen, und damit sie nicht zur Polizei ging, hatte er ihr soeben eine SMS geschickt: »Mir gehts gut. Kn Grd zur Sorge. Chaos b Arbeit. Melde mich so bld mögl.« Das war keine glaubwürdige Botschaft, wenn man bedachte, dass sie am nächsten Morgen mit Kuoni nach Lappland aufbrechen würden, aber wenigstens hatte er der Hypothese entgegengewirkt, dass er das Opfer eines schrecklichen Unfalls geworden sein musste. Auch wenn ihm, streng genommen, genau das passiert war.

»Die dämlichen Tanten wollen die Bücher nicht rausrücken«, verkündete Tinco, der wie eine gepiercte Zellwand am Wagenfenster erschien.

»Warum? Trauen sie dir nicht?«

»Keine verkackte Ahnung. Ich geh sie holen, aber du musst mir helfen.«

Ale zog die Handbremse an und folgte ihm.

Emma starrte auf die Zutaten, die vor ihr aufgereiht waren. Eier. Zucker. Mehl. Milch. Die Säulen des Konditorenwesens. Notwendig und hinreichend für fast alles. Ein wenig Treibmittel und Schokolade, und man konnte das Universum versüßen. Ein Stückchen weiter hinten die drei verflixten Dämonen: Ingwer, Mandeln und Kaffee. Wenn ich hier rauskomme, dachte Emma, werde ich nie wieder im Leben eine der drei Zutaten verarbeiten. Jetzt aber musste sie, und auch wenn sie keinerlei Vergnügen daran fand, würde sie es tun, und zwar so gut sie konnte.

Das war ein ehrenvoller Ausweg angesichts der Gefahr einer beschämenden Schlappe, und es erforderte nur ein wenig Disziplin. Mit Biancas und Camelias Hilfe, die auch eher kleinlaut waren, stellte sie den Biskuitteig her. Als er im Ofen war, warf sie sich in einen Sessel und bat um eine Zigarette.

»Aber wir rauchen doch gar nicht!«, protestierte Camelia.

»Ich fang heute an«, verkündete Emma.

»Nein, tu das nicht!« Camelia hatte buchstäblich Panik vor dem Rauchen, weil ihr Schwester Lauretta immer die grausamen Geschichten vom Zigarettenmann erzählt hatte, einem gelblichen, leichenartigen Monster, das kleine Kinder in weißes Papier einrollte, sie anzündete und rülpsend rauchte.

»Doch. Ich brauche eine Leidenschaft.«

»Aber Rauchen?«, protestierte Bianca.

»Warum nicht? Arbeit und Liebe sind schließlich futsch, wenn ich hier rauskomme.«

»Und Mario?«, fragte Camelia mit zitternder Stimme.

Emma zuckte mit den Schultern. »Mario reicht mir nicht.

Wisst ihr was? Als ich kürzlich Andrea und Jasmine zusammen gesehen habe, war das ein übler Schock. Ich habe begriffen, dass ich ihn liebe und begehre und dass mich kein anderer Mann interessiert. Klar waren wir nur drei Tage zusammen, aber das hat nichts zu besagen. Mir hat es gereicht. Daher würde ich die Konditorei auch verlassen, wenn ich den Wettbewerb gewinnen würde.«

»Und was willst du machen?«, fragte Bianca.

»Mir wird schon etwas einfallen.«

Bianca hatte ihrerseits bereits ein Ass im Ärmel, ihren Plan B. Den würde sie in die Tat umsetzen, um nicht in die tückischen Fänge der Liebe zu geraten, die für sie definitiv von Alessandro repräsentiert wurden. »Angeblich wird die Besatzung für ein Walfangschiff gesucht«, warf sie ein. »Ich überlege, ob ich anheuern soll. Vielleicht hast du ja auch Interesse? Sie zahlen einen Haufen Geld.«

»Nein, bestimmt nicht. Ich könnte mich niemals an der Tötung von Walen beteiligen. Persönliche Gründe.«

Auf der Bühne des Dancing Lutrario saßen drei junge Damen mit, gelinde gesagt, ungebändigten Haarmähnen vor drei Waschbecken. Neben ihnen warteten die drei Finalistinnen des Wettbewerbs »Aufstrebende ShampooniererInnen der Provinz Turin« auf den Startpfiff für die entscheidende Runde. Eine von ihnen fühlte sich allerdings vom Rennen schon ausgeschlossen. Wie befürchtet, hatten Tincos Worte nicht die geringste Spur in Valentinas Hirn hinterlassen, einem Organ, das ausschließlich aus rosa Kaugummi bestand. Vale wusste nur, dass Tinco nicht da war, während die Freunde der beiden anderen Finalistinnen in der ersten Reihe saßen und ein aufmunterndes Grinsen zur Schau stellten. Wie sollte sie die verfilzte Masse auf dem Kopf von Alice aus Verbania ohne freundschaftlichen Beistand bändigen können? Okay, ihre Mama war da und ihr Papa, außerdem ihre Schwester Marika, ihre besten Freundinnen Chiara und Saryn, Onkel Anto, ihre Cousine Rosi, ihre beiden Omas mit vier Freundinnen, dann die Nachbarin Signora Gabri. Aber niemand von ihnen ersetzte auch nur annähernd Tinco, ihren *boyfriend*, ihren »Er«, wie es in *Top Girl* hieß.

Untröstlich vernahm Vale den Startpfiff, griff ohne jeden Enthusiasmus in die widerspenstige Matte ihres Opfers und schmiss sie ins Waschbecken. In diesem Moment hörte sie zwei schrille Stimmchen wie junge Hyänen schreien: »Los, Vale!!!« Sie schaute auf und sah in der ersten Reihe, direkt neben den Freunden der anderen Teilnehmerinnen, Giovanna und Paola sitzen. Sie schwenkten ein Schild mit der Aufschrift »VALE IST 1 MYTHOS« und fletschten ihre Zähne zu einem aufmunternden Grinsen.

Was macht eine Pariserin in Turin, wenn sie Brautkleider gekauft hat? Um die Langeweile totzuschlagen, hatte Jasmine gleich drei gekauft sowie jeden Schnickschnack, den ihre ungezügelte Fantasie und viele Telefonate mit Olyve ihr nahegelegt hatten. Jetzt wusste sie wirklich nicht mehr, was sie noch hinzufügen sollte. Andrea bot ihr keinerlei Unterhaltung außer der nächtlichen, die fantastisch war, aber trotzdem … Andrea war nur einer, und mehr als sein Bestes konnte er nicht geben. Den Rest der Zeit über saß er vor dem Fernseher und quälte sich, weil die unfähige Tussi, die sie zum Wettbewerb geschickt hatten, nichts gebacken bekam. Er hatte ihr andeutungsweise erklärt, dass dieses Mädel mindestens unter die ersten drei kommen musste, damit die Konditorei nicht den Bach runterging. Sie würden an jemanden verkaufen müssen, der schlimmer war als Kater Karlo, und sein Vater würde entsetzlich leiden blablabla. Was sollte das alles, es ging doch nur um eine Konditorei?

Wenn Andrea um jeden Preis eine Konditorei brauchte, *bon*, dann soll er doch in Paris eine eröffnen. Delacroix *père* war immer noch ein faszinierender Mann und würde bei ihren Freundinnen Furore machen. Warum saß Andrea also da und glotzte sich all dieses Zeug an, als hätte ihn der Schlag getroffen?

Jasmine war ziemlich genervt, und es war der Moment gekommen, die Initiative zu ergreifen. Am selben Donnerstagvormittag, als Tinco durch ein Fenster das Haus der Picchis betrat, Ale derweil an der Tür mit Noemi und Elena plauderte und sie davon überzeugte, dass er der neue Arzt der nahe gelegenen Klinik sei und den Weg verloren habe (»dafür aber die entzückendsten Damen gefunden«), stand Jasmine im Morgenmantel und mit schwarzer Sonnenbrille vor Andrea, der mit höchster Konzentration in den Fernseher starrte, und sagte: »Geliebter, ich muss einen Angriff gegen die Artischocken reiten.«

»Ja okay, geh nur.«

Es war also wahr. Andrea sah sich im Fernsehen diesen dämlichen Wettbewerb an und hatte das Hörvermögen verloren. Jasmine wollte die endgültige Bestätigung.

»Und ich dachte, ich treib's mal mit den Neffen vom Nachbarn.«

»Mmh«, antwortete Andrea und versuchte zu erkennen, ob der Repräsentant von Mart Kalev in Gruppe sieben tatsächlich Ingwerpralinen herstellte. Er selbst hatte vor ein paar Monaten damit herumexperimentiert, war aber mit dem Ergebnis nicht zufrieden gewesen. Interessante Erfahrung, obwohl er im Nachhinein auch darauf hätte verzichten können, weil er es zufällig nicht schätzte, eine Praline in den Mund zu stecken und auf der Zunge nur Fleisch zu schmecken. Er drehte sich um, weil er meinte, irgendjemanden reden gehört zu haben. Kurz zuvor hatte er Jasmine im

Morgenmantel gesehen, doch sie war verschwunden. Vielleicht war sie auch nie da gewesen. Ohne jedes Interesse an einer Klärung wandte er den Blick genau in dem Moment wieder auf den Bildschirm, als eine leidenschaftslose Emma gezeigt wurde, die in einer Buttercreme herumrührte. Buttercreme? Dieser Dinosaurier des Konditorenwesens? O nein!

Bis zu diesem Moment war es leicht gewesen: in Noemis Haus einzusteigen, in Camelias Zimmer zu gehen, die Kiste zu finden, im Inhalt herumzuwühlen, die beiden Bücher herauszunehmen und sich hinauszuschleichen, während Ale den beiden Nebelkrähen, die von seinen blauen Augen total gefesselt waren, irgendeinen Schwachsinn erzählte. Das alles war für Tinco, der den G8-Gipfel und ein paar Auseinandersetzungen im autonomen Kulturzentrum Askatasuna überlebt hatte, ein Kinderspiel gewesen. Nun wurde es kompliziert. Die Beute musste ins Meridien geschmuggelt werden und dort auf jeden Fall Bianca erreichen.

»Es gibt nur eine Sorte Mensch, die problemlos im Hotel ein und aus gehen kann«, sagte Ale, als sie in der Nähe vom Lingotto parkten.

»Nämlich?«

»Journalisten. Die von Gambero Rosso. Zweimal am Tag gehen sie hinein, um die Teilnehmer zu interviewen. Dann gibt es noch die Kameraleute, die Kabelträger und die Mikrofonhalter.«

»Die haben alle einen Ausweis.«

»Das ist ein Schwachpunkt. Komm, wir schauen uns das mal an.«

Eine kleine Menge Neugieriger stand vor dem Eingang des Meridien, aber niemand kam hinter die Sperrgitter, die das Gambero-Rosso-Team von den Menschen abschirmte. Alessandro und Tinco sahen sich alles ruhig an und suchten nach dem entscheidenden Schlupfloch. Als Ale bemerkte, wie sich Valeria Volatile zum dritten Mal nach ihm umdrehte, wusste er, dass er es gefunden hatte.

»Würdest du es schaffen, diesem Mädel einen Stein an den Kopf zu schmeißen, ohne ihr allzu wehzutun und ohne dich schnappen zu lassen?«, fragte er Tinco.

»Da bist du an den Richtigen geraten. Wie tief soll die Wunde denn sein?«

Elena und Noemi stießen einen perfekt synchronisierten Schrei aus.

»Das ist er! Doktor Carella!«

Er war es tatsächlich, der bezaubernde Arzt, der sich wenige Stunden zuvor zufällig an ihre Tür verirrt hatte, der junge Internist vom Ospedale San Camillo, der sich in den gewundenen Straßen des Hügellands verfahren hatte. Höchstpersönlich eilte er in der Direktübertragung von Gambero Rosso der Moderatorin Valeria Volatile zu Hilfe, weil ein leider nicht identifizierter Missetäter ihr einen spitzen Stein an den Schädel geworfen hatte. Es floss viel Blut, aber der Schaden war offenbar gering.

»Was macht er bloß dort?«, fragte sich Noemi.

»Tja. Ist mir auch irgendwie ... O Gott! Heilige Jungfrau Maria!«

Es kam selten vor, dass Elena sich zu marianischen Anrufungen hinreißen ließ, und Noemi drehte sich überrascht um. Ihre Schwester war bleicher als bleich, die Augen quollen fast aus ihren Augenhöhlen heraus.

»Was ist denn los?«

»Jetzt erinnere ich mich! Ich habe diesen Arzt schon einmal gesehen. Er war in der Konditorei und hat nach der Longhi gefragt!«

»Bianca Longhi? Nach Camelias Assistentin?«

»Genau. Da passiert etwas sehr Merkwürdiges, Noemi. Da passiert etwas, das mir überhaupt nicht gefällt.«

Nachdem er Valeria gerettet hatte, fand er es ganz normal, sie zu einem Drink einzuladen, und sie fand es ganz normal, ihn ins Meridien einzuladen und ihm einen Ausweis zu besorgen. Er blieb lange genug bei ihr, um keinerlei Verdacht zu erregen, dann ließ er sie einen Moment allein, bestieg seelenruhig mit seinem Arztkoffer und dem gut sichtbaren Ausweis am Revers einen Fahrstuhl, grüßte höflich und distanziert, wem auch immer er begegnete, unter anderem ein paar Leuten vom Sicherheitsdienst, steckte an der Croma-Suite einen Piggy Tail ins Schloss, ein Einbruchswerkzeug, das ihm ein Cousin und langjähriges IRA-Mitglied geschenkt hatte, trat ein, legte ein Paket auf eines der Betten, ging wieder hinaus, schloss mit dem Piggy Tail ab, fuhr hinunter, fand Valeria immer noch in einem Zustand leichter Blödheit vor, verabschiedete sich und entschuldigte sich, dass er sie nicht weiter betreuen könne, aber er müsse sofort nach Lappland aufbrechen.

Geschafft. Die rebellische Exmähne von Alice aus Verbania schimmerte wie ein Schweizer Gebirgsbach in der Frühlingssonne. Kein einziger Knoten störte den goldenen Wasserfall sich anmutig kringelnder Locken. Haar für Haar verströmten sie den Duft von Calycanthus. Wenn man hineinfasste, war die Masse von überwältigender Weichheit, büßte dadurch aber nichts an Energie und Spannkraft ein. Valentina hatte hervorragende Arbeit geleistet, und obwohl die anderen beiden Finalistinnen ihrerseits Talent bewiesen hatten, konnte gar kein Zweifel daran bestehen, wer die aufstrebende Shampooniererin der Provinz Turin war. Valentina und nur Valentina.

Wenn sie ein so überwältigendes Resultat erzielt hatte, dann hatte sie das ausschließlich für die beiden Möchtegern-Assistentinnen von *Topo Gigio* getan, die mit der Hilfe von irgendwem, wahrscheinlich einem blonden Arzt mit Pferdeschwanz, die Schule geschwänzt hatten und hierhergekommen waren, um sie mit ihrem Schild und ihrem Gekreische zu unterstützen. Klar, Tinco war nicht da, aber Giovanna und Paola waren seine unmittelbare Emanation, sie waren Fleisch von seinem Fleisch und Blut von seinem Blut, und sie sahen ihm sogar ähnlich, einschließlich zweier falscher Piercings, die sie sich für diese Gelegenheit ans Ohr geklebt hatten. Valentina hatte den Sieg für sie errungen, aber nicht einmal für sie würde sie darauf verzichten, ihren Bruder seelisch und vor allem körperlich zu ruinieren, sobald sie ihn in die Finger bekommen würde.

Im Verlauf des Tages feilten Emma und ihre praktisch nutzlosen Assistentinnen an ihrer Version der Cremerolle herum und näherten sich allmählich der Vollkommenheit. Morgen würden sie es noch fünf-, sechs-, zehnmal ausprobieren, und am Samstag hätten sie schließlich das Optimum herausgeholt. Dann würden sie alle einen freien Tag haben, würden mit den anderen Konditoren herumalbern, Interviews geben und möglichst auf sich aufmerksam machen. Samstagabend Preisverleihung, Sonntag Rückzug, Montag totale Leere, zumindest was Emma betraf. So lauteten die Pläne. Dann aber kamen die drei Frauen Donnerstagabend in ihre Suite und fanden auf Camelias Bett ein braunes Paket vor.

»Das gibt es nicht. Sie haben es geschafft«, rief Bianca.

»Was ist das?«, fragte Emma.

»Die Bücher von Camelias Großvater. Ich habe Tinco damit beauftragt, zu Camelia nach Hause zu gehen, ihre Mutter darum zu bitten und sie dann hierherzubringen.«

Bianca öffnete das Paket und zog ein altes bebildertes und in kunstvollen gotischen Lettern gedrucktes Messbuch hervor, außerdem ein altes Exemplar des Artusi. Sie schaute beides einen Moment lang an, legte den Artusi dann beiseite und nahm ehrfürchtig das Messbuch in die Hand.

»Klar. Es ging nicht um Pellegrino Artusi, es ging um eine Geschichte mit Heiligen, genau wie ich gesagt habe. Der Schlüssel steckt im Messbuch. Tinco musste unbedingt noch den alten Artusi anschleppen. Ich kann ihn nicht mehr sehen.«

Emma kicherte. »Dabei ist er genau das, was wir brauchen. Das Messbuch hätte Tinco ruhig dalassen können. Eine alte Ausgabe des Artusi war genau das, worauf ich gehofft hatte.«

Es handelte sich um die 18. Auflage von 1914, 80000 Exemplare aus der Druckerpresse von Bemporad e figli, zum Verkauf angeboten in ihrem Stammsitz an der Via del Proconsolo 7 in Florenz. Brauner Einband, erste Seite violett.

»Das da?« Camelia war ziemlich erstaunt. »Wir haben ganze Abende damit verbracht, um aus diesem Buch Alphabete abzuleiten, und gefunden haben wir nichts.«

»Es war nicht dasselbe Buch. Dies hier ist eine alte Ausgabe. Schau, ich erkläre dir, wie es funktioniert.«

»Aha? Und du willst es wirklich nicht benutzen, um ›Ein Stern für Weihnachten‹ zu gewinnen?« Bianca war zutiefst enttäuscht. »Tinco hat wie ein Adler gekämpft, damit wir es bekommen. Und nicht nur er. Ich nehme stark an, dass auch Ale beteiligt war. Vielleicht waren sie es, die Valeria Volatile verletzt haben.«

»Ganz sicher!«, stimmte Camelia begeistert zu. »Alle sagen, dass ein geheimnisvoller Mann ihr den Schädel durchbohrt hat. Und ein äußerst attraktiver Arzt soll sie geheilt haben.«

»Trotzdem, tut mir leid.« Emma schien aufrichtig zerknirscht. »Ich wollte euch nicht all diese Unannehmlichkeiten bereiten, aber ich hatte euch ja gesagt, dass ich die Rezepte von Großvater Picchi nicht verwenden werde.«

»Aber die *Oktobercreme*! Vielleicht kann man die mit Ingwer machen!«, schlug Camelia vor.

Emma schüttelte sich. »Ich möchte das Wort ›Ingwer‹ nicht mehr hören, danke.«

»Emma! Überleg es dir gut. Ich weiß, dass ich bei diesem Wettbewerb nicht Milliardärin werden kann, aber vielleicht kannst du es«, setzte Bianca nach.

»Ausgeschlossen. Die Einzige von uns, die vielleicht etwas herausholen kann, ist Camelia. Das Heft gehört ihr.«

Camelia zuckte mit den Schultern. »Was mich betrifft, macht euch keine Gedanken. Mir ist es egal, ob ich gewinne. Ich wollte ja nicht einmal teilnehmen. Mir ist nur wichtig, dass ... Den Namen der Person kann ich euch leider nicht verraten.«

»Warum kannst du ihn denn nicht verraten?«, fragte Emma neugierig.

»Weil es eine verbotene Liebe ist. Er ist der Freund einer anderen, auch wenn sie ihn nicht liebt.«

Emma schnaufte. »Du willst doch nicht sagen, dass du immer noch Zlatan hinterherrennst!«

»Nein, nein. Er beginnt nicht mit Zett. Er beginnt mit ... sgmf.«

Camelia hatte den Anfangsbuchstaben so leise ausgesprochen, dass nur ein Zischen zu hören gewesen war. Sie bekam aber nicht die Gelegenheit, ihn zu wiederholen, weil nun Bianca, die an etwas ganz anderes dachte, mit einer gewissen Heftigkeit dazwischenfuhr.

»Okay, Emma. Sagen wir also, dass keiner von uns dreien der Wettbewerb ›Ein Stern für Weihnachten‹ besonders wichtig ist. Wenn du also die Rezepte aus dem Heft nicht entschlüsseln willst, dann ist das deine Sache. Aber was ist mit der Konditorei? Hast du nicht gesagt, dass die Delacroix verkaufen müssen, wenn du nicht gewinnst?«

»Mmh.«

»Dann hast du doch gar keine Wahl. Sieh die Sache mal so: Alle wissen, dass Andrea dich wegen dieser Tussi verlassen hat. Wenn du nicht gewinnst, denken sie, du tust es absichtlich, um dich zu rächen. Sie werden sich Idioten schimpfen, dass sie ausgerechnet dich ins Rennen geschickt haben. Das ist unfair.«

Es war unfair. Bianca hatte vollkommen Recht. Emma griff langsam zur alten Artusi-Ausgabe. Als sie das Buch in der Hand hielt und mit immer noch mehligen Fingern über die Kanten fuhr, spürte sie, wie ihr eine andere Lösung in den Sinn kam.

Kaum hatte er mitbekommen, wie sich Alessandro über die blutende Valeria Volatile beugte, hatte sich Tinco ohne jede Eile vom Lingotto entfernt und war nach einer kurzen taktischen Pause zum Dancing Lutrario gegangen, wo Valeria mit ihren Fans den Sieg feierte. Überall servierten Kellner den Aperitif, während die *Gekochten Karotten* Dudelversionen der Hits vom letzten Sommer spielten. Giovanna und Paola tanzten, trunken vor Freiheit.

Als Valentina ihn kommen sah, jubelte sie innerlich und dachte daran, wie sie ihn mit unerbittlicher Kälte abblitzen lassen würde. Wie ein getrocknetes Stück Scheiße, das sich irrtümlicherweise auf einen Debütantinnenball verirrt hatte, sollte er sich fühlen. Zu ihrem Unglück hatte Cherubino heute seinen Don Giovanni getroffen. Ohne den Schritt zu verlangsamen oder das Lächeln auf seinem engelsgleichen Gesicht zu verlieren, ging Tinco an ihr vorbei und umarmte schnell Oma Iolanda und Oma Andreina, die das überaus zu schätzen wussten. »Ah, Valentinas Freund!«, kreischte die eine. »Ja, tatsächlich, Valentinas Freund! Komm, Bici! Ich möchte dir Valentinas Freund vorstellen!«, kreischte die andere, die Geschwätzigere der beiden.

Im Nu hatte Valentinas Clan einen Kreis um Tinco gebildet. Sobald er sich der allgemeinen Aufmerksamkeit und auch des wilden Blicks aus Valentinas Richtung sicher war, zog er eine blaue Schachtel aus der Tasche, überreichte sie mit theatralischer Würde an die »Aufstrebende Shampooniererin des Jahres 2006« und tischte ihr, ohne mit der Wimper zu zucken, eine Lüge auf, wie es ihm Alessandro geraten hatte.

»Nimm. Das habe ich letzte Woche gekauft, weil ich wusste, dass du gewinnst.«

»Ich will es nicht«, sagte Valentina zu Tincos Überraschung. »Deine Geschenke sind mir scheißegal. Wenn du mich mögen würdest, wärst du heute hierhergekommen, statt zu diesen dämlichen Tanten zu gehen.«

»Ach ja? Gibst du mir denn die 800 Euro im Monat, wenn ich meine Stelle verliere?«

Die Szene entwickelte sich nicht wie geplant, doch die Antwort verfehlte nicht ihre Wirkung: Die Großmütter, die Freundinnen der Großmütter und die Eltern schlugen sich sofort auf Tincos Seite, während Schwestern, Cousinen und Freundinnen fest zu Vale standen.

»In diesen Zeiten muss man für seine Arbeit Opfer bringen«, sagte Vales Vater.

»Für seine Verlobte auch!«, warf Vales Freundin Saryn geistreich ein.

»Was für ein Käse. Als würde ich für meine Verlobte kein Opfer bringen! Schau nach, was drin ist, und urteile dann!«

An diesem Punkt überwog die Neugierde auch im Vale-Lager. Ihre Schwester Marika rettete die verfahrene Situation, indem sie sagte: »Mach sie schon auf, die Schachtel, dann kannst du ihm den Inhalt hinterher ins Gesicht schmeißen!«

Valentina nahm mit einer verächtlichen Geste die Schachtel entgegen, öffnete sie und riss dann entgeistert die Augen auf.

»Neiiiiiin! Die Apfel-Engel von Marmotta! Und nicht die in Silber! Die in Gold!«

In der Cousinen-Schwestern-Freundinnen-Gruppe herrschte nun Schweigen. Die Apfel-Engel, dieser Geniestreich der erschwinglichen Schmuckmarke Marmotta, waren der heimliche Traum eines jeden Mädchens, das einen Freund hatte: Zwei Engelchen, die sich nur dadurch unterschieden, dass der eine das Zeichen für Männchen und der andere das Zeichen für Weibchen auf seinem Heiligenschein trug, ließen sich mithilfe eines raffinierten Mechanismus so ineinanderstecken, dass sie zu einem Apfel wurden. So verband sich die platonische Idee von den zwei Hälften eines Apfels mit der romantischen Vorstellung des »Wir sind zwei Engelchen und haben nur ein einziges Paar Flügelchen blablabla«, wie es sich seit Jahren in dümmlicher Manier auf T-Shirts breitmachte. Es versteht sich von selbst, dass die jungen Verliebten der Vorstädte die Apfel-Engel vor allem in der silbernen Version besaßen. Die goldene war ein unerfüllbarer Traum, wenn man nicht gerade das Glück hatte, mit einem erfolgreichen Gauner zusammen zu sein.

»Na? Gut, was?«

In der Überzeugung, das höchste Glück auf Erden erlangt zu haben, warf sich Valentina in Tincos Arme und bohrte ihm erneut sein Piercing ins Fleisch.

Im Laufe des Tags hatte auch Jasmine die Lösung für ihr Beziehungsproblem gefunden. Nachdem sie sich von Andreas Gesprächsunfähigkeit überzeugt hatte, war sie ohne ein bestimmtes Ziel aus dem Haus gegangen. Sie wusste selbst nicht, wo sie hinwollte. In Turin gab es etwa 20 brauchbare Geschäfte, und die hatte sie wie fruchtbaren Boden umgegraben. Dort war nichts mehr zu holen. Neben Einkaufen und Sex interessierte sich Jasmine aber für absolut gar nichts. Unter diesen Umständen war das Leben hart, und auch wenn sie es bislang klaglos ertragen hatte, vom Morgengrauen bis zum Sonnenuntergang und vom Sonnenuntergang bis zum Morgengrauen, so war sie nun am Ende ihrer Kräfte. Sie fragte sich, ob es nicht ein Riesenfehler gewesen war, sich in den Einwohner einer merkwürdigen Provinzmetropole zu verlieben. Irgendetwas musste her, das Andrea mit ihren Erwartungen und ihrem Lebensstil vertraut machen würde. Und während sie noch verzweifelt über das Wer, Wie, Was nachdachte, führte sie der weise Zufall, der die Menschen leitet, vor das Schaufenster des Paradiso dei Bambini, eines eleganten Spielzeugladens, der an der Via Carlo Alberto, Ecke Via Doria, etliche Schaufenster einnahm. Angesichts der Puppen, der Plüschtiger und des Aschenputtelschlosses, angesichts von Bratz und Lego und der bunten, sinnlosen, lustigen Spielchen fand Jasmine zu sich selbst und ihren natürlichen Bedürfnissen zurück. Sie begriff, dass sie nicht mehr warten durfte: Der Moment war gekommen, um Andrea mit einem hübschen Spaß zu überraschen. Mit dem Lächeln, das sie in *Die Tochter der schwarzen Tulpe* gelächelt hatte, nahm sie ihr Handy und wählte Olyves Nummer.

Zartes Baiser mit Schokolade

Um sieben Uhr am Freitagmorgen stieg Carla, die Verlobte von Doktor Carella, aus dem Rover ihres Vaters und schritt mit kurzsichtigen, aber durch Kontaktlinsen bestens korrigierten Augen über den Bürgersteig auf der Abflugseite des Flughafens von Caselle.

»Ich verstehe das nicht«, sagte sie und verstand es tatsächlich nicht. »Alessandro müsste längst da sein.«

Ihr Vater, Produzent von chemischen Zusatzstoffen und alles andere als dumm, sah sie mitleidig an.

»Aber mein Sternchen, du hast seit zwei Tagen nichts von ihm gehört und gesehen. Der hat sich verdrückt, glaub es mir.«

»Unmöglich. Es ist alles genau besprochen. Erst Lappland, dann Hochzeit. Gestern Abend hat er mir eine SMS geschickt: ›Kein Problem, wir sehen uns dort.‹ Sprechen wir dieselbe Sprache, Papa? ›Kein Problem, wir sehen uns dort.‹«

Der leicht hysterische Tonfall war mehr als berechtigt. Um sie herum standen Koffer mit schweren Kleidungsstücken, und in Kautokeino erwartete sie ein Zweier-Iglu, Büfett inklusive. All das hatte nur Sinn, wenn ihr geliebter Alessandro mit im Bild erschien. Ohne ihn hätte sie eine Woche Ibiza bei Weitem vorgezogen.

Und wo war Doktor Carella, dieser hervorragende Arzt und miserable Verlobte? Er war da! Er war ein paar Meter von ihr entfernt, parkte in der VIP-Zone, sprang heraus und lief mit attraktiv wehenden Rockschößen auf Carla zu. Das Fehlen von Koffern hatte nichts zu besagen, sie waren vermutlich im Wagen.

»Geliebter! Hier bin ich!«, rief Carla, als sie ihn kommen sah, und schaffte es, ihrem Vater noch schnell einen triumphierenden Blick zuzuwerfen.

Ale rannte und rannte, erreichte sie, umarmte sie fest, löste sich dann von ihr, sah ihr tief in die Augen und sagte mit umwerfender Weichheit in der Stimme: »Carla, wie schön, ich hatte schon Angst, ich schaffe es nicht mehr. Hör mal, was ich dir sagen wollte: Wenn du gerne nach Lappland möchtest, dann fahr, aber wenn du es nur mir zuliebe tust, vergiss es. Ich kann nicht mitkommen. Ich kann mich nicht so viele Kilometer von ihr entfernen.«

Am Freitagmorgen um sieben war Emma bereits in der Küche des Meridien, wo Insel Nummer neun für die Konditorei Delacroix reserviert war. Bianca durfte weiterschlafen, aber Camelia hatte rausgemusst, denn zumindest formal war sie die Kandidatin und sollte wenigstens für die Kameras ein bisschen Aktivität vortäuschen. Matt lehnte sich Camelia an den Arbeitstisch und brachte zum zehnten Mal in zehn Minuten scharfen Protest zum Ausdruck.

»Warum hast du mich so früh geweckt? Ich hasse es, so früh aufzustehen. Hier muss man ja wohl nicht zum Stundengebet antreten!«

»Ich weiß, aber mir ist etwas eingefallen. Du musst gar nichts tun, du kannst auch schlafen. Setz dich, rühr in etwas herum und schlaf.«

»Wenn ich schon einmal hier bin, kann ich auch helfen. Was soll ich tun?«

»Lass dir Reismehl geben.«

Damit trat die Konditorei Delacroix in den Wettbewerb

ein. Emma rührte aus Reismehl, Weizenmehl Typ 00, Zucker, Butter, Eiern, Hefe, Vanille, Sahne und Zitrone einen Keksteig an. Sie rollte ihn aus, schnitt zwei Quadrate von 20 mal 20 Zentimetern aus, außerdem vier Streifen von 20 mal 10 Zentimetern, und schob sie in den Backofen. Dann nahm sie Eier und trennte sie. Das Eiweiß schlug sie zu sehr steifem Schnee. Aus dem Eischnee, Zucker und einem Tropfen Essig stellte sie dünne runde Baiserplatten her, die sie zum Trocknen in einen anderen Ofen schob. Inzwischen waren die Teigplatten fertig und kühlten still in einem Winkel der Insel vor sich hin. Auch die Baiserdeckel kühlten irgendwann aus und wurden dann mit Bitterschokolade überzogen. Aus den Eigelben bereitete Emma eine sämige Creme und vermischte sie in kaum wahrnehmbaren Mengen mit der Sahne, die sie zuvor geschlagen hatte, bis sie eine perfekte Crème Chantilly bekam. Aus Schokolade, Eigelb und Sahne stellte sie eine Schokoladencreme her, dann stellte sie noch eine Schokoladencreme her, die fast identisch war, aber mit zwei Tässchen starkem Kaffee angereichert wurde, dann eine weitere Crème Chantilly, die fast identisch war wie die erste, aber mit einem halben Tässchen schwachem Kaffee verfeinert wurde. Dann stapelte sie die dünnen, mit Schokolade überzogenen Baiserdeckel im Wechsel mit all den Cremes übereinander und erhielt eine sehr unregelmäßige, kompakte Torte. Die umgab sie mit Schnörkeln aus karamellisiertem Zucker und Schokolade. Inzwischen war Bianca aufgewacht und in die Küche gekommen. Camelia und sie schauten Emma zu, vielleicht sprachen sie auch mit ihr, aber Emma hörte nichts, weil sie vollkommen in ihre Arbeit vertieft war und sich zudem beeilen musste, denn die anderen waren ihr um Lichtjahre voraus, und der mittlerweile erkaltete Teig stand immer noch in der Inselecke.

»Liebes Tagebuch, ich schreibe dir in der Mittagspause, denn ich habe sowieso keinen Hunger. Den ganzen Tag zwischen all diesem süßen Zeug verbringen zu müssen ist nicht gut für den Magen. Wenn es nicht eine supernette Kellnerin gäbe – Reuben heißt sie –, die mir Krebsfleisch, Chips und andere genießbare Sachen bringen würde, dann wäre ich schon so mager wie diese fantastischen Mädchen, die für Alexander McQueen laufen. O Tagebuch, warum kann ich nicht sein wie sie? Eigentlich mag mich M. so, wie ich bin (ich schreibe seinen Namen lieber nicht aus, falls du mal in die Hände von denen, die nichts wissen dürfen, fallen solltest), aber was, wenn er irgendwann seine Meinung ändert? Allerdings habe ich M. ja bereits entsagt, auch wenn Emma ihn nicht liebt, denn wenn wir hier rauskommen, wird Emma am Ende sein, ohne Arbeit, ohne Liebe, und dann soll wenigstens Mario sie trösten. Ich will nicht sagen, dass ich sagen will, schön, viele Grüße, schnapp dir ruhig den Brocken und vielen Dank auch. O verflixt, Tagebuch, ich habe den Faden verloren! Ich wollte nur sagen, dass Emma plötzlich das Rezept gewechselt hat. Sie macht jetzt nicht mehr die Cremerolle von Tante Margherita, sondern eine Torte, die sie selbst erfunden hat und die nicht einmal irgendwie heißt. Wir werden verlieren, und wenn diese ganze Geschichte vorbei sein wird, weiß ich schon, was ich mache. Möchtest du es wissen, liebes Tagebuch? Ich gehe ins Kloster zurück und werde Nonne. Du darfst nicht denken, dass ich mich damit verschwende. Da ich M. nicht bekomme und auch nicht Model werden kann und auch nicht in die PR gehen darf, kann ich aus der Nonnenlaufbahn bestimmt eine gewisse Befriedigung ziehen. Im Prinzip kann ja auch eine Ordensschwester in die Werbung gehen. Vielleicht nicht als Frisurengesicht von Voilà, weil man von den Haaren einer Nonne ja nicht viel sieht, aber eine Feuchtigkeitscreme wäre doch auch nicht schlecht, oder? Denk nur an einen Slogan wie: ›AUCH NONNEN MÖGEN'S FEUCHT‹, und dazu mein tropfenbenetztes, frisches Gesicht! Jetzt muss ich dich aber allein lassen, denn Emma braucht mich, um die Mandeln zu enthülsen. Ich kapier nicht, warum sie nicht geschälte aus der Tüte nimmt.«

Von Mandeln und Baiser wusste draußen niemand etwas, denn der letzte Wettbewerbstag war streng geheim. Valeria Volatiles Fernsehkameras lagen erloschen und blind im Kleinbus von RaiSat und warteten darauf, am nächsten Tag zur Preisverleihung wieder auszurücken. Die Idee hinter der Übertragungspause war, dass man den zehn Teams noch einen ruhigen Arbeitstag gewähren wollte. Jeder konnte sich im Stillen damit beschäftigen, die letzten Tricks auszuspielen, Täuschungsmanöver rückgängig zu machen und wahre Absichten zu enthüllen.

Merkwürdig, äußerst merkwürdig war, dass Jasmine an diesem Freitag sehr früh aufstand und zu Andrea in die Küche ging. Das war noch nie passiert, seit sie in der Dachwohnung am Corso Fiume wohnte.

»Hallo, *chéri*, du schaust ja gar nicht fern.«

»Heute gibt es keinen Wettbewerb. Es ist der letzte Tag, und der wird nicht übertragen.«

Jasmine lächelte glücklich.

»Gut! Dann musst du wenigstens nicht dieser grässlichen Tussi zuschauen, die sowieso verliert.«

Andrea hielt es nicht für ratsam, darauf zu antworten. Jasmine ließ sich – wie schon viele vor ihr – von diesem

Schweigen irreführen und fragte leichtfertig: »Wer wird denn deiner Meinung nach gewinnen, *chéri*?«

»Interessiert dich das?«

»*Mais non!* Ich frage nur, weil ich dich liebe und jede kleine, dumme Sorge mit dir teilen will.«

Andrea legte das Croissant hin, das ihm Lucia über den Lastenaufzug hochgeschickt hatte, und stand auf.

»Ich gehe in den Arbeitsraum.«

»Willst du mich nicht fragen, was ich heute mache?«

»Das weiß ich doch. Einkaufen.«

»Falsch! Ich werde eine ganz besondere Überraschung für dich vorbereiten, daher musst du mir ungefähr sagen, wann du nach Hause kommst.«

»Ich weiß es nicht, Jasmine. Ich habe viel zu tun.«

»Okay. Dann tschüss, Andrea. Bis später!«

Statt wie angekündigt in den Arbeitsraum zu gehen, trat Andrea auf die Straße hinaus und setzte sich an die Bushaltestelle, die sich unmittelbar vor der Konditorei Delacroix unter den Linden des Corso Fiume befand. Er schloss die Augen, atmete tief ein und versuchte, sich seine Zukunft vorzustellen: ohne Konditorei, ohne Emma, mit Jasmine. Leider wusste er im Gegensatz zu Bianca nichts von einem auslaufbereiten Walfangschiff.

Emma fügte die Wände der Keksteigschachtel zusammen, nur den Deckel ließ sie vorerst daneben liegen. Dann atmete sie tief ein und begann, die blasse Oberfläche des Keksteigs zu verzieren. Schokoladenfäden, Silberkugeln, bunte Streusel, Mandelsplitter, Zuckerrosetten, Cremerosetten, fantasievolle Glasuren, und während sie ihr Werk vollendete, sah sie schon die anderen, unendlich vielen Varianten von Teigschachteln vor sich, die jede Torte zu einer einzigartigen machen würden. Jede würde anders verziert sein, jede würde sich mit Namen, Daten, Bildern und Mustern auf den Käufer beziehen, und doch wäre im Innern immer die gleiche perfekte Torte, jene, die im Moment im Kühlschrank ihrer Insel stand und demnächst in der Schachtel versenkt werden würde. Der Deckel würde dann vollständig mit karamellisiertem und mit Ingwer verfeinertem Zucker bedeckt. Emma sah, wie die Leute die Schachtel in verschieden große Stücke schnitten und aßen, einfach so oder in Milchkaffee getunkt, oder wie sie die Stücke benutzten, um sich etwas von der feinen Baisertorte daraufzulegen und mit einem wonnigen Schauer in das Ganze hineinzubeißen. Sie sah, wie die Konditoren von Delacroix unendlich viele Exemplare der Torte herstellten und sie für die Verschickung in alle Welt vorbereiteten, eine äußerst kostspielige Verschickung, wenn man die hohe Empfindlichkeit der Ware bedachte, und sie sah Milliardäre in Uruguay und Singapur nervös auf ihr Privatflugzeug warten, damit es ihnen endlich ihre Torte brachte. Haufenweise Enthusiasten sah sie nach Turin strömen, um die Torte direkt vor Ort zu essen, weil man wusste, dass sie nur dort ihre wahre Qualität entfalten konnte, und sie sah scharenweise normale menschliche Wesen vor sich, die sich daheim daran versuchten, eine eigene Version herzustellen, und die das, vorausgesetzt, sie hatten einen Umluftherd, auch mehr oder weniger hinbekamen. Sich selbst sah sie ganz weit weg von diesen Dingen: weit weg von der Konditorei, von Andrea, von Corrado und von diesem ganzen Rummel.

Sie lachte und fügte noch ein paar Zuckerstreusel hinzu, was sie sofort bereute, weil sie die Kunst der Beschränkung noch nicht perfekt beherrschte.

Dank seiner entschlossenen Hingabe an die Gegenwart, die jede denkbare zukünftige und vergangene Faszination irrelevant sein ließ, war Corrado Delacroix der Einzige aus der gleichnamigen Konditorei, der sich an diesem Freitag im Mai nicht vom Weltschmerz überwältigen ließ. Er hatte sogar gute Laune. Statt sich vom bevorstehenden Ende der Konditorei Delacroix in ihrer bewährten Form runterziehen zu lassen, hatte er bereits angefangen, eine neue Konditorei Delacroix zu planen. In Begleitung der geduldigen Vittoria, die immer noch von einer ungewöhnlichen Aktivität ihres Gehirns geplagt wurde, fuhr er durch die Langhe und suchte nach dem Dorf, das sich für sein nächstes Unternehmen am besten eignen würde. Corrado fuhr nicht selbst, das hatte er nie getan. Bis zu Vittorias Eintritt in sein Leben hatten ihn stets schmucke junge Fahrer durch die Gegend kutschiert. Die hatten Claudio oder Paolo geheißen, waren blond oder braun und in jedem Fall ironisch und elegant gewesen, außerdem fähig, tagelang ohne Schlaf auszukommen. Das hatte Corrados Reisen sehr angenehm gestaltet und ihn von jeglicher Beachtung der Straßenverkehrsordnung enthoben.

»Fahr mal nach La Morra«, sagte er nun zu Vittoria, als sie schon fast Verduno erreicht hatten. Zum Leidwesen der Lastwagen, die in beide Richtungen unterwegs waren, drehte sie auf der Autobahn um und sagte: »Ja, ich denke trotzdem, dass ich es ihm sagen sollte.«

»Sehr gut«, stimmte Corrado zu, wie er es in den letzten Tagen bereits unzählige Male getan hatte.

»Und wenn er sauer wird?«

»Gefallen wird es ihm nicht.«

»Aber soll ich ihn denn eine Frau heiraten lassen, die es mit allen macht? Und dazu noch mit allen auf einmal?«

»Es sind Schauspieler. Am Set entstehen Freundschaften, und dann kehrt jeder in sein eigenes Leben zurück. Halt an.«

Corrado stieg aus und betrachtete eine kleine Bäckerei, die hinter Kletterpflanzen verschwand. Sie lag an einem Platz mit einer dieser fantastischen Aussichten, die das Glück der Region ausmachten: herrliche Wiesen und sanfte Hügel.

»Wie findest du das? Sie wollen angeblich verkaufen.«

Vittoria fragte sich zerstreut, ob man in La Morra wohnen musste, wenn man in La Morra eine Konditorei eröffnete – und wo dann das nächste Zara war.

Alessandro hob die Hand zum Gruß, während Carla mit den Fäusten gegen die Rückscheibe des Rovers ihres Vaters trommelte. Nicht einmal die Erkenntnis, dass die Frau, wegen der er nicht verreisen konnte, nicht die übliche Lorena war, sondern eine gewisse Bianca, Kellnerin und Aquarellmalerin, konnte die Gewalt ihres hysterischen Anfalls mildern. Alessandro war sich aber sicher, dass sich das früher oder später geben würde. Als der Wagen nicht mehr zu sehen war, klammerte er sich an ein Taxi, weil er sich plötzlich so leicht fühlte, dass er abzuheben drohte.

»Der da ist der Erste«, klärte ihn der Taxifahrer auf und zeigte auf einen Kollegen weiter vorn.

»Ich bin mit dem Auto da, falls es nicht geklaut wurde.«

»Aha. Dann lassen Sie die Finger von meinem.«

»Entschuldigung. Es ist nur, dass ich mich soeben entlobt habe und mich frage, warum ich so lange dafür gebraucht habe. Ich fühle mich, als …«

»… als hätte man Ihnen eine Bleiweste ausgezogen.«

»Genau. Sie auch?«

»Ich auch. Seien Sie bloß vorsichtig.«

»Wieso?«

»Damit Sie nicht wieder in diesen Schlamassel hineingeraten. Genießen Sie Ihre Freiheit.«

»Aha, okay. Ich fürchte, ich bin in eine andere verliebt.«

»Tun Sie so, als wäre nichts.«

Der Taxifahrer wandte sich wieder seinem Sudoku zu. Ale ging und dachte über den Rat nach.

Während an der Meeresoberfläche alles ruhig war und keiner der Kunden der Konditorei einen Gedanken an ihr nahes Ende verschwendete, war in den Tiefen der Arbeitsräume die Unruhe nicht zu übersehen. Alle hatten zugeschaut, wie Emma die Cremerolle von Tante Margherita buk, und alle wussten, dass man mit einem soliden Hausfrauenrezept nicht »Ein Stern für Weihnachten« gewinnen konnte. Zhang schwang den Schneebesen ohne jeden Elan, und Zlatan pfiff nicht vor sich hin, als er Zucker in die Butter rieseln ließ. Die Himbeertörtchen waren weniger rot, die Zabaiones weniger schmackhaft, die Diplomatentorten weniger diplomatisch. Der Niedergang war in jedem Winkel zu spüren, und jeder wurde von seinem persönlichen Weltschmerz niedergedrückt. Niemand bemerkte Elenas Aufregung. Seit sie hatte mit anschauen müssen, wie sich die Fernsehkameras von RaiSat auf den Arzt und Freund von Bianca gerichtet hatten, befürchteten sie und Noemi das Schlimmste, dass die Frauen nämlich einen Schlüssel gefunden hatten, um den Code von Ermanno Picchis Rezepten zu knacken und so den Wettbewerb zu gewinnen. Das durfte absolut nicht geschehen. Elena wollte sehen, wie Corrado Delacroix von den Banken abserviert wurde, damit sie ihn dann unter ihren spitzesten 15-Zentimeter-Stilettos zertreten könnte. Die begleitenden Worte hatte sie schon vorbereitet (wobei die Pünktchen für Corrados eventuelle Einwürfe standen): »Und jetzt gehe ich! Ja, Corrado, ich verlasse dich, dich und die Konditorei! (...) Nein, dieses Mal ist es mir ernst. Ich habe sogar schon ein nettes Lokal in der Via Monferrato erworben (...) von den Ersparnissen zweier Arbeitsleben, meinem und dem meiner

Schwester Noemi! Auch ein Mäuschen kann einen Berg gebären. Ich habe ein nettes Lokal in der Via Monferrato erworben und werde Elena's Tea Room daraus machen. Ganz genau! Elena's Tea Room, ein wundervoller Teesalon mit Konditorei. Wie zahme Gänse werden die Damen aus Hügeln, Vorhügeln und Poebene herbeifliegen! Ja, ich weiß, dass du ruiniert bist und nur mit mir wieder auf die Beine kommst, aber ich habe kein Interesse! Es ist vorbei! Ich werde nicht mehr unter deiner gleichgültigen Eiseskälte leiden, die sogar die Maiknospen erstarren lässt. (...) Unter deinem obskuren Hochmut! (...) Auch die herrlichste Rose kommt irgendwann auf die Idee, die Klauen auszufahren! (...) Nein, es ist sinnlos, zu weinen, zu flehen, mir die Ehe zu versprechen, mir zu erklären, dass du mich immer geliebt hast, gegen diese Liebe aber ankämpfen musstest, weil sie für das Herz eines Mannes zu schwer ist! Sinnlos! Du musst deinen Lebensweg allein gehen und meinen triumphalen Geschäftserfolg ohnmächtig aus der Ferne mit ansehen!«

Eine so großartige Rede verdiente es, auch gehalten zu werden, von der ersten bis zur letzten Silbe. Es wäre eine Schande, wenn die drei verfluchten Frauen mit der Hilfe von Straftätern, von denen der eine auch noch von ihr bezahlt wurde, dafür sorgen würden, dass sie ihr dickstes Wörterbuch umsonst durchgeackert hatte.

An diesem Abend kam Corrado aus den Langhe wieder, und ihre Ängste verflogen. Der große Delacroix, wie er in seiner Jugend genannt wurde, schickte nach ihr, Andrea, Jerôme, Zlatan und Zhang und hieß sie im Versammlungsraum Platz nehmen. Dort hingen Glaskästen, in denen Gips- und Wachsreproduktionen sämtlicher Produkte des Hauses aufbewahrt wurden.

»Es gibt Neuigkeiten«, verkündete er mit einem leicht bitteren Lächeln. »Ich war heute in La Morra, um mir die

Bäckerei von Molina anzuschauen, denn er möchte vielleicht verkaufen. Er hat mir gesagt, dass die Tochter seiner Schwester Kellnerin im Meridien ist und gehört hat, dass die Wettbewerbsgewinner schon feststehen: erst die Russen, dann die Litauer, dann die Engländer. Auch wenn die Jury sich erst morgen erklärt, haben die Insider keinerlei Zweifel. Wir sind draußen. Wir können uns begraben lassen. Wir sind die Letzten. Das haben wir mit den Isländern gemeinsam. Na, Jerôme?«, kicherte er und wandte sich an den gleichmütigen Algerier. »Hättest du je gedacht, dass wir mit den Isländern etwas gemeinsam haben? Lächerlich, was?«

»Ziemlich«, bestätigte Jerôme.

»Jetzt muss ich also an DolciGraziosi verkaufen. Wenn die Banken mir etwas übrig lassen, übernehme ich die Bäckerei in La Morra, und wir ziehen um. Ich weiß aber nicht, wie vielen von euch ich einen Lohn zahlen kann. Möglicherweise keinem.«

Elena konnte nicht an sich halten. Das war ihr Moment. Sie stand in ihrem umwerfenden Leinenkleid auf und sagte würdevoll: »Selbst wenn du könntest, würde ich keinen Wert darauf legen. Ich nehme die Situation zum Anlass, um dir mitzuteilen, dass ich kündige. Außerdem fordere ich eine Abfindung.«

Mit dieser unüberbietbar gemeinen Bemerkung verließ Elena das Zimmer und konnte endlich nachvollziehen, was die Königin von Saba ihr ganzes Leben lang empfunden haben musste.

Bianca, Emma und Camelia starrten die Torte an, ohne sie zu sehen. Es war unmöglich, sie zu sehen, weil sie in der Schachtel war. Also starrten sie auf die Schachtel, fanden sie überwältigend und hätten sie am liebsten geöffnet, um auch die Torte überwältigend zu finden.

Bianca zog ein Buch aus der Tasche ihrer weißen Schürze und las laut vor:

»›Wisse, dass nichts durch göttlichen Willen
aus dem Nichts entsteht. Obgleich zu jeder Stund
Mannigfaltiges unter dem Himmel entspringt,
sind nicht sie der letzte Grund, und wenn du denkst
die Götter tun es, träumt dein Geist und redet irr.‹«

In die allgemeine Verblüffung hinein erklärte Bianca: »Damit will ich nur sagen, dass wir es sind, die die Dinge machen, auch wenn sie so schön sind wie diese Torte.«

»Ja, für etwas Süßes ist sie super«, gab Camelia zu. »Vielleicht könnte sie als Logo für eine Kinderbekleidungsmarke dienen.«

»Warum nicht«, sagte Emma. »Es ist deine Torte. Du kannst damit machen, was du willst. Es ist die *Camelia-Torte.«*

Camelia erschauerte.

»Sag das nie wieder, auch nicht im Scherz. Vielleicht ist dir das nicht klar, aber nicht einmal ich möchte so heißen.«

»Aber es ist deine Torte.«

»Deine.«

Emma zündete sich eine Zigarette an (sie hatte leider tatsächlich angefangen zu rauchen). Dieser Punkt musste sofort geklärt werden.

»Camelia. Das hier ist deine Torte. Du hast sie erfunden. Ich habe nur deine Ideen ausgeführt. Morgen wirst du sie Königin Paola und Co präsentieren. Du. Sag es: ›Diese Torte habe ich gemacht.‹«

»Trotzdem«, protestierte Camelia. »Ich will nicht, dass sie so heißt.«

»Okay, wie möchtest du sie nennen?«

»Torte der Liebe.«

Emma und Bianca wechselten einen Blick.

»Also *Camelia-Torte*«, sagte Emma bestimmt.

»Nein! Ich habe nein gesagt. Wenn es meine Torte ist, entscheide ich.«

»Das ist jetzt nicht der Moment für Launen. Sie muss einen einfachen und faszinierenden Namen haben. Wie es der Zufall will, hast du einen einfachen und faszinierenden Namen, also kann diese Torte nach ihrer Erfinderin benannt werden. Das ist perfekt, Cam.«

Camelia schmollte und schwieg. Plötzlich entstand in ihrem Kopf ein monströser Gedanke, der auf keinerlei Widerstände stieß.

»Dann fordere ich eine Gegenleistung.«

So senkte sich die Nacht auf diesen Freitag herab. Sie senkte sich auf unsere drei beschäftigten Frauen herab und auch auf die anderen, ebenfalls beschäftigten Konditoren, die aber wesentlich ruhiger waren, weil ihre Kreationen schon seit Tagen fertig und perfekt waren.

Sie senkte sich auf Tinco und Valentina herab, die im Pub an der Piazza Europa saßen und sich noch einmal die fantastischen jüngsten Ereignisse erzählten. Sie senkte sich auf Giovanna und Paola herab, die vom Vater ausgeschimpft und gezüchtigt worden waren, die aber auch glückliche Besitzer eines Polaroid waren, auf dem der Schlagzeuger der *Gekochten Karotten* – »Du bist ein Mythos!« – den Arm um sie legte.

Sie senkte sich auf Elena und Noemi herab, die auf eine Minute nach zwölf gewartet hatten, weil dann die Direktübertragung auf Gambero Rosso wieder beginnen würde, und die um zwei Minuten nach zwölf bereits einen Schock von globalen Ausmaßen erlitten hatten. Sie hatten erwartet, Emma planlos an einem bescheidenen Gebäckstück herumwursteln zu sehen, weit zurückgeblieben hinter den anderen Konkurrenten. Stattdessen arbeiteten Emma, Bianca und Camelia an etwas, das nicht im Entferntesten an die Cremerolle von Tante Margherita erinnerte, und schienen bester Laune zu sein.

Die Nacht senkte sich auf Rita Trisciuoglio herab, die schon seit zwei Stunden schlief und der es herzlich egal war, ob ihre Tochter einen Backwettbewerb gewann, und sie senkte sich auf Vito Trisciuoglio herab, der über eine Maßnahme nachdachte, die sich nur schwer durchführen lassen würde, die ihm aber sehr am Herzen lag.

Sie senkte sich auf Mario herab, der ebenfalls die Direktübertragung sah und nach den Worten suchte, die er Emma morgen Abend sagen würde. Gar nicht bewusst war ihm, dass er während der Suche nach den richtigen Worten die kleine Camelia anschaute, die mit beachtlicher Ausdauer Mandeln stiftelte.

Auf Jasmine senkte sie sich nicht herab. Die schaute vielmehr nervös auf die Uhr. Alles war bereit, mehr als bereit, aber er kam nicht. Wo war Andrea?

Die Nacht senkte sich auch auf zwei interessante Männer herab, die still vor dem Hotel Meridien standen. Was taten sie dort? Das wussten nicht einmal sie selbst. Liebe war es nicht, denn einer der beiden ist in eine andere verliebt, und der andere hatte soeben beschlossen, dem Rat des Taxifahrers zu folgen. Sie standen also einfach nur herum und betrachteten die erleuchteten Fenster. Obwohl sie sich nicht kannten, sahen sie sich um eins plötzlich in die Augen. Andrea erblickte einen lächelnden blonden Mann mit Pferdeschwanz. Alessandro erblickte einen dunkelhaarigen Griesgram.

»Hast du auch eine Freundin da drin?«

»Nein. Meine ist zuhause. Und du?«

»Ich habe gar keine und will auch keine. Na ja, vielleicht bin ich verliebt, aber das ist kein guter Grund.«

»Ich dachte, es sei einer der besten.«

»Nicht für mich. Ich bin seit Jahren verlobt und gerate ständig in andere Geschichten hinein. Es reicht jetzt mit dem Schlamassel.«

»Und was ist mit der, in die du verliebt bist?«

»Starke Sache. Ein Taxifahrer in Caselle hat mir allerdings geraten, die Finger davonzulassen.«

»Hätte ich den nur auch mal getroffen.«

»Wieso?«

»Hätte ich im richtigen Moment einen Taxifahrer getroffen, der mir geraten hätte, die Finger davonzulassen, würde ich jetzt nicht in einem solchen Schlamassel stecken.«

»Was für ein Schlamassel?«

»Dass ich eine heiraten will, die ich liebe, seit ich 16 bin, die ich aber vor allem geliebt habe, weil ich sie nicht kannte.«

»Und jetzt kennst du sie?«

»Es ist fast so, als wäre ich mit einem Bagger oder einem Mungo zusammen. Wir gehören verschiedenen Arten an. Auf die Dauer geht mir auch die Form ihres Kiefers auf die Nerven.«

»Wenn du sie verlassen willst, kann ich dir 15 Methoden beibringen, bei denen sie es nicht einmal merkt.«

»Ich weiß nicht. Das ist so ein dämliches Gefühl. Mein ganzes Leben lang bin ich hinter ihr her. Das Schlimmste ist, dass ich nach einer anderen verrückt bin.«

»Das ist nicht schlimm. Das ist eine Chance.«

»Ich habe keine Chance. Es ist besser, wenn ich heimgehe.«

Und so kehrte Andrea endlich nach Hause zurück, öffnete die Haustür, trat ein, rief nach Jasmine, erhielt keine Antwort, hörte aber im Schlafzimmer den Fernseher laufen und ging in die Richtung. In diesem Moment klingelte sein Handy. Er nahm den Anruf an und hörte Vittorias Stimme: »Andrea, entschuldige, dass ich so spät anrufe, aber ich habe es nicht mehr ausgehalten. Ich muss es dir einfach sagen. Mir ist zu Ohren gekommen – und es ist wirklich wahr –, dass Jasmine Gruppensex hat. O Gott, es ist sogar von Orgien die Rede!«

In der Zwischenzeit hatte Andrea die Schlafzimmertür geöffnet und konnte es nur bestätigen.

Die *Camelia-Torte*

Um fünf Uhr morgens entschieden Emma und Bianca, dass dies die letzte Version der *Camelia-Torte* war. Besser konnten sie es nicht machen. Sie stellten sie in den Kühlschrank von Insel neun, verschlossen ihn mit einer Kombination, die nur sie kannten, und durchquerten die stille, aber keineswegs unbelebte Küche. Hier und dort bemerkten sie noch Menschen in den Inseln. Die winzigen Isländer spielten mit weit aufgerissenen Augen Karten, die Japanerinnen waren in eine lebhafte, stumme Konversation mit den litauischen Drillingen vertieft, einer der Russen trommelte gedankenverloren mit einem Löffel auf dem Tisch herum und betrachtete seine Kreation, ein einzelnes, wundersam durchscheinendes Gebäck. Leise betraten Emma und Bianca die Croma-Suite, wo Camelia schon seit Stunden schlief. Seit sie bekommen hatte, was sie für den Namen der Torte wollte, hatte sie ihre stillen Projekte verfolgt und sich nicht mehr an den Feinarbeiten beteiligt.

Bianca schloss die Tür von Camelias Schlafzimmer. Sie und Emma warfen sich auf die weißen Sofas, zu müde, um schlafen zu können.

»Wann müssen wir sie abgeben?«, fragte Bianca und legte sich ein Kissen auf den Bauch.

»Um zehn.«

»Und die Preisverleihung ist abends um acht. Was machen wir zwischen zehn und acht?«

»Im Programm steht etwas von Interviews.«

»Was passiert, wenn ich nicht daran teilnehme? Ich möchte mich um meinen neuen Job kümmern.«

»Auf dem Walfangschiff? Was willst du denn dort überhaupt tun?«

»Küche. Zumindest für den Anfang. Später finde ich vielleicht etwas anderes.«

»Hör mal.« Emma betonte ihre Worte sorgsam. »Was ist mit Ales Brief?«

»Nichts. Aquarelle«, gähnte Bianca.

»Wie Aquarelle?«

»Er hat sie für mich verkauft. Als Buchillustrationen. 1000 Euro. Und sie wollen noch mehr.«

»Aha. Und du willst alles hinschmeißen, um auf einem Walfangschiff anzuheuern?«

»Hast du je von Kinderbuchillustratoren gehört, die Milliardäre sind?«

»Während Köchinnen auf Walfangschiffen natürlich Valentino tragen.«

»Das ist etwas anderes. Wenn ich mich erst einmal in den Tunnel der Normalität begebe, dann komme ich nie mehr heraus. Du weißt schon, Arbeit, Lohn, Sparerei, Autokauf, Verlobung, Kinder, Essen bei Oma, was weiß ich. Dann trifft dich irgendwann der Schlag, und du rotierst.«

»Was für ein Schlag?«

»Keine Ahnung. Irgendeiner. Es gibt eine Menge zur Auswahl. Einer jener Schläge, die man im normalen Leben nicht bewältigt, mit einer Milliarde dagegen schon. Ich bekomme eine schreckliche Krankheit? Schön, wenn ich in Geld schwimme, werde ich damit fertig oder kann wenigstens die beste Hilfe in Anspruch nehmen. Als Otto Normalbürger bekomme ich es mit dem italienischen Gesundheitssystem zu tun. Eine Lawine holt mir das Dach vom Haus? Mit Milliarden in der Tasche trete ich zur Tür hinaus und kauf mir ein neues. Ohne Milliarde suche ich Obdach bei Verwandten.«

»Was sind denn das für Überlegungen? Gründest du dein Leben auf die Annahme möglicher Katastrophen? Du könntest eine Arbeit machen, die nicht einmal Arbeit ist, nämlich Aquarelle malen, und würdest auch noch dafür bezahlt werden. Außerdem gibt es einen Typen, der sich nur deinetwegen hier hereingeschlichen hat, und trotzdem willst du alles hinschmeißen, um in Amazonien Öl zu suchen?«

»Amazonien?«

»Grönland von mir aus.«

»Er ist hierhergekommen, klar, aber jetzt ist er mit seiner Verlobten in Lappland.«

»Da wäre ich mir nicht so sicher.«

»Wenn der Walfänger an Lappland vorbeischippert, werde ich darauf achten.«

Emma nickte. Sie sah die kleine Bianca auf der Brücke des Walfangschiffs stehen und durch ein Fernrohr die Küste absuchen.

»Immerhin ist er in Lappland, du wirst ihm also nicht über den Weg laufen. Ich dagegen muss tätig werden, um Andrea nicht zu begegnen.«

»Will heißen?«

»Zunächst einmal kündige ich.«

»Und dann?«

»Na ja. Ich werde woanders arbeiten. Vielleicht eröffne ich an einer Strandpromenade eine Bude und verkaufe Gebäck. Am besten in Menton.«

Emma roch schon die Meeresbrise. Auch Bianca roch die Meeresbrise, die eiskalte Brise des Nordmeers. Die Wogen schlugen über dem Meridien zusammen.

Während die Wogen über dem Meridien zusammenschlugen, saßen Andrea und Jasmine in der Küche und lachten. Der eine aß Brot und Käse, die andere Sellerie und einen Apfel.

»Ach, jetzt bin ich so richtig glücklich!«, kicherte Jasmine.

»Ich auch«, lachte Andrea.

»Als du hereingekommen bist – zum Schreien. Ich hatte es ihnen nämlich nicht gesagt. Natürlich nicht. Ich hatte ihnen gesagt, dass du auf Geschäftsreise bist! Köstlich!«

»Köstlich«, stimmte Andrea zu.

»Der arme Olyve!«

»Giles aber auch. Dieses Gesicht! Im Film wirkt er übrigens größer.«

»Na ja, er hat ja auch gelegen, als du ihn gesehen hast!«, erklärte Jasmine glücklich. Sie war bester Laune. Ihr Experiment hatte durchschlagenden Erfolg gehabt. »Tja, Andrea. Ich weiß gar nicht, warum ich so lange gewartet habe. All diese sterbenslangweiligen Tage, in denen ich mich mit dem kümmerlichen Leben in dieser Stadt abfinden musste! Ich hatte nämlich, musst du wissen, ein wenig Angst davor, dass du dich als kleiner Provinzspießer entpuppen könntest, mit einem etwas engen Horizont …«

»Wie du siehst, ist mein Horizont sehr weit.«

»Erstaunlich weit!«, begeisterte sich Jasmine. »Es ist gut, dass ich dir die wahre Jasmine gezeigt habe. Ich bin nämlich eine kleine Streunerin.«

»Eine hinreißende Streunerin.«

»Tatsächlich? Nun kennst du mich also. Von nun an werden wir sehr, sehr glücklich sein. Auf uns wartet ein fröhliches Leben ohne jede Scheinheiligkeit.«

»Hoffen wir es, Jasmine.«

»Ich bin ein schönes Risiko eingegangen, nicht wahr? Stell dir vor, du wärst hereingekommen, hättest mich mit

Olyve und Giles im Bett gefunden und eine Riesenszene gemacht.«

»Oder schlimmer noch: Stell dir vor, ich hätte eine Pistole gezogen und euch alle umgebracht.«

»Genau. Ein schönes Malheur wäre das gewesen! Und sosehr ich dich liebe, muss ich dir sagen, dass es schon besser ist, wenn ich meinen Lebensstil nicht aufgebe. Ich könnte es vermutlich gar nicht. Ich würde verkümmern.«

Andrea sah sie wohlwollend an. Sie war wirklich eine nette Frau, schön und intelligent, auch wenn er nicht begriff, wie er je auf die Idee hatte kommen können, sie heiraten zu wollen. Die Zeit ihrer Verlobung würde er immer als eine anstrengende, aber alles in allem positive Erfahrung in Erinnerung behalten.

»Du sollst nicht verkümmern, wirklich nicht. Hör zu, ich schlafe jetzt noch ein paar Stunden und bringe dich dann zum Flughafen, okay? Du kannst den Flug um drei nehmen.«

»Wohin?«

»Nach Paris. Oder möchtest du woandershin? Ich kann morgen früh die Sekretärin der Konditorei anrufen, und sie bucht dich auf einen beliebigen Flug deiner Wahl.«

Jasmine sah ihn ungläubig an.

»Du schickst mich weg?«

»Nein. Du kannst bleiben, so lange du willst. In Anbetracht der Tatsache, dass die Stadt dich nicht begeistert und wir nicht mehr verlobt sind, möchtest du aber vielleicht lieber fort.«

»Wir sind nicht mehr verlobt? Inwiefern?«

»Ich bleibe nicht mit einer Frau verlobt, die mit anderen ins Bett geht, Jasmine. Das ist so eine Eigenheit von mir.«

»Dann war das alles nur gespielt! Es stimmt gar nicht, dass du einen weiten Horizont hast und ein freier, verständnisvoller Mann bist.«

»Ich habe durchaus Verständnis und bin auch nicht sauer. Trotzdem kann ich mir einfach nicht vorstellen, eine Frau im Haus zu haben, die sich, kaum bin ich mal zwei Stunden weg, drei Leute ins Bett holt.«

»Du willst mich also nicht mehr heiraten?«

»Um nichts in der Welt.«

»Aber du liebst mich!«

Andrea lachte laut auf und hatte entschieden gute Laune. »Nein. Zum Glück nicht. Es war ein Irrtum. So etwas passiert. Die Tatsache, dass du mir schon seit vielen Jahren gefällst, hat mich in Verwirrung gestürzt. Mach dir keine Sorgen. Also, Paris oder woandershin?«

Jasmine gab die klassische Antwort: eine Tasse, die an der Wand zu Bruch geht. Damit war auch Andreas Wohlwollen erschöpft, denn es war die letzte der englischen Tassen mit den blau-weißen Streifen gewesen, und an der hatte er gehangen, verdammt noch mal.

»Rita, mach dich fertig, wir müssen nach Turin.«

Rita polierte mit äußerster Hingabe die vernickelten und lackierten Zinkgriffe ihrer Küche aus massivem Birkenholzfurnier. Dass die Griffe lackiert waren, damit sie nicht poliert werden mussten, interessierte sie nicht. Sie polierte die Griffe jeden Tag. Sie schrubbte auch den Boden, brachte die Armaturen auf Hochglanz und wischte die Fliesen ab. Dann bewunderte sie die vollkommene Schönheit ihrer Küche.

»Nach Turin? Wieso?«

»Um an Emmas Preisverleihung teilzunehmen.«

»Aber sie verleihen ihr doch gar keinen Preis, Vito! Wach auf! Maria Grazia hat gesagt, dass sie im Fernsehen gesagt haben, dass jemand anders gewinnt. Irgendwelche Russen, glaube ich. Was haben wir mit denen zu schaffen. Nein! Stopp!«

Gerade noch rechtzeitig. Wenn sie ihren schrillen Schrei nur eine Sekunde später ausgestoßen hätte, wäre Vito, dem irgendein Gedanke im Kopf herumschwirrte, mit seinen Gartenclogs in die Küche marschiert. Etwas so Schreckliches wollte sie sich gar nicht erst ausmalen.

»Tut mir leid, Rita, das wollte ich nicht. Hör nicht auf Maria Grazia. Meiner Meinung nach wird man Emma einen Preis verleihen. Und sollte das nicht geschehen, müssen wir trotzdem an ihrer Seite sein.«

Rita hielt inne und dachte nach. Der Magica-Abratax-Schwamm schwebte auf halber Höhe in der Luft.

»Meinst du? Wozu denn?«

»Um sie zu unterstützen und ihr unser Mitgefühl auszusprechen! Entschuldige mal, kannst du dich nicht erinnern, wie sie als kleines Kind Drittletzte im Eierlauf wurde? Da hast du sie doch auch getröstet, oder?«

Rita schwankte. Sie hatte sich für diesen Tag etwas ganz Besonderes vorgenommen: sämtliche Schränke aufzuräumen nämlich. Sie hatte schon Blümchenpapier gekauft, um sie neu auszukleiden. Ihr lief regelrecht das Wasser im Mund zusammen, wenn sie an den Nachmittag dachte, der mit einem herrlichen Abend ausklingen würde: Pizza und Kartenabend mit den Freundinnen, während Vito zum Notar gehen und Satellitenfernsehen schauen würde. Auf all das sollte sie verzichten, um in das verhasste Turin zu fahren, sich ins Gedränge zu stürzen und ein paar ausländische Köche anzuschauen? Seufzend ließ sie den Schwamm sinken.

»Gut. Ich geh mir dann mal ein Kostüm anziehen.«

Auch Ugo Graziosi von DolciGraziosi bereitete sich darauf vor, an der Preisverleihung von »Ein Stern für Weihnachten« teilzunehmen. Nicht dass man ihn eingeladen hätte.

Niemand lud ihn je zu den Festen, Abenden und Versammlungen der gehobenen internationalen Süßwarenproduktion ein. Der ACME grauste es vor ihm, und das versuchte man gar nicht erst zu verbergen. Graziosi hatte aber seine Zuträger und Vertrauten unter den Größen der Branche und konnte sich oft einschleichen. Dieses Mal wollte er sich unbedingt einschleichen, um die Niederlage des ihm so verhassten Delacroix leibhaftig mitzuerleben, und er behielt sich das Vergnügen vor, ihm sein Angebot genau in dem Moment ins Ohr zu flüstern, wenn die drei bedauernswerten Frauen auf den letzten Platz verwiesen werden würden – denn so würde es den Gerüchten nach sein. Schon verließ er das Haus: scheußlicher blauer Nadelstreifenanzug mit großem Revers, Schuhe mit Absatz, verpflanzte Haare, Gebiss, dazu eine 30 Jahre jüngere Frau und der übliche nutzlose Geländewagen. Am Abend schon würde die Konditorei Delacroix zweifellos ihm gehören.

Ein schrecklicher Moment im Leben einer Frau ist es, wenn sie um vier Uhr nachmittags merkt, dass sie nichts im Schrank hat, was sie zur Preisverleihung von »Ein Stern für Weihnachten« abends um acht anziehen könnte. Elenas Problem war das selbstverständlich nicht, denn sie hatte schon vor zwei Wochen bei Sanlorenzo ein herrliches Kostüm gekauft: Blümchen-Satinella und ein korallenrotes Jäckchen, eine wahre Beleidigung für Corrados Augen, denn er hasste Imprimées. Dabei hatte sie sich sogar gefragt, ob sie nach ihrer demonstrativen Kündigung überhaupt hingehen sollte, hatte dann aber entschieden, dass sie und Noemi als Mütter einer der Konkurrentinnen teilnehmen und sich in ihrem öffentlichen Auftreten deutlich von Delacroix abgrenzen würden. Wer dem Abend völlig unvorbereitet entgegensah, war Noemi, die sich von ihrer Schwester mit brutaler Direktheit fragen lassen musste, ob sie der Preisverleihung wie ein kanadischer Holzfäller beiwohnen wolle.

»Aber nein, natürlich nicht. Ich hatte gedacht, dass ich den Schottenrock mit dem Kaschmir-Twinset anziehe«, hatte Noemi ganz ernst geantwortet.

»Den Schottenrock!«, hatte Elena gekreischt und ihre Herzkranzgefäße über Gebühr strapaziert. »Mit 50 kann man doch keinen Schottenrock anziehen! Du dürftest überhaupt keinen Schottenrock mehr haben. Und hör mir auf mit Kaschmir-Twinsets! Ein Kaschmir-Twinset kann man zur Gemeindeversammlung tragen, aber an einem internationalen Abend, an dem deine Tochter möglicherweise von Fernsehkameras der ganzen Welt gefilmt wird, wäre das eine Beleidigung der heiligen Anständigkeit eines jeden Großstädters.«

Von diesem geheimnisvollen Satz mal abgesehen, waren Elenas Worte einwandfrei richtig gewesen. Noemi hatte eingelenkt und sich wie ein hungriger Windhund auf die Suche nach etwas gemacht, von dem sie selbst nicht wusste, was es war. Ein schwarzes Kleid, wie Elena vorgeschlagen hatte, weil es ihrer Meinung nach die ideale Lösung für Menschen ohne Stil war? Oder ein schönes hortensienfarbenes Kleid, von dem sie seit Jahren träumte, ohne den Mut zu haben, sich eines zuzulegen? Während sie unsicher in die überwältigenden Schaufenster von Frav hineinsah, versuchte Noemi, sich selbst davon zu überzeugen, dass sie eigentlich gar nicht so wichtig war, weil Camelia sowieso nicht gewinnen würde.

Sie und Elena hatten so lange darüber diskutiert, bis ihre Stimmbänder ausgetrocknet gewesen waren.

»Ich sage dir, da steckt etwas hinter. Dieser Knabe, der den Stein auf Valeria Volatile geworfen hat, wollte etwas damit erreichen, da bin ich mir sicher.«

»Komm schon, Elena. Jetzt wissen mittlerweile alle, dass

die Russen gewinnen, das wurde doch schon tausendmal gesagt.«

»Klar, solange diese verdammte Emma die Biskuitrolle gemacht hat, oder was auch immer das war. Aber du hast sie heute Nacht doch auch gesehen, nicht wahr? Sie haben an etwas anderem gearbeitet. Und ich traue diesem anderen nicht, meine Liebe. Ich möchte nicht, dass diese Natter an meiner Brust im letzten Moment noch in die Vollen langt.«

»Das waren doch so eine Art Oblaten, oder? Baisers. Was für ein Geniestreich. Komm schon, sie haben es nicht geschafft. Punkt, aus. Ich wette, dass sie nicht einmal Ermannos Heft entschlüsselt haben. Du wirst schon sehen, es wird ein Debakel.«

So hatten sich die Schwestern Belmonte gegenseitig getröstet. Trotzdem war der Stress so groß, dass Noemi schließlich erschöpft ein auberginenfarbenes Moirékleid erwarb, das eine schwere Aura von Unglück um sich herum verbreitete.

In einer Ecke des großen Saals für besondere Empfänge – das Meridien hatte auch einen Saal für normale Empfänge – nahm Corrado Delacroix, wie es seine Art war, die Ehrenbezeugungen der höchsten Vertreter der ACME entgegen. Es gab berühmtere Konditoren als ihn, und es gab Konditoren, die mehr Preise gewonnen oder sensationellere Kreationen geschaffen hatten, aber niemand hatte so viel Ausstrahlung und Stil und schaffte es, so verlässlich im Zentrum der Aufmerksamkeit zu stehen. Sobald er verschwand, verblassten die anderen und wurden zu normalen Menschen, mehr oder weniger jung, mehr oder weniger attraktiv. Corrado Delacroix mit seinen blauen Augen hatte nach allgemeiner Einschätzung etwas Übermenschliches. Menschlich und locker war Andrea, der an diesem Abend weniger ernst wirkte als sonst.

»Wo ist deine Verlobte?«, hatte ihn sein Vater gefragt, als er ihn unten am Haus abgeholt hatte.

»Abgereist«, antwortete er, ängstlich beäugt von Vittoria, die fürchtete, allerdings auch ein wenig hoffte, zum Anlass eines entsetzlichen Zerwürfnisses geworden zu sein.

»Aha«, sagte Corrado trocken und zog seine Seidenkrawatte zurecht. »Und kommt sie zurück?«

»Wohl kaum, würde ich sagen.«

»O Gott, Andrea. Ich wollte nicht …«, begann Vittoria, aber Andrea hob zwei Finger, um anzudeuten, dass es keinerlei Probleme gab.

»Du hast nichts damit zu tun. Wenn du mich nicht angerufen hättest, wäre genau dasselbe passiert. Immerhin hast du mir ein paar Sekunden Vorsprung geschenkt.«

So verschwand Jasmine Jay für immer aus dem Leben von Vater und Sohn Delacroix. Um bei der Wahrheit zu bleiben, würde der Vater in den nächsten Jahren Jerôme immer mal wieder auf diese Frau ansprechen, etwa mit den Worten: »Erinnerst du dich, wie dieser Idiot von meinem Sohn eine französische Schauspielerin heiraten wollte?«

In jenem Moment aber, als Vater und Sohn sich mit Mart Kalev und Tim Curry unterhielten, war jeder Gedanke an Jasmine verschwunden. Der beherrschende Gedanke beider Männer war, dass es sich um den letzten Abend handelte, an dem sie als die Delacroix der Konditorei Delacroix auftraten. Im Gegensatz zu den Schwestern Belmonte hatten sie nämlich nicht nachts die Direktübertragung auf Sky gesehen: Andrea war zu beschäftigt gewesen mit dem Aufgebot an internationalen Stars, die in seinem Bett ein und aus gegangen waren. Und Corrado hatte die Wettbewerbsgeschichte, die Zukunft der Konditorei und 30 Jahre seines Lebens bereits ad acta gelegt. Er war darauf eingestellt, den Gewinnern zu gratulieren, der Trisciuoglio in aller Form seine Dankbarkeit für die vertane Mühe auszusprechen und sich dann auf sein Gut zurückzuziehen und ein paar räudige Rechtsanwälte damit zu beauftragen, den Verkauf an Graziosi auf die – für Graziosi – schmerzhafteste Weise in die Wege zu leiten. Andrea dagegen konnte aus seiner Sicht nur ein einziges Projekt haben: Emma dazu zu bringen, ihm zu verzeihen. Und zum Beweis dafür, was er noch alles zu lernen hatte, war der Junge offenbar äußerst zuversichtlich in dieser Frage.

Andrea war es gewesen, der Emmas Eltern die Einladung für den Abend geschickt hatte. Er dachte, sie nicht zu kennen, aber als er das Paar sah – er im dunklen Anzug, sie im hellblauen Kostüm –, wusste er sofort, dass sie es sein mussten, vielleicht weil Rita dieselben Haare hatte wie ihre Tochter und Vito dieselben Augen. Er beobachtete sie aus der Ferne, wie es seine Art war. Plötzlich sah er einen jungen, sehr gut gekleideten und auch sonst ziemlich gut aussehenden Mann auf die beiden zugehen und sie mit förmlicher Herzlichkeit begrüßen. Andrea eilte ebenfalls hin und stellte sich vor: »Die Herrschaften Trisciuoglio? Guten Abend, ich bin Andrea Delacroix.«

Rita taxierte ihn, und weil sie viel intelligenter war, als sie sich immer den Anschein gab, verstand sie sofort, warum ihre Tochter in Sachen Verlobung neuerdings so zurückhaltend war.

»Emmas Chef?«, fragte sie und streckte ihm geziert die von Putzmitteln angegriffene Hand hin.

»Nein, das ist mein Vater.«

Mario spürte, wie sein Herz raste. Das war er! Sein Rivale! Der Ex, der immer noch Emmas Knie weich werden ließ! Genau das, was er brauchte, um seine etwas schwachbrüstige Leidenschaft in Schwung zu bringen.

»Sehr erfreut«, sagte er wahrheitsgemäß. »Mario Mongilardi.«

»Anwalt?«, fragte Andrea und erinnerte sich beunruhigt daran, dass Emma mit einem Vertreter dieser unangenehmen Spezies ausging.

»Ja. Hat Emma von mir erzählt?«

»Nein.«

Interessant, dachte Vito und schaute sich um, ob irgendwo ein Aperitif herumgereicht wurde.

Elena und Noemi hielten sich von den Delacroix fern, aber nicht allzu fern. Elena wollte Corrado mit allen Mitteln daran hindern, sich zu seiner Vaterschaft zu bekennen, selbst wenn Camelia leider gewinnen sollte. Sie würde sogar Lee Oswald, Jack Ruby und anderen berühmten Mördern nacheifern und ihn mitten in der Menge kaltmachen.

»Du hast keine Pistole«, flüsterte ihre Schwester, als sie mit dieser Idee herausrückte.

»Denkst du«, sagte Elena und warf einen sprechenden Blick auf ihre Tasche. »Ich habe mir vor zwei Jahren eine gekauft. Wegen des Panters.«

»Was für ein Panter?«

»Der Panter im Hügelland. Kannst du dich nicht erinnern?«

»Aber das war doch eine Ente.«

»Egal. Ich wollte trotzdem eine Pistole haben, für den Fall, dass er in mein Badezimmer springt. Das Fenster liegt schließlich zum Garten hinaus. Es fehlt nicht viel, und du bist zerfleischt wie ein indische Witwe.«

Noemi runzelte die Stirn, aber es war zu spät, um sich wegen irgendwelcher Pistolen, Panter und Vaterschaften zu beunruhigen: Die Königinnen traten ein, die Preisverleihung begann.

Königin Paola von Belgien und Königin Beatrix von Holland konnten nicht mehr: Seit zwei Stunden verkündeten sie Gewinner, verliehen Preise und schüttelten Hände, dabei wünschten sie sich nichts sehnlicher, als sich die Schuhe auszuziehen und in die Badewanne zu steigen. Derselbe Gedanke beseelte Schauspielerinnen, Dichter, Rockstars, Schriftsteller und ausgewählte Berühmtheiten, die in einem Salon zusammengepfercht waren und von Trauben von Köchen jeden Geschlechts und Alters, jeder Statur und Hautfarbe umgeben waren. Es war Mitternacht, und der Wettbewerb ging seinem Ende zu. Zwei Jahre lang würde man nicht mehr davon reden, und das nächste Mal würde man sich dann in Sankt Petersburg treffen. Die zehn Kreationen der jungen Konditoren wurden in der Saalmitte auf vergoldeten Tellern präsentiert. Es waren die Ausstellungsstücke, und obwohl es sich um Handarbeit handelte, waren es vollkommen identische Kopien jener Exemplare, die am Morgen den Preisrichtern übergeben worden waren. Da war die *Crema Bavarese* mit Mandeln, Ingwer und Kaffeebohnen des aufgeregten algerischen Konditors, der von Langardon eingeladen worden war, dann die exquisiten, in Ingwerhonig karamellisierten Mandelblättchen mit Schokoladen-Mokka-Überzug der Schweizer Konditoren, die Kreation aus mit Ingwercreme gefüllter Sieben-Pfeffer-Schokolade in Kaffee-Mandel-Zucker-Kruste von den litauischen Drillingen, das in zehn Variationen aromatisierte und schaumig aufgeschlagene Eis der Portugiesinnen, die dänischen Bonbons in fünfzehn verschiedenen Farben, die *Kaffeemousselines* mit Mandel- und Ingweraroma von Tortelliers Japanerinnen, die *Arabesques* im Sahnebett edler Schokoladenschiffchen von den Isländern, die *Camelia-Torte*, die herrliche Creme namens *Die Ungreifbare*, dieser Geniestreich der russischen Konditoren, der Ingwergelee in Mandelkruste der englischen Jungs und die *Tarte aux Surprises* des mönchischen Belgiers, die einen beim ersten Bissen kaltließ, beim zweiten Bissen abstieß und nach dem dritten Bissen schon abhängig gemacht hatte. Die *Tarte aux Surprises* war nach allgemeiner Auffassung die moralische Siegerin des Wettbewerbs, weil es die neuartigste und eleganteste Kreation war. Die *Camelia-Torte* hatte demnach nur deshalb den ersten Preis bekommen, weil sie sich mit ihrer raffinierten Keksteigschachtel fantastisch vermarkten lassen würde. Sie eignete sich perfekt für die Titelblätter der Illustrierten und lud zu der fernsehtauglichen Geste ein, geöffnet zu werden und die ansehnliche Baiser-Braut in ihrem Innern zu präsentieren.

»Das ganze Programm«, kommentierte Niels Bohr verächtlich im Tratsch mit Tim Curry, dem anderen großen Verlierer, während die Russen, die auf dem zweiten Platz gelandet waren, mit ihren italienischen Kolleginnen Glückwünsche austauschten und sie einluden, am Abend mit ihnen auszugehen.

Camelia gab mit unvergleichlicher Anmut Interviews, ließ sich zu keiner Erklärung in Sachen Tortenherstellung hinreißen, rückte sich stets ins rechte Licht und überging Fragen, die sie nicht beantworten konnte (also fast alle), indem sie Schwester Melissa über die Direktverbindung mit dem Kloster Kusshändchen zuwarf. Neben ihr lächelte Corrado, strahlte Andrea, bereiteten Emma und Bianca ihren Rückzug vor, wie es sich für brave Assistentinnen gehörte. Und Mama und Tante? Wo waren die beiden faszinierenden Damen, die diesen Moment so sehr gefürchtet hatten? Dort standen sie, lächelten und gaben ebenfalls Interviews vom Typ »Schon mit drei hat Camelia aus Brot und Butter kleine Meisterwerke hergestellt«. Woher der plötzliche Frieden? Er verdankte sich der Tatsache, dass sich Elena während der Preisverleihung ungeniert an Corrado herangemacht und ihm, ohne die liebe Vittoria zu beachten, zugeflüstert hatte: »Corrado, ich muss sofort mit dir sprechen.«

»Jetzt? Hältst du das für einen geeigneten Moment?«

»Ich mache dich darauf aufmerksam, dass ich eine Pistole in der Tasche habe.«

»Ach ja?«

»Und ich habe die Absicht, sie auch zu benutzen, wenn du mir nicht zuhörst.«

»Ja aber ... Was ist mit deinem Psychoanalytiker? Gehst du nicht mehr hin?«

»Nein. Ich habe begriffen, dass meine Probleme nur mit dir zu tun haben.«

»Und jetzt willst du mich umbringen?«

»Wenn du nicht tust, was ich sage.«

»Red keinen Unsinn und lass mich dem Dingsbums da zuhören, diesem ... Mitterand.«

»Mitterand interessiert mich nicht. Hör gut zu: Sollte Camelia zufällig gewinnen, was sowieso nicht passieren wird, verbiete ich dir, die Geschichte mit der Vaterschaft auszuposaunen.«

»Wieso? Waren wir uns da nicht einig?«

»Ich habe meine Meinung geändert. Für mich ist die Morgenröte einer neuen Zeit angebrochen: Ich eröffne einen Teesalon.«

Corrado unterdrückte ein Kichern, um den illustren Gast nicht zu stören.

»Bist du verrückt geworden?«

»Nein. Ich habe es dir doch gesagt: Ich kündige, mache einen Teesalon auf und möchte, dass Camelia die Tochter meiner Schwester bleibt. Wenn du es wagst, auch nur ein Wörtchen zu verlieren, werde ich alles leugnen und erklären, ihr hättet mich zu dritt vergewaltigt.«

»Zu dritt? Wieso?«

»Das erhöht das Strafmaß. Du, Jerôme und der Fahrer. Wenn ich mich nicht irre, hattest du vor 24 Jahren einen ziemlich hübschen.«

Corrado drehte sich um und schaute sie an: »Entschuldige mal, aber du warst es doch selbst, die diese Geschichte mit der Tochter aus dem Hut gezogen hat.«

»Da hat sich meine Leistungsangst manifestiert, wie ich in ›Psyche und Karma‹ gelesen habe, der Psychologiebeilage von *Diva e Donna*. Jetzt habe ich das nicht mehr nötig. Ich bin eine unabhängige Frau, eröffne ein eigenes Geschäft und habe nicht die geringste Absicht, Mutter zu werden.«

Corrado schnaubte leise.

»Mach, was du willst. Von mir aus können wir die Sache begraben. Und jetzt sei still und lass mich Mitterand zuhören.«

Als daher zur absoluten Verblüffung aller Anwesenden Königin Paola verkündete, dass die *Camelia-Torte* gewonnen habe, beschränkte sich Elena auf einen warnenden Blick. Corrado bemerkte ihn nicht einmal, weil er Ugo Graziosi beobachtete, der sich aus dem Saal schlich und vermutlich irgendwo seinen Kopf gegen die Wand knallen würde.

Irgendwann gelang es Emma, Camelia und Bianca, sich zu dritt auf dem Klo einzuschließen und mit einer Flasche Champagner ihren persönlichen Triumph zu feiern.

»Camelia«, sagte Emma und packte sie an der Schulter. »Versprich mir eines: Was auch immer auf der Welt geschieht, erzähl bitte niemandem, dass ich die Torte gemacht habe. Ich könnte das alles nicht ertragen. Den Rummel, die Interviews. Schrecklich.«

»Mir gefällt's«, sagte Camelia.

»Das seh ich. Genieße es. Ich bleibe bei anonymer Konditorenkunst.«

»Es gibt nur ein Problem«, sagte Bianca. »Camelia wird die Fassade der Spitzenkonditorin nicht ewig aufrechterhalten können.«

»Na ja, ich ziehe mich einfach zurück. Denkt ihr, ich will mit dieser Süßkramgeschichte weitermachen? Davon kann nicht die Rede sein. Ich ziehe mich sogar sofort zurück, denn ich werde Hausfrau und Mutter.«

»Aber du musst in 13 Folgen von *Voilà our chef!* auftreten!«, sorgte sich Emma. »Wie willst du das schaffen?«

»Ich denke, ich werde es nicht schaffen. Ich werde sagen, dass ich an diesen Dingsbums leide. Wie heißen noch diese Dingsbums, die hypernervöse Leute befallen?«

»Ekzeme?«, schlug Bianca vor.

»Nein. Wenn man zittert und schreit.«

»Ah! Panikattacken.«

»Genau. Ich werde sagen, dass ich im Fernsehen Panikattacken bekomme und eine Lebensentscheidung getroffen habe. Soll doch einer der göttlichen Russen zu *Voilà our chef!* gehen.«

»Sehr gut!«, stimmten Bianca und Emma zu.

»Und dann ist da ja noch diese andere Geschichte«, sagte sie frohlockend und warf Emma einen durchdringenden Blick zu. Die zwinkerte zurück.

»Richtig. Viel Glück.«

»Zum Teufel mit dem Glück«, schloss Camelia, die durchaus auch von ihrer Mutter etwas geerbt hatte.

Als sie aus dem Toilettenraum traten, stießen die drei Frauen auf Andrea, der eine von ihnen suchte. Bianca und Camelia verdunsteten wie ein Sommerregen. Emma lächelte: »Ah. Hallo. Hast du gesehen, wie sich Graziosi verdrückt hat?«

»Mmh. Darüber sprechen wir morgen in der Konditorei. Ich nehme an, dass mein Vater dir einiges zu sagen hat.

Von meiner Seite nur zwei Dinge: Wann ist dir erstens aufgegangen, dass die Lösung darin besteht, die Pflichtzutaten zu umgehen?«

»Als ich ein Buch in die Finger bekam. Ich dachte, der Trick könnte vielleicht in einer Zweiteilung bestehen, also darin, das zu machen, was ich gerne machen würde, und es dann in einem anderen Teil zu verstecken, das den vermaledeiten Ingwer enthält.«

»Glückwunsch. Mir kam es merkwürdig vor, dass du dich von einer Formalität blockieren lässt.«

Emma öffnete den Mund zum Protest, aber Andrea hatte es eilig.

»Egal. Die zweite Sache ist wichtiger. Hör zu.«

Er nahm ihre Hände, hielt sie fest und schaute ihr in die Augen. Diese Technik hatte, seit er 15 war, ihre Wirkung nie verfehlt. Die Mädchen waren hypnotisiert wie ein Hamster vor einer Kobra.

»Ich habe Jasmine fortgeschickt. Die ganze Geschichte war eine Art Halluzination. Ich habe in den letzten Tagen immer nur an dich gedacht. Auch während ich dich jetzt anschaue, denke ich an dich. Lass uns alles vergessen und zu jenem Abend auf der Ponte Isabella zurückkehren. Der überarbeitete Satz lautet: ›Niemand hat mir je so sehr gefallen wie du.‹ Punkt.«

Emma befreite sanft ihre Hände.

»Schlecht für dich. Jetzt will ich nämlich nicht mehr.«

Sie ließ ihn stehen und entfernte sich schnell, ohne sich umzudrehen.

Als sie in den Saal kam, raste das Blut in ihrem Kopf. Natürlich musste sie sofort auf Mario Mongilardi stoßen, der sie ebenfalls seit einer halben Stunde suchte.

»Emma! Endlich!«

»Mario, hallo. Was machst du denn hier?«

»Ein Anwalt aus meinem Büro hat eines der Jurymitglieder aus dem Knast geholt.«

»Aha, schön.«

»Ihr wart absolut großartig! Ich hätte nie gedacht, dass Camelia so begabt ist!«

»Siehst du? Sie ist himmlisch.«

Er sah sie bewundernd an. Natürlich verriet dieser Blick nichts von Andreas Kobrainstinkten, aber er versprach ein glückliches Leben.

»Emma, ich weiß, es ist nicht der richtige Moment. Und dann ist ja auch noch dein Delacroix hier. Vielleicht mache ich also einen Fehler, aber ich muss es dir einfach sagen. Heute Abend bleibst du bei mir. Punkt, aus. Bei dir zuhause, bei mir zuhause, wo immer du willst. Hauptsache bei mir.«

Emma seufzte. »Das geht leider nicht, Mario. Ich habe dich an Dritte abgetreten.«

»Hä?«

»Tja, ich habe dich gegen den Namen der Torte eingetauscht. Camelia hat genehmigt, dass wir sie nach ihr benennen, obwohl sie ihren Namen hasst. Dafür wollte sie dich. Ich denke, sie hegt die Absicht, dich zu heiraten.«

»Was? Ich will Camelia aber nicht heiraten. Ich will dich heiraten.«

»Merkwürdig. Du bist doch verrückt nach ihr.«

»Ja, okay, es ist nur ... Du liebst diesen anderen, und ich muss also ... Es geht darum, Hindernisse zu überwinden, damit unsere Liebe am Ende triumphiert, könnte man sagen.«

Emma sah ihn erstaunt an.

»Bist du so dämlich?«

»Nein, es ist nur ... Ich denke, dass meine Cousine Ada nicht ganz unschuldig daran ist.«

»Jetzt wird mir einiges klar. Deine Cousine Ada hat mir

immer eine wahnsinnige Angst eingejagt. Und jetzt entschuldige mich bitte, denn dort ist Camelia. Ich möchte ihr nicht in die Quere kommen.«

Emma verschwand.

Camelia ging auf Mario zu und verkündete mit einem wahrhaft strahlenden Lächeln: »Hallo. Ich habe dich gewonnen. Komm, da ist die Webcam. Ich möchte dich Schwester Melissa vorstellen.«

Mario folgte gehorsam und zupfte sich die Krawatte zurecht.

Emma und Bianca kamen um drei Uhr morgens nach Hause, aber der Tag war für sie noch nicht vorbei. Als sie die Wohnung betraten, bekamen sie einen Schrecken, der Wes Craven alle Ehre gemacht hätte. Die Tür war zu, aber nicht doppelt verschlossen, und in der Küche brannte Licht. Sie erstarrten, hörten dann aber eine ruhige Stimme sagen: »Seid ihr es? Tretet doch ein.«

In der Küche saß Alessandro, er beobachtete Audio und Video.

»Hallo, Mädels. Die Fische habe ich in einem ziemlich gestressten Zustand vorgefunden. Wer hat sich diese Woche um sie gekümmert?«

»Die Nachbarn. Die Cinquepalmis.«

»Das haben sie nicht gut gemacht. Die Viecher waren ziemlich mager und depressiv. Ich habe ihnen etwas zu essen und ein Minimum an menschlicher Wärme gegeben, aber bis zur vollständigen Erholung wird es noch dauern.«

»Was, zum Teufel, machst du hier? Wie bist du überhaupt reingekommen?«, fragte Bianca, die sich ziemlich mitgenommen fühlte.

»Mit meinem Piggy Tail. Mit demselben, den ich auch benutzt habe, um euch das Buch ins Zimmer zu bringen. Ach ja, wie ist es denn gelaufen? Ist es euch gelungen, irgendetwas auf die Beine zu stellen?«

»Ja danke. Wir haben den Wettbewerb gewonnen«, antwortete Emma artig. »Ich lasse euch jetzt allein. Ihr habt euch bestimmt viel zu erzählen.«

Emma ging in ihr Zimmer, und Bianca stellte den Kessel auf.

»Tja dann … Wir sollten zusehen, dass wir die Geschichte klären«, sagte Alessandro in professionellem Tonfall. »Was wollen wir tun?«

Bianca küsste ihn ungestüm, mindestens acht Minuten lang.

»Na schön, aber glaub nicht, dass du dich so aus der Affäre ziehen kannst. Was ist mit den Aquarellen?«

»Okay. Einverstanden. Ich verkaufe sie. Ich male welche.«

»Und der Walfänger?«

»Und Lappland?«

»Begraben wir das Ganze?«

»Begraben wir auch die vielen Verlobten?«

»Begräbst du die Geschichte mit der Milliardärin?«

»O nein. Die nicht.«

»Du hoffst auf den Zufall, malst unterdessen Aquarelle und liebst mich?«

»Drei Jahre lang. Dann verlasse ich dich und fang von vorne an.«

»Zehn.«

»Fünf.«

»Okay, fünf.«

»Und kommst du jetzt?«

»Wohin?«

»Da lang.«

Ale fiel nichts ein, warum er ablehnen sollte.

»Du bissst eine dumme Nussss. Du weißt deinen Vorteil nicht zu nutzen. Sssso macht man das nicht, nein. Die Torte ist von dir, aber du wirst nichtsss davon haben. Wasss glaubssst denn du? Dassss Delacroix dir morgen wer weiß was anbietet? Kanssst du vergessen … vergesssen … vergessssen. Für ihn issst das ganz normal, dasss die Leute sich für die Konditorei ein Bein ausreißen. Er wird sssich bei dir bedanken – wenn du Glück hassst. Und Andrea? Du wolltest die Stolze spielen, aber eigentlich bissst du hoffnungslossss verliebt. Putz dir wenigstensss die Zähne. Man geht nicht mit schmutzigen Zähnen insss Bett. Losss. Losss.«

Emma hatte nicht die Kraft zu widersprechen. Aus reiner Gewohnheit ging sie ins Bad und putzte sich die Zähne. Wenn sie gehofft hatte, die Stimme der Langeweile so zum Schweigen zu bringen, hatte sie sich getäuscht. An diesem Abend hatte sie eine Menge zu sagen, zu jedem Thema etwas. Der rote Faden ihrer Überlegungen waren Emmas Versäumnisse der letzten drei Jahre und die Kulmination an diesem denkwürdigen Abend, an dem sie ihren beruflichen Erfolg, ihre große Liebe und einen möglicherweise hochinteressanten Verlobten gleichermaßen weggeworfen hatte.

»Jetzt mussst du Pläne machen. Du mussst retten, wasss noch zu retten issst. Auch auf Felsssgestein kann eine Blume wachsen …«

»Nein, bitte nicht Gianni Morandi«, flehte Emma und kroch mit dem Kopf unter das Kopfkissen. Daher hörte sie die Klingel nicht, und es war Bianca, die den Kopf hereinsteckte, bevor sie sich mit Ale kopfüber in unbekannte Welten stürzen würde: »Es klingelt. Was soll ich tun?«

»Das issst er«, flüsterte die unermüdliche Nervensäge. »Das issst er, und er will dich auf eine ssso überwältigende Weise um Verzeihung bitten, dasss du gar nicht nein sssagen kannssst. Mach auf! Mach auf! Mach auf!«

»Ich denk darüber nach«, antwortete Emma und ging zur Tür, um die Stimme der Langeweile ein für alle Mal Lügen zu strafen.

Diesmal hatte sie allerdings Recht gehabt.

Andrea kam herein, ohne auch nur zu grüßen, und hielt ein Gebilde aus ineinander verknäulten Papiertüchern in der Hand. Er sprach sehr schnell, wie es sonst nicht seine Art war, und nahm sich nie Zeit für eine stille Überlegung oder einen rätselhaften Gedanken.

»Emma, schlag die Tür nicht wieder zu. Ich komme aus der Konditorei. Ich bin bis gerade dort gewesen, weil ich mir etwas ausdenken wollte, das dir unumstößlich beweisen soll, was du mir bedeutest und dass ich dich liebe und so. Es war nicht ganz einfach, aber dann ist mir das hier eingefallen. Allerdings musste ich erst sechs Stück machen, bevor mir wirklich einer gelungen ist.«

Er reichte ihr das Papierknäuel, das sie ganz vorsichtig entwirrte. Im Innern befand sich ein Fingerring aus zartschmelzender Schokolade, in die eine kleine rosafarbene Zuckerrosette und ein paar Silberkügelchen eingelassen waren.

Sie steckte ihn sich an den Finger, die Größe stimmte, er saß perfekt.

Montagmorgen trennten sich Andrea und Emma nach 30 unzertrennlichen Stunden. Gemeinsam kamen sie in der Konditorei an, er ging in seine Dachwohnung hoch, um sich zu rasieren, und sie trat in die Küche, wo Lucia, Zhang und Zlatan auf sie warteten, um sie zu feiern.

»Und Signora Elena?«, fragte Emma eine halbe Stunde später. Sie hatte einen außerplanmäßigen Caipirinha in der Hand und saß auf dem Tisch.

»Die hat gekündigt, diese sture Nuss«, sagte Lucia untröstlich.

»Huang ying wo hen quing neue Leben!«, bestätigte Zhang umgehend.

»Kann sein, Zango«, sagte Lucia mit einem Hauch von Wehmut. »Aber in unserem Alter stellt jede Veränderung ein Risiko dar.«

»Veränderungen stellen nur ein Risiko dar, wenn sie von Bomben begleitet werden«, erklärte Zlatan, und da konnte niemand widersprechen. Sie feierten noch, als Signor Delacroix nach Emma schickte.

»Das hast du sehr gut gemacht«, sagte er zehn Minuten später, als er sie in seinem Büro begrüßte.

»Danke«, antwortete Emma, die beschlossen hatte, sich auf Nüchternheit zu verlegen.

»Ich habe bereits von fünf Banken Kreditangebote erhalten. Das ist in gewisser Hinsicht dein Verdienst.«

»In jeder Hinsicht, würde ich sagen.«

Delacroix sah sie interessiert an.

»Du meldest Ansprüche an? Vergiss nicht, dass ich es bin, der dich dorthin geschickt hat.«

»Und vergessen Sie nicht, dass ich die Torte gemacht habe.«

»Stellst du Forderungen?«

»Das dürfte nicht nötig sein.«

Corrado wechselte die Taktik.

»Wo ist mein Sohn? Gestern habe ich ihn gesucht, aber er war nicht in seiner Wohnung. Und sein Handy war aus.«

Emma lächelte. »Er wird in Paris sein. Bei seiner Verlobten.«

Corrado lachte laut los. »Kommt heute Abend zu uns zum Essen. Und natürlich bekommst du eine Gehaltserhöhung. Keine übertriebene allerdings, weil die Schulden ja bleiben.«

»Ich möchte außerdem ein paar Vorschläge für das neue Pralinensortiment machen.«

»Niemand hindert dich daran. Wir werden ja sehen, was Jerôme davon hält. Und jetzt entschuldige mich bitte, ich erwarte einen Anruf vom schwedischen König. Seine Tochter heiratet. Denkt euch schon einmal etwas für die Hochzeitstorte aus.«

Am Abend nahmen sich Emma und Bianca einen Abend frei von ihren Verlobten. Das mochte nach nur wenigen Stunden Aktivität auf diesem Gebiet etwas verfrüht erscheinen, aber sie mussten eine dringende Frage klären. Als Camelia mit Mario nach Biella aufgebrochen war, hatte sie ihnen das Heft von Großvater Picchi geschenkt, außerdem den Artusi von 1914. Jetzt mussten sie prüfen, ob Emmas Idee richtig war und sie die Rezepte entschlüsseln konnten.

Emma war darauf erpicht, dass alles seine Ordnung hatte. Gründlich putzten sie den Küchentisch und legten das Buch, ein Blatt Papier und einen Stift darauf. Bianca starrte die drei Gegenstände an, als erwartete sie, dass sie zu sprechen anfingen.

»Was tun wir also?«, fragte sie, als keiner der drei einen Mucks von sich gab.

»Ganz einfach. Der Code basiert auf dem Artusi. Aber auf diesem Artusi hier. Jede Auflage ist nämlich anders: Der erste Buchstabe links auf jeder Seite meiner Ausgabe stimmt nicht mit dem ersten Buchstaben links auf jeder Seite dieser Ausgabe überein.«

»Ach deswegen!«, sagte Bianca begeistert. »Deshalb hat der Großvater ihr auch das Buch gegeben!«

»Ja. Aber er hätte es ihr besser erklären sollen! Er war immerhin ihr Großvater und hätte wissen müssen, dass sie ein wenig begriffsstutzig ist. Außerdem war sie erst sechs.«

»Richtig«, sagte Bianca. »Arme Camelia blablabla, aber jetzt übersetzen wir erst einmal die Rezepte, los. Mal schauen, ob es stimmt, dass …«

Emma schrieb das Alphabet auf das Papier, dann schlug sie den Artusi auf und schrieb neben jeden Buchstaben den ersten Buchstaben links von jeder Buchseite. Nachdem sie das getan hatte, nahm sie das Heft und öffnete es an einer beliebigen Stelle. Rezept Nummer 15 lautete »TNMTEAPOPAFA«, und es dauerte nur ein paar Sekunden, bis man daraus *Oktobercreme* gemacht hatte. Die beiden Frauen sahen sich entzückt an. Dann begann Emma zu diktieren, und Bianca schrieb: »Dieses ist eine äußerst delikate Süßspeise, die man wie jede Süßspeise am Ende eines Mahles serviert …«

Danksagung

Wenn eine real existierende Person in einem meiner Bücher auftaucht, dann ändere ich ihren Namen und auch sonst einiges. Ich vermische sie mit anderen Charakteren und verhindere nicht nur, dass sie von Dritten erkannt wird, sondern auch, dass sie selbst sich wiedererkennt. Mit vielen meiner Figuren habe ich es auch diesmal so gemacht. Allerdings gibt es zwei Ausnahmen. Die offensichtlichste ist Daniela Libertucci. Es gibt sie wirklich, und sie ist wirklich Ärztin, obwohl ich nicht denke, dass sie noch Chefärztin ist (mit Sicherheit werde ich es irgendwann erfahren). Rein gefühlsmäßig ließ sie sich nicht von ihrem Namen trennen, obwohl ich sie – glaube ich zumindest – in eine reine Fantasieszene hineinversetzt habe. Danke, Daniela, wenn du nicht den Rechtsweg beschreitest oder so.

Dann gibt es da noch Fabio Picchi, den Chefkoch und bezaubernden Freund. Er ist der ungekrönte König des Restaurants Cibreo di Firenze und dieses paradiesischen Eckchens des Teatro del Sale. Weil ich einen Koch von außergewöhnlichem Format und ungewöhnlichem Temperament brauchte, hatte ich Schwierigkeiten, ihn nicht nach Picchi zu benennen. Ich hoffe, es fällt ihm nicht schwer, mir nicht mit der Suppenkelle eins überzuziehen.

Von ganzem Herzen Dank an alle Konditoren, Köche und Königinnen, die nicht öffentlich gegen meine Dreistigkeit protestieren, über Dinge zu reden, von denen ich keine Ahnung habe.

Mord im Observatorium

Als sie den Roman zu Ende gelesen hatte, rief mich die fähige und geduldige Lektorin Valentina Paggi an und protestierte: »Was ist denn mit dem *Mord im Observatorium*?« Sie wollte wissen, wer die Gräfin Tortonese umgebracht hat und warum. Daher habe ich beschlossen, diesen *bonus track* einzufügen – für Valentina und für alle, die sich für die Ermittlungen von Pater Denza begeistert haben.

Trotz aller Beweise war Pater Denza nicht davon überzeugt, dass Signora Pina die Gräfin umgebracht hatte, und verfolgte noch andere Spuren. Im Zuge seiner wilden Suche geriet er in einer Vollmondnacht auf den kleinen Friedhof von Moncalieri und wurde Zeuge einer merkwürdigen Szene: Rosa Gelmetti sprang auf dem Grab der Tortonese herum, trampelte alles nieder und trat in die Erde. Pater Denza traute seinen Augen nicht: Wie das? Signorina Gelmetti, die Schwester von Don Gelmetti, dem Internatsdirektor? Ein dürres älteres Fräulein, so porös wie Löschpapier und so leidenschaftlich wie ein Trockenblumengesteck! Als er Peggy Fleming von der merkwürdigen Szene berichtete, hatte die kühne Schlittschuhläuferin keinerlei Zweifel: Das war die Mörderin.

Pater Denza stellte weitere Nachforschungen an und nahm zu diesem Zweck auch eine Einladung bei den Gelmettis an (gekochte Seezunge, zerkochte Bohnen und harte Martin-sec-Birnen ohne Sahne). Ein paar Tropfen Schlafmittel ins Wasser, und schon schnarchten die Geschwister, das Gesicht auf dem Teller. Nach Herzenslust wühlte Pater Denza in der Wohnung herum und entdeckte in Rosas Zimmer ein Tagebuch. Er las es und fand die bittere Wahrheit heraus. Sehr viele Jahre zuvor war Signorina Gelmetti mit einem gewissen Bersagliere verlobt gewesen, der sie dann wegen einer anderen sitzen gelassen hatte. Rosa hatte irrtümlicherweise gedacht, dass es sich um die Fischverkäuferin vom hiesigen Markt handelte. Vor einigen Monaten hatte sie allerdings eine Unterhaltung belauscht und herausgefunden, dass eigentlich die Gräfin die Geliebte ihres Bersagliere gewesen war. Die Tortonese war also schuld am Zerbrechen ihrer Träume. Bis zum Mord war es nun nur noch ein Katzensprung. Signorina Gelmetti machte sich die extreme Kurzsichtigkeit der Gräfin zu Nutze, verkleidete sich als Köchin, folgte ihr ins Observatorium und erschlug sie mit dem Nudelholz. Schließlich bekam sie auch noch die Bestätigung, dass ihr Plan gelungen war, denn die letzten Worte des unglücklichen Opfers lauteten: »O Pina.« Wie konnte die Gelmetti der Köchin dieses Verbrechen nur unterschieben? Ganz einfach: Sie hasste sie, weil ihr Bruder Don Gelmetti immer sagte, dass Pinas Paprikagemüse besser schmecke als ihres.

Die Schuldige entkam ihrer gerechten Strafe, indem sie nach Russland floh. Das geschah, weil es Bianca nicht gefiel, wenn es in ihren Büchern zu viele Tote gab. Wäre es nach ihr gegangen, hätte auch die Tortonese überlebt und wäre mit einer schlimmen Beule davongekommen. Wie ihr seht, ist Bianca als Krimiautorin denkbar ungeeignet.

Ob sie als Aquarellmalerin besser ist?

Helen Fielding bei Goldmann